송하강의 비정

백동수 지음

송하강의 비정

비정

백동수 지음

송하강의 비정

초판인쇄   2022년 6월 25일
초판발행   2022년 6월 30일

지은이 | 백동수
발행인 | 박찬후
편 집 | 김대원
디자인 | 김다운

펴낸곳 | 북허브
등록일 | 2008년 9월 1일

주 소 | 서울시 구로구 구로중앙로 27다길 16
전 화 | 02-3281-2778
팩 스 | 02-3281-2768
e-mail | book_herb@naver.com
카 페 | http://cafe.naver.com/book_herb

*잘못된 책은 구입하신 서점에서 교환하여 드립니다.

값 | 17,000원
ISBN | 978-89-94938-58-5(03810)

잊혀져 가기에는 너무도 아쉽기만 한 지난 시절을 생각하며
이 글을 쓰게 되었습니다.
세월이 흘러가면서 더욱 그리워지는 너무도 좋았던 사람들
그리고 부질없이 뜻 없는 욕망을 갈구하던 안타까운 이들과
이미 오래전 세상을 떠난 사람들 모두 조금 더 즐거운 생활을
하지 못한 것에 대해 못내 아쉬워합니다.
등장인물 모두 가명임을 밝혀둡니다.

차 례

야망의 계절

청풍장 가택에서 노획해온 재물을 들여다보던 마천웅은 크게 만족해하는 웃음을 보인다. 한참 동안 노획품을 확인하던 그가 고개를 끄덕이며 무언가 깊은 생각을 한다. 한참을 생각하던 마천웅의 생각이 끝난 것일까. 고개를 들어 탄복을 한다.

장문원 그는 참으로 대단한 사람이라 생각한다. 빈틈이 없을 정도로 치밀한 계략은 가히 천하제일의 모사꾼이라 할 수 있다. 처음 만났을 때 볼품없는 얼굴에 힘이 빠져있는 모습으로 나를 실망시키던 그가 이토록 대단한 사람일 줄이야.

대장부 큰 뜻을 이루려면 술과 계집을 멀리해야 한다는 장문원의 말에 믿음이 가고도 남는다. 겉으로만 사람을 판단하려 했던 나의 마음이 부끄럽기만 할 뿐이다. 홀홀단신으로 당당하게 청풍장으로 나를 찾아온 그의 뜻을 이제야 알 것 같다.

이번 개화령 일을 성공으로 끝낼 수 있었던 것은 모든 청풍단원들이 노력을 했다지만 일등공신은 당연히 장문원이랄 수 있지 않은가? 모용수를 대신한 전풍과 노도천의 애제자라 할 염칠선, 약관의 나이에 불과하다 하나 청출어람이라는 말을 실감케 해 주었다. 그들이 있어 청풍장의 앞날이 밝아만 보인다.

나 이제, 이 재물로 못다한 나의 꿈을 모두 이루어 보리라! 시각이 오후로 들어서자 객잔은 잠시 한가로운 모습을 보인다. 창가에 앉은 청녹색 두건을 두른 그의 표정이 그리 밝아 보이지 않는다. 어느 순간에 이르러 답답함을 토할 수 없는 것이었을까?

비류강이 훤히 내려다보이는 창가의 탁자에서 일어선다. 객잔에서 나온 그가 한창 마무리중인 공사현장을 바라본다. 한참 동안 건축물을 쳐다보던 그가 나루터로 향한다. 강가에 들어서 나루터 위아래를 둘러보며 강물에 손을 담가본다. 젖어있는 손을 옷에 털고 난 그의 눈길은 자연스럽게 객점 옆으로 향한다. 뒷짐을 지고 한참을 올려다보던 그가 끝내 탄식을 한다.

아! 초연각은 역사를 이루고 나를 기다리고 있건만 청풍장주는 아직도 말이 없고 기나긴 비류강은 아무 일 없다는 듯이 흐르지만 나의 재주가 남보다 못하지 않는다 생각하건만, 나는 언제쯤 뜻을 이룰 수 있단 말인가? 안타까운 나의 마음을 누구 알아주리오!

기다리는 그는 오지 않고 곽상도만이 초연각을 찾을 뿐이다. 그가 초연각을 찾아오면 초연각의 형제들이 모두 피곤할 뿐이다. 개화령 거사 이후부터는 설화 이모의 말은 안중에도 없다는 듯한 태도, 볼수록 가관이다. 곽상도 그가 두천제일검의 반만 닮았어도 좋으련만 볼 때마다 곽상도에게 말대가리라 부르던 조원진마저 그를 감싸는 모습을 보여주기도 한다.

이 모두가 마천웅의 신임을 한 몸에 받고 있는 장문원의 조화로 이루어져 가고 있는 일. 개화령 거사를 장문원이 모두 주도했다 하나 나의 공은 뒷전으로 물러나고 장문원만이 공을 독식하게 되었으니 이리 되어서는 안 될 일이다. 모용수가 살아있다 해도 이번 일만은 나 전풍만은 못했을 것이다.

머나먼 타지에서 초원객점을 찾아온 이들을 진심은 아니더라도 겉으로나마 친구가 되어주는 것, 그들로서는 자신의 모든 것을 털어내는 일이 쉬운 일 수 있다. 허나 아무나 할 수 있는 일이 아니다. 내 꼭 장주의 신임을 받아 초원객점에 점주가 되어 나의 위상을 높일 것이다. 그리만 된다면 장주를 제외한 모든 이들이 나를 함부로 대할 수는 없을 것이다. 나를 도울 수 있는 이는 오직 그밖에 없을 것이다.

단원들 모두에게 글을 가르치기를 열망하는 그의 마음은 살수로서 살아가기에는 참으로 아깝다는 생각을 할 때가 어디 한두 번이었던가? 그가 나를 장주에게 천거해 준다면… 아니다, 나의 욕심일 뿐이다. 누워만 있는 그가 어찌 나를 도울 수 있단 말인가? 개화령 거사 이후 몸이 안 좋아진 노도천은 이제는 믿어지지 않을 만큼 나약해졌다. 청풍단주로서 모든 단원들을 이끌어 가는 통솔력을 볼 때, 때로는 장주도 그를 어려워하지 않았던가?

어느 때보다도 의기소침한 모습을 보이던 전풍은 답답한 마음을 달래려 객잔을 나와 강가를 바라본다. 객잔에 등불 빛이 모두 비추어지는 강물에 잠시 흐트러져 있던 마음을 바로잡아 밤하늘을 바라보며 의기를 다져본다.

내가 기다리지는 않을 것이다. 내가 다시 한번 나의 능력을 모든 청풍장 형제들에게 보여줄 것이다. 잠시 후 그가 객잔으로 들어서자 소철이 다가와 염칠선이 위층 객잔에서 기다리고 있다고 일러준다. 염칠선이란 말에 만면에 희색을 띠운 전풍은 소철이 돌아가자 옷소매를 털어 뒷짐을 지고 위층 객잔으로 향한다. 염칠선에게 다가간 전풍은 허리를 뒤로 젖혀 헛기침을 크게 내뱉는다.

"허 이게 누구신가? 두천제일검께서 이 몸을 다 기다리시고."

청색 의복에 두건을 쓰고 배에 잔뜩 힘을 준 전풍의 모습을 보고 웃음을 참으려 애쓰는 염칠선. "어서 오시오 점주나리." 염칠선의 말에 어깨를 들썩이며 좋아하는 모습을 보이는 전풍이 자리에 앉는다. 허 이제야 사람을 제대로 알아보는 이를 찾았구만! 전풍의 말이 끝나자 염칠선이 웃는다. 전풍도 역시 웃음으로 답례하고 소철이 술과 안주를 내놓는다.

"자 점주나리, 두천제일검의 술 한잔 받으시오!"

"아이고 고맙소! 역시 나에게는 염 사범 밖에 없소. 참으로 고맙소!"

주거니 받거니 한참을 이어가던 술잔에 답답했던 마음을 털어낸 전풍은 말없이 자신의 이야기를 모두 들어주는 벗에게 마음이나마 고마움을 보낸다. 염칠선 그가 있어 나는 지금 이순간 행복하고도 편안함을 느낄 수 있다. 잠시 마음을 내려놓는 전풍이 술의 힘을 빌어 염칠선 앞에서 하소연을 늘어놓는다.

"이보게 칠선이, 내 청풍장주에게 크게 실망을 하였네!"

그 순간 주위를 한 번 둘러보는 염칠선은 경계를 할 만한 이가 없다고 판단을 하고 전풍의 다음 말을 기다려 본다.

"장주 눈에는 천하제일의 모사라는 장 집사밖에는 보이지 않는 거 같구만. 모든 일은 나에 의해서 진행된 일이건만 공은 엄한 사람 몫이라니."

전풍은 개화령 거사 후 초원객잔의 점주가 되지 못한 불만을 토로하는 것이라 짐작해본다. 어느덧 취기가 오른 전풍이 미간을 찡그리며 연거푸 술을 마셔댄다. 전풍의 뜻하지 않은 행동에 당황하는 염칠선이 다시 주위를 돌아본다. 이상이 없다고 마음을 놓는 염칠선은 유독 전풍이 걱정된다.

"이보게 전풍, 자네 술이 과한듯 싶네! 내 걱정이 되는구만!"

염칠선의 만류에도 작심하듯 말을 내뱉는 전풍.

"청풍장의 장문원 그가 제아무리 천하제일의 모사라 하나 나의 재주가 그만 못하지 않으리!" 순간 전풍의 말에 놀라는 염칠선이 다급히 그를 제지한다.

"이 사람 전풍, 누가 들을까 걱정이 되는구만!"

"걱정 말게나. 이곳 초원객잔에서는 전부가 다 내 편일 테니! 이보게 두천제일검, 이 초연각의 전풍이 그리 허술한 사람은 아닐세!"

잠시 염칠선을 노려보던 전풍이 웃는다. 그 모습을 보고 염칠선이 따라 웃는다.

"걱정 말게나. 내 아직 취하지 않았네. 나를 진정으로 걱정해주는 자네의 마음을 내 어찌 모르겠는가?"

들고난 잔을 내려놓는 전풍이 말을 잇는다.

"내 두천제일검이 아니고서야 어디에다 하소연을 늘어놓을 수 있으리. 믿지 않을지 모르나 내 진정으로 하는 말일세!"

전풍의 말에 말없이 고개를 끄덕이는 염칠선. 탁자에 놓인 술병을 모두 비우고 나서 염칠선의 손을 잡아 그를 공연장으로 이끄는 전풍이다.

검술 훈련이 모두 끝났다. 곽상도가 권법을 따로 맡은 이후 훈련이 이전보다 수월하게 이루어져 가고 있다. 곽상도를 불편하게 여기는 것이 나뿐만이 아니라는 것을 잘 알고 있다. 청풍장 형제들, 설화 이모와 무희들 모두 그가 나타날 때면 얼굴을 찌푸리는 것을 한두 번 보았는가? 곽상도 그는 나보다 먼저 청풍채에 들어와 있었다. 두어 살 위라 짐작할 뿐 그에 대해선 아는 게 없다. 텃세를 부리려는 곽상도와 주먹다짐 일보 직전까지 갔다가 노도천에게 호되게 당했던 기억이 아직도 잊혀지지 않는다.

단원들 모두에게 단결된 모습을 원하며, 청풍채 형제들을 가족처럼 대하며 글을 가르치기도 하는 노도천 단주가 단원들 앞에서 곽상도를 면박 주는 것이 어디 한두 번이었던가? 좀처럼 나아지지 않는 그를 보며 고개를 젓는 단주, 그나마도 노도천 사부와 청풍장주 마천웅이 그를 다스릴 수 있다는 것이 다행이라 생각한다. 중식을 들고 숙소로 돌아온 염칠선과 어젯밤 늦도록 또다시 마주했던 전풍은 그간의 일들을 생각해 본다.

어젯밤 술 취한 그는 나에게 세상에 둘도 없는 벗이라 했다. 어머니의 얼굴은 겨우 기억이 날 뿐 고향과 자신의 나이도 모른 채 마천웅을 따라 이곳 용성촌으로 오게 되었다고 한다. 마천웅을 아버지로 설화를 어머니라 생각하며 어린 시절을 보냈다고 내게 처음으로 말해 주었다. 전풍은 나와 같은 처지의 어린 시절을 보냈다 할 수 있다.

그 어느 누구보다도 믿음이 가는 친구지만 마음먹은 일이 뜻대로 되지 않아 나에게 모든 것을 털어놓고 하소연하던 진실한 나의 벗이다. 나 역시 그와 같은 처지가 된다면 그를 찾아 나의 모든 심정을 그에게 이야기하지 않을까 싶다.

마음속을 감추며 거만한 모습을 보이며 내게 다가와 웃음을 보여주는 전풍. 나는 그를 볼 때마다 그가 좋기만 할 뿐이다. 어제 또한 그가 점주가 되지 못한 것을 많이 아쉬워하고 있다는 것을 알 수 있지 않았나! 수많은 사람이 오가는 객점에 점주로서는 다소 적은 나이라 하나 모용수를 대신해 객점과 공연장을 무리 없이 이끌어 가고 있지 않은가? 조원진은 그를 가리켜 초연각의 부엉이라 부르고 있다.

노도천 역시 전풍이 나이가 젊다고 하나 모용수에게 뒤지지 않는다고 그를 칭찬하지 않았나! 초원객주의 점주에 오르려는 전풍의 배포와 능력은 이미 입증이 되었다. 내 그를 장주에게 추천을 해 달라고 노도천에게 간청을 해도 될 것이다. 야망을 불태우고 있는 그를 위해 빠를수록 좋을 것이다. 내친김에 노도천을 찾아가 봐야 할 것 같다.

청풍채 안쪽으로 자리 잡은 노도천의 처소에 이르자 옷매무새를 가다듬고 엄숙한 모습을 보이는 염칠선은 닫혀있는 방문을 향해 스승의 안위를 묻는다.

"선생님 염칠선입니다. 몸은 좀 어떠하시온지요?"

"어 자네 왔는가? 들어오시게나!"

엷고도 가늘게 들려오는 노도천의 목소리는 며칠 전에 들었던 그의 음성이 아니다 싶은 염칠선은 무언가 심각하다는 암시로 들려온다. 방안으로 들어서자 퀴퀴한 냄새와 함께 어지러이 놓여진 술병과 잔 그리고 먹다 남은 음식 그릇이 널브러져 있다. 자신을 보며 겨우겨우 상체를 일으키는 노도천을 보며 아연실색을 하는 염칠선은 노도천의 몸 상태가 심상치 않음을 확연히 알고도 남음이 든다.

"아, 이 사람 서 있지 말고 앉게나!"

"아 예, 선생님!"

노도천의 곁에 널려있던 술자리를 윗목으로 밀어내고 방바닥에 앉는 염칠선을 향해 웃음을 띠우는 노도천이 입을 연다.

"그래 우리 염 사범께서는 바쁘지 않으시구!"

"아 예, 선생님의 염려 덕분에 부족하지만 큰 어려움 없이 해내고 있습니다."

"하하하 그래 됐어. 자네의 그 겸손함은 언제 보아도 나를 실망시키지 않는구만! 우리 염 사범, 언젠가는 나와 장주를 대신해 청풍장을 이끌어 갈 인물이 될걸세! 암, 우리 청풍장에 꼭 필요한 인재라 할 수 있지! 아마 머지않아 그날이 다가올걸세!"

노도천의 말에 황당한 모습을 보이는 염칠선,

"선생님 무슨 민망한 말씀을, 다 듣기에 거북할 뿐입니다."

"염칠선 자네는 나의 말에 부담가질 필요 없네! 순리에 따를 뿐이네!"

말을 끝낸 노도천이 이부자리를 걷고 술병을 들어 잔에다 술을 따른다.

"아니 선생님 몸이 많이 안 좋아지신 것 같은데 이리 술을 드시면 건강을 모두 잃을 수 있습니다."

"말은 고맙네! 허나 자네가 걱정을 할 일이 아니네. 사람의 운명은 하늘에 의해 이미 정해진 일, 사람의 힘으로 이를 어찌 막을 수 있으리!"

"아니 선생님 왜 그리 나약한 말씀을 하시는지 저는 선생님의 뜻을 전혀 모르겠습니다."

술 한 잔을 크게 들이키고 나서 노도천이 말을 이어갔다. '이 역시 순리에 의하여 지은 죄는 용서 받을 수 없다는 것을 지난날을 후회하며 고통 속에 살아봐야 육신과 정신이 피폐할 뿐 삶답지 않은 삶을 살아가야 무엇하리!' 알 듯 모를 듯 한 말을 내뱉는 노도천은 한참을 명상에 잠긴 듯이 더 이상 말이 없다. 스승에게 무엇을 논하랴 싶은 염칠선은 조용히 노도천의 방을 나선다.

노도천의 처소에서 나온 염칠선은 큰소리를 내지르며 수하를 부른다. 뜻하지 않은 염칠선의 명령에 당황하는 청풍단원들에게 크게 화를 내는 염칠선.

"누가 선생님께 술을 갖다 바친 것이냐! 어느 놈인지 썩 나서지 못할까."

단원 중 하나가 손을 들어 답한다.

"사범님, 저 풍호가 단주님의 명에 따랐을 뿐입니다."

"네 이놈! 단주께서 몸이 그 지경이 되었는데 어찌 술 심부름을 따르느냐. 더 이상 술을 갖다 드리지 말거라. 나의 말을 어길 시 너의 몸이 성하지 못할 것이다."

"네 사범님 분부대로 따르겠습니다."

잠시 수하들을 노려보던 염칠선은 단원들을 모두 해산 시키고 말 위에 올라 청풍장으로 향한다. 청풍채를 조금 벗어나자 노도천의 안위가 걱정된다. 처음 만나 무인답지 않게 청렴 준수한 모습을 보이던 그가 불과 몇 년 사이에 나를 실망시킬 줄이야! 어디 나뿐이겠는가. 초연각의 설화 이모가 이제는 노도천을 찾지 않은지 오래 되었다. 무엇이 그를 나약한 사람으로 만들었는지…. 달리 할 일이 없는 우리가 청풍장을 떠나지 않는 한 당연히 해야 하는 일을 후회해야 무엇하리오!

날이 갈수록 의욕을 잃어가는 노도천. 그가 이리도 빨리 종말을 맞이할 줄 누가 알았으리! 내가 장주를 직접 뵙고 간청을 하리라. 스승의 힘을 빌리지 않을 명분이 서 있지 않은가? 청풍장에 다다르자 말을 탄 이가 다가온다. 어딘지 모르게 어수룩해 보이는 모

습, 청풍장의 장 집사가 틀림없다고 생각하는 염칠선. 그가 다가
오자 말을 멈추고 예을 올린다. 이에 만족한 듯 염칠선에게 웃음
을 보이는 장문원.

"어허 이게 누구신가? 청풍채 염 사범이 아니시오! 언제 보아도
기백이 넘치는 모습이 일당백의 장수가 따로 있겠는가? 암, 그렇
고 말고. 그래 염 사범께서는 어딜 가시는가?"

"아, 예 집사어른. 장주님을 뵈올까 해서 청풍장으로 가고 있는 중입
니다."

"아 그러신가? 마침 장주님께서 혼자 계시네. 바쁠 텐데 어서 가
보시게나!"

장문원을 지나쳐 청풍장으로 향하던 염칠선. 청풍장의 장 집사
는 예의 바르고 공손한 말씨, 예를 다하는 모습과 때로는 상대에
게 힘을 실어주는 언행을 하는 그를 누가 싫어하겠는가? 세월이
흐르다 보면 전풍과도 친해질 것이다. 청풍장 후당으로 들어서자
염칠선을 확인한 정표가 청풍장 대당으로 향하는 문을 열어준다.
앞선 정표를 따라 대당으로 들어선 염칠선, 정표가 마천웅에게 고
하고 염칠선에게 고개를 숙이고 대당을 돌아서 나간다.

잠시 후 부리부리한 눈에 범 같은 모습을 보이는 거한의 사내가
대당 안실로 들어서자 염칠선이 자리에서 일어나 거한의 사내를
향해 두 손을 받들어 예를 갖추자 웃음진 얼굴의 마천웅이 염칠선
을 보며 위엄있는 굵은 목소리로 화답을 한다.

"아, 우리 염 사범 어서 오시오. 오랜만에 나를 다 찾아 주시고.
자 앉게나."

염칠선이 자리에 앉자 시종에게 차를 내오라고 시킨다.

"그래 우리 염 사범께서 나에게 무슨 할 이야기라도 있는가?"

"예, 장주어른. 소인 장주어른께 청이 있어 이렇게 불쑥 찾아와서 송구스러울 뿐입니다. 용서하십시오."

"아, 아냐! 우리 염 사범. 노 단주를 대신해 많은 고생을 하고 있는데 내 청풍채를 한 번 찾아가지 못해 미안할 뿐이네. 그래 청풍채 사범 일은 할만한가?"

"예 장주어른, 소인 부족하지만 장주님을 위해 최선을 다할 뿐입니다."

"아, 그래 좋아~ 좋아. 언제봐도 믿음직한 우리 염 사범이 있는데 내가 무슨 걱정이 있겠는가?"

차를 들여오자 염칠선에게 들라고 지시하는 마천웅은 차 한 모금 마시고 나서 입을 연다.

"우리 염 사범께서 나에게 청이 있다 하니 궁금해지는구만. 말해 보게나! 내 자네의 청을 어찌 마다하겠는가?"

"예 장주어른, 단주님께 말씀드리려 하였으나 단주님께서 몸이 안 좋으셔서 이렇게 찾아뵙게 되어 장주님께 누가 되는 것은 아니온지요?"

"아하, 염 사범 이렇게까지 겸손할 필요가 뭐 있겠는가? 자 말해 보시게나."

차 한 잔을 모두 비우고 난 염칠선이 입을 연다.

"장주어른, 다름 아니오라 비어 있는 초원객점의 점주 자리에 전풍이 어떠 하오신지 여쭙고 싶어 이렇게 찾아뵙게 되었습니다."

"하 그래. 초원객점의 점주를 전풍에게 주는 것이 염 사범 자네의 청이란 것인가?"

"예, 장주어른. 전풍이 비록 객점의 점주가 되기에는 아직 적은 나이라 하나 그 방면에서는 이미 익숙해진 면모를 보여주는 인재라 생각되옵니다. 장주어른께옵서 전풍을 깊이 생각해 주셨으면 합니다."

염칠선의 말에 고개를 끄덕이는 마천웅. 염칠선이 돌아가고 나자 깊은 생각에 잠긴다. 마천웅이 장주가 된지 근 이십 년이 되어간다. 비적떼들에게 마을과 들판 논밭 할 것 없이 모두 불타 버리고 혼자만이 살아남아 울고 있던 아이, 큼직한 눈망울이 너무도 이뻤다. 설화와 모용수는 처음 본 아이를 귀여워했다. 아이가 누구냐고 묻는 사람들에게 나의 아들이라고 하자 우리 모두 웃지 않았는가?

전풍은 나의 아들이나 진배없다. 어려서부터 총명한 모습을 보여주던 전풍은 염칠선과 함께 이곳 청풍장에서 없어서는 안 될 인물들이다. 그들의 합심은 곧 청풍장의 힘이 되어 더욱더 청풍장을 부흥하게 만들고 나의 위상을 크게 높여줄 것이다. 만족한 모습을 보이던 마천웅은 잠시 노도천을 생각하며 심각한 표정을 짓는다.

시간이 흐르고 어느 순간 한탄 섞인 말을 내뱉는다. 녹록지 않은 세상에서 우리가 지금까지 해 왔던 일을 이제 와서 후회를 해야 무슨 소용 있단 말인가? 저나 나나 저 세상에서 심판받으면 될 일을. 설화와 함께 이곳 청풍장을 진작에 떠났더라면 좋았을 일을. 단 하루만이라도 노도천의 아내가 될 수 있다면 죽어도 여한이 없다던 설화의 눈물은 그녀를 더욱 애처롭게만 하다. 설화를 대할수록 자신이 서지 않는다는 노도천 그는 이제 마음의 병이 깊이 들어 있다. 살수로 살아가기에는 마음이 나약해진 노도천은 거사가 끝난 날이면 술로 밤을 지새우는 것이 여러 날이다. 그가 세상을 잘못 태어났다 할 수밖에. 이대로라면 올 여름을 넘길 수 없다는 의원의 말이 심상치 않다.

새벽녘이 다 되어 처소로 돌아온 전풍은 오늘 하루 모든 것이 만족했고 높아진 자신의 위상에 그가 있어 가능했던 일이 아닌가 생각해 본다. 자신의 공을 감추려 아무런 내색을 하지 않는 그가 더욱 믿음이 간다. 장문원을 비롯해 청풍장의 모든 형제들이 나를 어려워하지 않는가? 술만 취하면 추태를 보이는 곽상도, 장주를 들먹이는 나의 말에 순응을 하는 모습도 보지 않았나. 생각할 수록 염칠선이 고맙기만 하다.

이제 그마저 청풍채 단주에 오른다면 그와 청풍장의 미래를 논하는 뜻 깊은 자리가 마련될 것이다. 그날이 오래지 않아 찾아올 것이다. 잠시 병든 노도천을 생각하며 안타까운 모습을 보이는 전풍, 스스로 모든 것을 잃어가며 피폐해가는 그와 함께 삶의 의욕을 모두 잃어 가는 설화 이모, 청풍장 새로운 역사를 이룬 초연각에서 보여주는 홍매와 심연의 공연은 오늘도 많은 사람들이 찾아 주었다. 심혈을 들여 작품을 완성한 설화의 노고에 크게 만족한 장주는 많은 금전을 그녀에게 내놓았다. 좋아하는 모습을 조금도 보여주지 않는 설화 그녀의 마음은 오직 노도천이라는 것을 알 수 있다. 석전강 거사 이후 급격히 몸이 쇠약해 가는 노도천 그가 설화와 함께 비류강변을 거닐던 전날의 모습은 너무도 보기 좋았다.

보령산의 혈투

초원객점과 초연각의 등이 모두 꺼져가는 깊은 밤 처소에 돌아온 전풍은 부채질을 연신한다. 잠시 부채질을 멈춘 그가 회심의 미소를 지으며 혼잣말을 내뱉는다. 내 이번 기회에 초연각 부엉이의 진면목을 모두에게 보여줄 것이다. 그 어느 누구 하나 나의 아성에 토를 달지 못하게 해 줄 것이다. 나이가 어리다고 점주인 나를 무시하는 놈들은 더 이상 없을 것이다. 다음 날 아침 청풍채를 찾아 조원진과 마주한 전풍은 어젯밤 객잔에서 장사꾼들로부터 들었던 덕천현감 귀향 이야기를 조원진에게 모두 들려준다.

전풍의 이야기를 모두 듣고 난 조원진이 무릎을 치며 반색을 한다. 청풍장으로 장주를 뵈러 가자고 전풍을 이끄는 조원진과 함께 안채를 나선 전풍은 먼발치에서 검술지도를 하던 염칠선과 눈이 마주치자 먼저 손 인사를 건넨다. 이에 화답하는 염칠선을 뒤로하고 말 위에 올라 조원진을 따라 청풍채를 나선다.

잠시 후 청풍장이 눈에 들어오자 그를 마주한다는 것은 불편한 일이다. 조원진에게 먼저 말한 것이 잘한 일이라 생각하는 전풍은 어수룩한 모습에 힘이 빠져있는 걸음걸이와 자연스럽지 못한 웃음의 그가 싫은걸 어쩌리!

청풍장 후당으로 들어서자 장문원이 두 사람을 반긴다.

"어서 오시오! 총관나리! 어허 초원객점의 점주께서도! 아니 두 분이 일찍 청풍장을 다 찾아 주시고….".

의아하다 묻는 장문원에게 조원진이 입을 연다.

"아! 예 집사어른 내 초연각 점주와 장주님을 뵈올까 해서요."

"아! 그래요, 그럼 자리에 앉으시지요. 어이! 정표 장주님께 고하게나."

정표가 자리에서 일어나 마천웅의 처소로 향하자 장문원이 입을 연다.

"청풍채 노 단주께서는 병세가 어떠하오신지?"

"아! 예. 그게 좀 어렵게 되어 갑니다."

"아니! 총관님 어렵다니 그게 무슨 말씀이시온지."

장문원의 말에 어찌할 수 없이 당연하다는 듯이 말을 내뱉는 조원진.

"병이라는 것이 마음에서 온다는 말이 실감나네요. 노도천 그의 마음은 진작부터 약해 있었지요. 이제는 소용 없어요. 우리가 하는 일이 뻔한 것을 갖고 지난 일을 후회해 봐야 어느 누구한테 좋은 소리를 듣는단 말이오."

조원진에 말이 끝나자 더는 묻지 않는 것이 상책이라 생각하는 장문원은 두 사람이 들으라는 듯이 말을 내뱉는다.

"우리 청풍장에는 마음이 엷은 자가 있을 곳이 못 되지요? 우리가 하는 일 정당하지 못하지만 이 모두 장주와 청풍장 식솔들을 위해서는 해야 할 일이거늘! 지금까지 행한 일을 이제 와서 후회한다면 청풍장 형제들과 장주께 누가 될 뿐 아무런 도움이 되지 않을 거요?"

장문원의 말에 말없이 고개를 끄덕이는 조원진, 정표가 돌아와 들어오라는 마천웅의 말을 전한다. 조원진과 전풍이 후당을 나와서 마천웅의 처소로 향하자 두 주먹을 불끈 쥐며 분개하는 장문원이 이를 악문다.

'괘씸한 놈 같으니라구. 어린 놈이 점주에 올라 하늘 높은 줄 모르고 감히 나를 무시하고 장주에게 직접 고할 줄이야!'

이 모든 것이 두천제일검이라 일컫는 염칠선의 뒷배로 전풍 놈이 초연각의 점주가 된 이후 벌어지는 일이다. 조원진과 전풍이 덕천현감으로 있던 심현보가 그동안 모아 두었던 재물을 가지고 고향 운주로 향한다는 말을 듣고 흥분을 감추지 못하는 마천웅이,

"하! 그거 아주 잘 됐구만! 백성의 피를 빨아 모은 돈, 아주 좋은 먹잇감이 굴러들어 왔구만!"

언제 보아도 범 같은 모습인 마천웅의 큰 눈이 빛을 발한다.

"꼭 뺏어야 하네! 암! 그리해야 하구 말구! 그나저나 우리 전풍이 이제는 초연각의 점주로서 손색이 없어 보이는구만! 그래 좋아 아주 잘하고 있어."

곁에 있던 조원진이 전풍을 거들고 나섰다.

"형님, 초연각 형제들 모두 전풍을 부엉이라 부르지요. 밤이 늦도록 객잔을 지키고 있지요."

외조카 조원진의 말에 흡족해하는 마천웅은 조원진에게 장문원과 거사를 논하라며 자리에서 일어난다. 한참 후 조원진이 청풍장을 떠나자 가슴이 불끈 솟는다.

어느 순간에 이르러 두 주먹을 쥐고 이를 악무는 장문원, '초연각의 쥐새끼 같으니라구.' 이렇게 큰일을 나에게 직접 논하지 않고

조원진에게 먼저, 내가 그토록 그놈에게 다가갔것만 곁을 주지 않는 괘씸한 놈, 초원객주의 점주에 오른 이후 뵈는 게 없는 놈, 친해지기엔 거리가 있는 놈, 전풍 네놈이 이리 나간다면 놈을 경계해야 할 것이다. 그리고 기회가 오게 되면 반드시 나의 발아래 둘 것이다. 초연각의 부엉이 언젠가는 나의 진면목을 볼 날이 있을 것이다. 굳은 마음을 먹는 장문원 그의 작은 눈은 분노로 가득 차 있는 것을 볼 수 있다.

말 모두 재갈을 물려 숨겨 놓고 고갯길 숲속에서 심현보 일행을 기다리는 청풍단원들도 긴장을 놓지 않고 고개 아래쪽을 주시한다. 한참 후 여인들을 앞세워 장사꾼으로 위장한 일행을 보자 모두 검은 복면을 쓴다. 잠시 후 심현보 일행이 다가오자 그들을 향해 검을 빼들고 함성을 지르며 달려드는 청풍단이 시퍼렇게 날이 선 큰 칼을 높이든 앞선 청풍단원이 큰소리를 내지른다. 놀란 여인들이 사내들의 뒤로 몸을 가리자 다시 큰소리를 내뱉는 거구의 청풍단.

"네 이놈들! 가진 것을 모두 놓고 간다면 목숨만은 살려 줄 것이다. 우리에게 대항 하는 자는 모두 목을 벨 것이다."

기세 등등한 거구의 청풍단을 보며 이를 기다렸다는 듯이 칼을 빼드는 심현보 일행 중에 앞선 이가 나서 큰소리로 복면을 쓴 청풍단원들을 향해 응수를 한다.

"네 이 도적놈들! 우리는 네놈들 같은 도적패들이 나타날 줄 알고 미리 대비를 하였느니라! 나는 덕천현 도두로 있던 추성호이니라. 자 얼마든지 오너라!"

거구의 청풍단에 맞선 추성호는 만만치 않은 실력을 보여준다.

거구의 청풍단이 상대를 쉽게 제압하지 못하자 청풍단으로부터 또 다른 복면의 사나이가 나서 거구의 청풍단을 뒤로 물리고 추성호의 전면에 나선다. 상대의 검 놀림에 속수무책으로 뒤로 물러나기에 급급한 추성호는 당황하는 모습이 역력하다. 검무를 추는 듯이 이어지는 복면 사나이의 검은 어느 순간 허공을 크게 가르며 추성호의 목을 그어 놓는다. 붉은 피를 흘리며 몸부림치는 추성호를 보며 크게 놀라는 심현보 일행이 움츠려든다. 때를 놓치지 않으려는 듯이 일행을 향해 포효를 하며 달려드는 복면의 사내를 본 일행들이 크게 놀라며 짐을 팽개치고 달아나기 바쁠 뿐이다.

모든 재물을 거두어 조원진과 수하들에게 건네준 염칠선은 조원진이 떠나자 복면을 벗고 숨을 한 번 크게 들이마신다. 그리고 자신이 할 일은 모두 끝났다고 생각하는 염칠선은 한시바삐 처참하기만 한 이곳을 떠나고 싶은 마음뿐이다. 남아 있던 청풍단원들과 함께 말 위에 오른 염칠선은 곽상도가 보이지 않자 당황하는 모습이었다.

"아니 이게 어찌 된 일인가. 곽상도가 보이질 않으니 여기서 잠시들 기다리고 있거라!"

수하들에게 이르고 난 염칠선은 불안한 마음에 곽상도를 찾아 나선다. 얼마 지나지 않아 풀숲 후미진 곳에서 여인의 울음소리가 들린다. 가까이 다가가자 여인을 범하고 있는 곽상도의 모습에 이를 본 염칠선이 크게 노한다.

"이게 뭐하는 짓인가?"

염칠선의 외침에 놀라는 곽상도가 여인의 몸에서 떨어진다. 돌아서 가는 염칠선을 보며 다급히 뒤를 따르는 곽상도. 무더운 여름 날씨가 시간이 지날수록 점차 그 기세를 더해 간다고 생각한다.

초연각 누각 위에 올라 역사의 현장을 둘러보는 전풍은 초연각의 웅장한 모습에 스스로 감탄을 자아낸다. 이보다 더 크고 아름다운 누각은 세상에 둘도 없을 것이다. 그도 잠시 누각에 서서 멀리 비류강을 올려다보며 그들이 오기만을 기다렸다. 성공했다면 숯가마니를 가득 싣고 온다고 조원진이 말하지 않았나. 어제 저녁에 돌아온 염칠선은 보령산 운현령의 일이 잘 되었고 재물 또한 상당량이라 조원진만 무사히 돌아온다면 이번 일은 대성공이라고 말했다.

용성 나루터에는 그 어느 때보다도 많은 청풍단원들이 배를 기다리고 있지 않은가? 기다리기를 한참만에 강 상류로부터 짐을 가득 실은 배 한 척이 전풍의 눈에 들어온다. 배가 가까이 다가올수록 청풍장의 배라는 것을 확인할 수 있다. 초연각 누각 위에서 내려오는 전풍이 나루터로 향한다.

초원객점 밑으로 늘어서 있는 많은 배들과 용성 나루터에 모습을 보이는 많은 청풍단원들. 이상이 없다는 것을 확인한 조원진은 나루터로 향한다. 배에서 내린 숯가마니 일부가 청풍장으로 가는 것을 확인한 전풍은 기쁨을 참지 못해 주먹을 쥐며 내뻗는다.

"해냈다. 이 초연각의 전풍이 또다시 일궈냈다. 나의 능력을 모두 보았을 것이다."

보령산 거사가 성공으로 끝나고 많은 포상금을 받은 청풍단원들과 함께 기루를 찾은 염칠선은 씻을 수 없는 살생의 죄책감을 잠시 잊으려 기녀들과 함께 많은 술을 마신다. 아름다운 여인의 체취와 분내음 속에 황홀한 밤을 보내고 아무런 의미없이 돌아가는 새벽길에 모든 것을 잊었다. 아무런 생각 없이 걸어가는 길. 어제의 일, 내일 또한 짙어가는 안개 속에서는 그 어느 것도 보이지 않을 뿐이다.

언제부터인가 그녀의 모습이 눈앞에 아른거리곤 한다. 곱고 고운 얼굴이 더해지는 그녀의 춤사위는 뭇사내들의 혼을 빼놓곤 한다. 이보다 더 예쁜 소녀는 세상에 둘도 없을 정도로 아름답기만 하다. 어제 또다시 마주친 그녀의 모습에 나의 마음은 말할 수 없는 설레임으로 가득 차 있었다. 처음으로 느껴보는 감정에 그녀를 바라보던 시선을 돌리고야 말았다.

허무하기만한 노도천의 죽음 이후 의욕을 잃었다. 그녀를 바라보는 즐거움으로 다시 찾은 나의 마음은 보다 더 큰 일과 행복을 꿈꾸곤 한다. 나는 오늘 또다시 초연각에서 그녀를 찾을 것이다.

청풍장으로 향해가는 염칠선, 하늘은 잔뜩 흐려 있고 당장이라도 눈이 올 것만 같다. 청풍장에 도착하자 마차가 초연각에 갈 준비를 모두 마쳤다. 잠시 후 모습을 드러내는 마천웅이 마차에 오르자 염칠선이 말 위에 올라 선두에서 청풍단의 호위를 이끌어 초연각으로 향한다. 구불구불 이어지는 십여 리가 넘는 황토길, 마천웅을 호위하는 염칠선의 마음은 오직 한 소녀만을 생각할 뿐이다. 그녀는 오늘밤도 사내들에게 둘러싸여 모든 이들이 보란 듯이 고운 얼굴과 자태를 보여가며 흥겨운 춤사위를 이어갈 것이다.

초연각에 이르자 객점과 초연각의 등이 대낮과도 같이 모두 켜져 있다. 마차가 초연각 앞에 멈추자 기다리고 있던 전풍은 마천웅이 마차에서 내리자 두 손을 모아 높이 들어 장주에 대한 예를 다한다. 이를 보며 만족스러운 모습을 보이는 마천웅은 위엄있는 모습으로 전풍을 따라 공연장으로 향한다. 전풍이 마련해 놓은 자리에 앉아 끝나가는 설화의 공연을 보며 안쓰러운 모습을 보이는 마천웅. 잠시 후 공연이 끝난 설화가 마천웅에게 다가와 고개를 숙인다. 자신의 옆에 설화를 앉히는 마천웅이 설화의 손을 잡고 그녀 어깨를 다독이며 연민의 정을 다해준다.

"설화 이제는 끝난 일 아닌가. 좋은 사람은 또다시 만날 수 있는 법, 너무 슬퍼하지 말게나! 이젠 자네의 몸도 돌봐야 하지 않나. 나는 지금까지 설화 자네를 나의 친동생처럼 생각해 왔네! 그리고 노단주와 자네를 맺어주려 무던히도 애를 썼네! 허나 어떡하겠나. 날이 갈수록 약한 마음을 보이며 자신이 서지 않는 그에게 더 이상 무얼 말하겠는가?"

"오라버니 심려를 끼쳐 드려 죄송합니다."

마천웅을 바라보지 못하며 맥없이 겨우 내뱉는 설화의 목소리에 애가 타는 마천웅은 더욱 그녀를 달래려고 한다.

"설화 자네가 이리 약해진 모습을 보여서야 초연각 형제들 모두 흥이 나겠는가?"

마천웅은 자신의 잔을 비우고 빈 잔에다 술 한 잔을 따라 설화에게 건넨다. 아무런 말 없이 술잔을 받은 설화는 마천웅을 돌아서 잔을 비운다.

"아! 그래 좋아. 그래야지."

몹시 만족해 하는 마천웅에게 잔을 건네고 술을 채워 놓는 설화, 이를 보며 잠시 마음을 놓는 마천웅은 설화에게 지난날의 이야기를 한다.

"내 자네가 있었기에 이 초연각을 세우지 않았나. 이제는 먼 옛

날이라 지난날 당항포에서 설화 너를 처음 보고 많은 돈을 들여 이곳에 데려올 때부터 마음 먹고 있던 일이었네! 나의 꿈을 이루었다 해도 과언이 아닐세!"

마천웅의 말을 더는 들을 수 없다는 듯 얼굴을 손으로 가리고 자리를 뜨고 마는 설화가 돌아가자 전풍과 염칠선을 더 가까이 앉히는 마천웅. 가야금 소리가 초연각을 울려 퍼지며 시작된 홍매의 춤사위에 어느 때보다도 주의 깊게 홍매를 바라보는 염칠선은 시간이 지나고 공연이 이어질수록 홍매에게서 잠시도 눈을 떼지 못한다. 크게 손뼉 치는 소리와 환호성이 몇 차례 이어지고 그 어느 때보다도 짧은 공연이라 느껴지는 염칠선의 아쉬움 속에 공연이 끝났다. 마천웅은 심연의 가야금 타는 솜씨와 홍매의 춤사위는 가히 천하일품이라고 칭찬을 아끼지 않는다. 이에 고무된 전풍은 심연과 홍매를 불러내 장주를 배웅케 한다.

홍매와 심연이 마천웅을 배웅하러 초연각을 나서자 눈이 펑펑 내리기 시작한다. 홍매와 심연이 다가와 고개를 숙이자 크게 반기는 모습을 보이는 마천웅은 초연각에 보물이라며 두 소녀를 향해 칭찬을 아끼지 않는다.

소녀들을 둘러싼 청풍단원들이 손뼉을 쳐주며 좋아하는 모습을 보며 마천웅이 마차에 오르고 단원들과 함께 염칠선이 말 위에 올라 소녀와 눈이 마주치자 이를 본 소녀의 가슴은 꿈으로 부풀어 오르며 그가 멀리 보이지 않을 때까지 손을 흔들어 준다. 얼마 지나지 않아 떠나는 이들의 모습이 보이지 않자 행복을 꿈꾸며 하염없이 내리는 눈을 가슴으로 모두 받아 내는 소녀는 자리를 떠나지 못한다. 애석하고 허무하기만 한 이들에 이어 어머니와도 같았던 설화마저 돌아갈 곳을 잃어 버렸다는 듯이 초연각을 두고 영영 돌아오지 못할 길을 떠나가고 말았다.

바람에 의해 구름처럼 찾아온 초연각 가는 길 또한 아무런 의미 없이 비바람에 모든 것을 잊었다는 듯이 나의 마음속 깊이 슬픈 흔적만을 남기고 이곳을 떠났다. 오래도록 기억에 남을 좋은 사람들이라 하나 내 이들의 뒤를 이어 이곳에서 허무한 죽음을 맞이하지는 않을 것이다.

지난 시절 설화와 함께했던 흔적을 조금이라도 찾아보려는 듯이 차가운 강바람을 맞으며 강가를 거니는 전풍. 쓸쓸하고도 고독한 그의 마음은 강가의 얼음과 함께 얼어 붙고 만다. 한참을 홀로 강가를 거닐던 전풍은 얼어붙은 자신의 마음을 녹이려는 듯이 굳은 의지를 다진다. 내 슬픔을 간직하고 나약한 모습 끝에 세상을 떠난 이들의 전철을 밟지는 않을 것이다. 이 전풍이 약한 모습을 보이며 세상을 살아가지는 않을 것이다. 세찬 바람이 불어오는 강가 나루터를 벗어나며 결의를 다진 전풍이 전에 죽음을 앞두고 모용수가 하던 말을 되새기며 회심의 미소를 짓는다.

마천웅과 장문원이 그토록 기다리던 화룡선이 용성 나루터로 들어오고 있다. 이를 기다리고 있던 청풍장 모든 이들과 모여있던 구경꾼들이 큰 배라고 입을 모은다. 화룡선이 나루터에 닿자 모두들 하나 되어 일제히 환호를 한다. 마천웅이 장문원의 손을 잡고 크게 기뻐하는 모습을 보인다. 화룡선에 올라 선실과 창고 갑판을 둘러본 마천웅은 화룡선의 모든 것에 만족해 한다.

"자! 보시게나 장 집사. 우리 화룡선의 위용이 대단하지 않소. 이만한 배라면 장강은 물론 멀리 바다 끝까지 간다해도 아무런 문제가 없을 것이오?"

"아! 예 장주어른 지당하신 말씀이옵니다. 이 모두 장주님의 열의가 있었기에 이루어진 일이지요? 어디 적은 돈이 들어간 일이옵니까?"

장문원의 말에 기분이 좋아진 마천웅이 크게 웃는다.

"하 하 하 하 맞는 말이네! 초연각을 하나 더 짓는다 해도 화룡선에 들어간 돈에 비하리오."

범 같은 모습에 뒷짐을 지고 수염을 쓰다듬는 마천웅. 더욱 더 위엄있는 모습을 보이는 마천웅이 말을 이어간다.

"화룡선이란 이름 그대로 불타는 용이라 큰일을 해낼 거요. 앞으로 우리 청풍장의 위상을 크게 높여줄 거요. 아니 그렇지 않소 장집사!"

"아! 예 그렇고 말고요. 이 모두 장주님의 복이 옵니다. 앞으로 이 화룡선이 우리의 영역을 보다 더 넓혀줄 것입니다. 이제 우리 청풍장에 새 역사가 시작될 것입니다."

장문원의 장광설이 이어지자 이들을 뒤따르는 전풍의 심기가 불편해지기 시작한다. 무엇 하나 빠져있는 것처럼 힘없어 보이는 걸음걸이와 부자연스러운 웃음을 보면 볼수록 그가 싫어지는 나의 마음을 내 어찌하리!

초연각의 애사(哀史)

봉선사 등축제가 모두 끝나고 점차 더워가는 날씨는 여름으로 가고 있다는 것을 말해 주고 있다. 객점과 창고를 모두 점검하고 난 전풍은 초연각 누각 위에 올라 강변의 야경을 바라본다. 초연 각과 객점에 불빛이 비춰지는 비류강이 전보다 밝아진 등불에 의 해 운치를 더해 간다. 만족한 모습을 보이는 전풍은 초연각 공연 장의 풍악소리가 강으로 울려 퍼지자 음률에 도취되어 누각을 떠 나지 못한다.

잠시 후 가야금 소리가 더해지자 누각을 떠나 공연장으로 향하 는 전풍이 생각했던 대로 홍매와 심연의 공연이 펼쳐지고 있다. 볼 수록 아름다움을 더해가는 홍매와 심연의 연기, 이 모든 것이 자신 의 정열을 모두 쏟아 넣은 설화가 있었기에 이루어진 역사가 아닌 가? 설화는 대단한 면모를 보여주고 초연각을 떠났다. 이제는 먼 곳에서도 찾아줄 정도로 명소가 된지 오래 아닌가? 홍매와 심연을 보며 스스로 감탄성을 토해내는 전풍은 주위를 한 번 둘러본다.

그가 보이지 않는다. 이제는 초연각을 찾을 때가 되었건만 공연 장 주위를 돌아보는 전풍은 얼마 지나지 않아 구경꾼들에 섞여 있 는 염칠선을 확인하고 웃음을 짓는다. 염칠선의 곁에 다가간 전풍은 염칠선 들으라는 듯이 큰 기침을 한다. 공연에 열정을 보이는 염칠선이 이를 알아 채지 못하자 전풍이 다시 큰 기침을 한다. 그러나 또다시 자신을 알아보지 못하는 염칠선을 보며 은근히 부아가 나는 전풍이 팔꿈치로 염칠선의 옆구리를 친다. 순간 깜짝이다 싶은 염칠선이 전풍을 확인하고 어이없어 웃음을 짓는다. 전풍이 다시 큰 기침을 하자 염칠선이 크게 웃는다. 잠시 고개를 돌려 아무런 표정 없이 염칠선의 아래위를 한 번 훑어본 전풍은 말 없이 공연장을 다시 바라볼 뿐이다. 이를 보던 염칠선이 지고 말았다는 듯이 전풍의 등을 두드리며 또다시 웃고 만다.

공연이 이어질수록 흥을 더해가며 자신들의 모든 것을 아낌없이 보여주려는 듯 모든 정렬을 쏟아내는 홍매와 심연의 공연이 끝나자 손뼉을 치고 난 두 사람은 약속이나 한 듯이 위층 객잔으로 향한다. 창가에 자리를 잡자 소철이 다가와 주문을 받는다. 소철이 돌아서 가자 전풍이 입을 연다.

"어떻게 우리 두천제일검께서는 우리 초연각 무희들의 공연을 잘 보셨는지?"

"아! 잘 보다마다. 내 많은 기루와 청루를 다녀 봤어도 그 어느 곳에도 뒤지지 않네! 오히려 초연각이 단연 으뜸이랄 수 있지 않을까?"

"하! 그래 아마 그럴걸세! 외지에서 찾아온 많은 사람들이 우리 초연각 무희들의 공연을 보고 입에 침이 마르도록 칭찬하는 것을 수도 없이 보았다네!"

술과 안주가 탁자 위에 놓여지자 술병을 들어 염칠선의 잔에 술을 따라 놓는 전풍은 자신의 잔에도 술을 부어 놓는다. 들고난 술

잔을 내려놓는 전풍이 말을 잇는다.

"홍매와 심연의 미모가 초연각의 명성을 떠받쳐 준다지만 이 모든 역사가 설화가 있었기에 가능한 일이지. 참으로 대단한 여인이었지."

안주를 입에 물고 염칠선이 건네주는 술잔을 받아 놓는 전풍이 다시 말을 잇는다.

"설화는 내게는 어머니와도 같은 여인이었지. 어린 나를 친자식처럼 품어주며 키워주었지. 그녀의 마음은 오직 단 하나 노도천만을 사모하며 꽃다운 젊음을 비류강물에 모두 떠내려 버린 비운의 여인이었지. 두 사람의 사랑이 이루어지지 못한 게 너무도 아쉽기만 하구만!"

전풍의 말에 고개를 끄덕이는 염칠선이 술잔을 들어올린다. 들고 난 잔에 술을 채워 놓은 염칠선이 입을 연다.

"나도 전에 두 사람의 다정한 모습을 많이 보았다네! 선생님 곁에서 한시도 떠나지 않고 웃음을 보여주던 여인의 모습이 지금도 잊을 수 없네! 무엇이 선생님의 마음을 그리 약하게 만들었는지 모르겠구만. 참으로 좋은 분이셨는데."

술잔을 비우고 난 전풍은 안타까운 마음을 감추지 못하며 염칠선의 말에 응수를 하듯이 말을 내뱉는다.

"이 사람 두천제일검 어디 자네만 보았겠는가? 사내다운 모습의 청풍단주와 그의 곁에는 고운 얼굴에 화려함을 더한 절세 미녀가 강가를 거닐던 두 사람의 모습이 지금도 내 눈앞에 선하게 남아 있다네! 우리만이 그들의 죽음을 안타깝게 생각하겠는가? 장주께서도 지금까지 몹시도 애석하게 생각하고 계신다네! 이보게 두천제일검, 우리가 이미 세상을 떠난 이들의 죽음을 너무 슬퍼해서는 안되네! 나약한 마음으로는 살아갈 수 없는 것이 세상이라네!"

전풍의 말에 고개를 끄덕이는 염칠선은 더는 말이 없었다. 깊어가는 초연각의 밤을 이어가는 두 사람 홍매와 심연의 춤사위가 절정에 이르러 사내들의 혼을 모두 빼앗고 나서야 공연이 모두 끝났다. 초연각이 떠나갈 듯이 환호와 박수를 보내는 구경꾼들과 외지에서 온 장사꾼들과 술꾼들이 객잔과 누각 위에 끼리끼리 모여 있다. 초원객점은 그야말로 불야성을 이루고 있다. 무더운 여름밤이 깊어가자 손님들이 돌아가고 몇몇 장사꾼들만이 모여서 가는 밤을 아쉬워하며 술판을 이어간다.

때가 된 것일까? 그가 모습을 드러낸다. 청록색 두건에 건포를 걸치고 손에는 부채를 들고 어느 순간엔가 외지에서 온 듯한 사내들과 섞이는 청록색 두건 장사꾼들을 상대로 무언가 이야기를 주고받는다. 오래지 않아 자리에서 일어난 그가 또 다른 장사꾼들에게 간다. 나이가 그리 들어 보이지 않는 청록색 두건의 사내에게 예를 갖추기도 하는 사람들의 모습이 보이기도 한다. 그가 잠시 모습을 감추었다 하면 또다시 객잔과 누각 위에 모습을 보이기도 한다. 객점에 등불이 하나 둘 꺼져가는 모습을 보던 청록색 두건의 사내가 객잔을 주의 깊게 살펴본다.

머나먼 객지에서 외로움을 잠시 달래려 이야기를 나누는 이들과 저마다 하소연과 넋두리를 늘어놓는 장사꾼 그들 중에 객잔 구석진 창가에서 청록색 두건의 사내에게 누군가 손짓을 한다. 청록색 두건의 사내가 장사꾼들에게 다가가자 장사꾼 일행 중에 한 명이 나서 아는 체를 한다.

"점주나리 이리 오셔서 내 술 한잔 받으시오."

자신보다 나이가 무척 많아 보이는 장사꾼에게 다가간 청록색 두건의 사내가 입을 연다.

"연행수 아직 술자리가 끝나지 않은 거요? 장사들 하시느라 피곤들 하실 텐데 일찍들 주무시지 않구!"

"점주나리, 날은 덥고 이 연백흠이 고향 생각에 어찌 잠을 이루겠소! 이리 좀 앉아 보시오!"

청록색 두건의 사내가 연백흠 일행을 향해 두 손을 모아 인사를 한다.

"초원객점 점주 전풍이라 하옵니다. 먼데서들 오시느라 고생이 많으십니다. 뭐 어디 불편하신 섬은 없으신지요?"

전풍의 말에 황송하다는 듯이 말을 내뱉는 일행이,

"불편하다니오! 당치 않습니다. 공연도 재미있고 이곳 술맛 또한 좋고. 자, 젊은 점주 한 잔 받으시오!"

장사꾼 일행과 술 한 잔을 들고 난 전풍이 연백흠을 향해 입을 연다.

"어떻게 우리 연행수께서는 이번 장사를 잘 하셨는지요?"

"아! 장사야 뭐 그때그때 운이지 잘 할 게 뭐가 있소! 등짐을 지고 장사를 하는 이가 벌어야 얼마를 벌겠소! 한 배를 다 팔아봐야 배를 사는 것도 아니고 그 누구처럼 큰돈을 벌어 부자가 되어 배를 통째로 사서 재물을 가득 싣고 고향으로 가는 것도 아니고."

순간 전풍의 귀가 번득인다. 아니 누구길래 배를 통째로 사서 고향으로 대체 무엇을 해서 얼마 만큼의 돈을 벌었길래 재물을 가득 싣고 고향 땅으로 간단 말인가? 당연포와 진원산을 들먹이며 말을 이어가는 장사꾼들의 말을 하나도 놓치지 않고 들으려는 전풍은 점원을 불러 술과 안주를 내어 오라고 시킨다. 잠시 후 술과 안주가 탁자에 놓여지자 이를 크게 반기는 장사꾼들에 섞여 깊어가는 초연각에서 밤을 새우는 전풍이다.

청풍장 대당안실에서 장문원과 조원진을 상대로 논의를 하는 마천웅은 흥분을 감추지 못한다. 조원진이 마천웅을 향해 입을 연다.

"형님! 우리 청풍단이 그동안 벌여왔던 거사 중에서 이번 송하강에서 일이 가장 큰 일이 아닌가 싶습니다. 진원산의 재물을 우리 청풍단이 모두 빼앗아 버린다면 우리 청풍장이 지금보다도 더 크게 번창할 수 있는 기회입니다. 제가 길음현으로 정탐을 가보는 것이 좋을듯 합니다."

좀처럼 흥분을 가라앉히지 못하는 마천웅은 장문원을 바라보며 고개를 끄덕인다. 침착한 면을 잃지 않는 장문원 역시 빠를수록 좋은 일이라며 동조를 한다. 지금 당장 짐을 챙겨 길음현으로 가야겠다며 조원진이 대당안실을 떠나자 마천웅이 장문원에게 묻는다.

"이보시게 장 집사 당연포라 하면 뱃길로 5백 리가 넘는 먼 곳인데다 강에서 일을 벌여야 할 터인데 쉬운 일이라고 할 수는 없겠구만!"

"아! 예 장주어른. 당연포가 송하강을 거슬러 올라가야 하는 먼 곳이라 하나 사전에 계획을 잘 세운다면 육지보다는 오히려 강에서 일이 더 쉬워질 수도 있는 일이지요. 더군다나 우리에게는 화룡선이 있지 않습니까? 이번 기회에 우리 화룡선의 위용을 모두에게 보여줄 참입니다."

장문원의 말에 만족해 하는 마천웅이 크게 웃는다.

"하하하하 천하제일의 모사 우리 장 집사가 강에서 하는 일이 두려울 것이 무엇이 있겠는가?"

마천웅의 말에 두 손을 모아 올려 말을 내뱉는 장문원.

"장주어른을 결코 실망시키지 않겠습니다. 저를 믿어 주십시오."

"암 암, 좋아 좋아. 자네야말로 나에게는 장자방일세! 내 장량을 얻은 한 고조의 마음을 이제야 알 것 같구만!"

마천웅이 가택으로 돌아가자 청풍장 안실에 남아 있던 장문원이 분노를 삭이지 못한다.

'이 초연각의 쥐새끼 같으니라구! 끝까지 나를 멀리 한다면 내 더 이상 놈에게 다가갈 필요가 없을 것이다.'

이를 갈며 분함을 참지 못하며 두 주먹을 불끈 쥐며 탁상을 내려치는 장문원. 이 전풍 쳐죽일 놈 같으니라구. 내 더 이상은 참을 수 없다. 분을 삭이지 못해 독기를 뿜어대던 장문원이 어느 순간에 이르러 허공을 주시하며 잠시 분을 가라앉힌다. 그리고 고개를 끄덕이며 굳은 마음을 먹는다.

고향을 떠나 객지에서 고생 끝에 큰돈을 벌어 고향 연주로 돌아간다는 거부 진원산. 이번에 당연포 거사를 완벽하게 처리하여 초연각 부엉이 놈을 반드시 내 발아래 둘 것이다. 막바지로 치닫는 더위가 기승을 부린다.

심연과 친구들이 돌아간 뒤에 방에 홀로 남은 홍매가 창가에서 비류강변을 내려다본다. 하얀 백사장과 넘실대는 강물을 바라보며 생각에 잠기는 홍매는 어느 순간 그의 얼굴이 떠오르며 봉선사 등축제에 다녀오던 길에 있었던 그와의 일들이 생각난다. 따듯한 온정을 보이는 그와 보냈던 달밤을 밝게 비춰주는 달빛 아래서의 그와의 속삭임은 영원히 잊지 못할 것이다. 나의 마음과 달리 더는 말이 없는 무심한 연정은 여자인 내가 앞서 그를 이끌어 갈 수는 없지 않은가? 그를 향한 나의 마음을 그는 알고 있을까? 지난날 설화와 노도천이 거닐던 추억 속의 모습을 그려보며 백사장을 바라보던 홍매가 이루지 못한 사랑에 끝내 목숨마저 내던진 설화를 생각하며 힘없이 강물을 바라본다. 그리고 염칠선과의 인연이 추억으로만 남지 않을까 애를 태운다.

거부 진원산이 길음현에서 당연포로 떠날 준비를 모두 마쳤다는 조원진의 소식을 접한 장문원은 대당안을 서성이며 골몰히 생각을 한다. 그가 오래지 않아 안실로 들어서 자리에 앉는다. 드디어 그가 결단을 내린다. 까탈스러운 심연보다는 마음이 열린 홍매가 나을 것이다. 염칠선 그가 권법과 검술이 뛰어나다 하나 이번 일에는 곽상도가 제격일 것이다. 이번 당연포 거사에는 내가 직접 나설 것이다. 청풍단 형제들 모두 손발이 맞는다면 그리 어렵지만은 않은 일이 될 것이다. 모든 일을 끝내고 일사분란하게 화룡선에 올라 송하강을 떠난다면 일은 거기에서 끝날 것이다.

거부 진원산을 속이다

노을이 지고 난 저녁 하늘은 쓸쓸하기만 할 뿐이다. 초연각 누각 위에서 비류강을 바라보는 염칠선은 유유히 흐르는 강물을 보며 무언가 깊은 생각을 하는 모습을 보인다. 초연각 접주 전풍은 염칠선을 확인하고 그의 곁으로 다가간다. 진록색 두건에 언제나 그렇듯이 거만한 모습으로 말 문을 연다.

"아니 두천제일검께서는 무슨 생각을 그리하시나?"

전풍을 보며 웃음 짓는 염칠선에게,

"아, 아무일도 아니네. 그저 비류강의 경관에 매료됐을 뿐이네! 그래 칠선이 자네의 말이 맞네! 이곳 초연각은 비류강의 경치가 한눈에 들어오는 곳이지. 불타는 노을과 눈 내리는 강가의 모습은 천하제일이라고 할 수 있지."

고개를 돌려 염칠선을 바라보며 말을 이어가는 전풍. 어떻게 홍매가 보이지 않으니 그의 마음이 쓸쓸한 것이 아닐까?

"하! 이 사람 아닐세! 강 바람이 좋아 누각으로 올라왔을 뿐이네!"

염칠선의 말에 가소롭다는 듯 거만한 모습을 다시 보여주는 전풍은 염칠선의 아래위를 훑어보며 말한다.

"그래 내가 보기엔 자네가 홍매 생각으로 마음이 가득한 것 같구만!

내가 누군가. 이 전풍이 이래 봬도 장주어른을 대신해 이곳 초연각을 맡고 있는 사람이네! 내가 이곳에서 뼈를 묻은지 어언 20년이 다 되어 가네! 수많은 세상 사람들을 상대해 왔지. 칠선 자네가 홍매 생각을 하지 않았다면 내가 자네를 위해 도울 일은 없겠구만!"

전풍의 행동에 황급히 두 손을 모아 전풍을 향해 예를 다하는 염칠선.

"전 대인 소인이 미처 대인의 깊은 뜻을 몰라 뵈었으니 용서하여 주십시오. 전 대인 미천한 소인에게 부디 가르침을 주소서!"

염칠선의 모습을 보며 크게 만족해 하는 전풍이 하하하하 웃음을 참지 못해 크게 웃는 모습을 보인다. 전풍의 모습을 보며 염칠선 역시 크게 웃는다. 잠시 후 누각을 내려와 객잔 창가로 자리를 잡은 두 사람에게 점원이 술과 안주를 가져다 놓자 술 한 잔을 들이키고 동시에 잔을 내려놓자 염칠선이 입을 연다.

"초연각 부엉이 그 명성이 헛되지 않았구만! 장주어른께서도 인정을 하고 있지 않나. 그래, 자네 말이 맞네! 여부가 있겠나? 이곳 초연각에서 세상의 모든 정보를 얻고 있지. 밤이 늦을수록 깊어갈수록 길손들과 장사를 하는 사람들을 비롯해 한잔 두잔 술에 취해 저마다 자신이 겪은 일과 보고 들었던 일들을 모두 내뱉는 곳이 바로 이 객잔이라네! 염칠선 자네도 알다시피 청풍단원들에 의해 행해진 일 거의 모두가 이곳에서 시작됐다 해도 과언이 아닐세!"

전풍을 보며 술잔을 들어 올린 염칠선은 잔을 비우고 나자,

"그럼 당연포 일도."

"그렇다네. 당연포 역시 내가 정보를 제공한 것이네!"

"장 집사한테 이야기를 들은 모양이구만!"

"이보게! 전풍, 홍매가 혹시 당연포로 청풍단원들과 함께 간 것이 아닐는지."

"그것은 내가 모르네! 이번 일이 엄청 큰일이라는 것 외에는…."

자신의 말에 말없이 생각에 젖는 염칠선의 모습을 놓칠 리 없는 전풍이 말을 이어 간다.

"두천제일검께서는 이번 일에 제외된다고 너무 상심하지 말게나. 곽 상도가 자네보다 실력이 월등해서 발탁을 한 것이 아닐테니."

전풍은 잔을 내려 놓으면서도 염칠선의 얼굴을 주시한다. 평상시와 달라 보인다. 홍매에 대한 걱정일 것이라 짐작을 한다.

"이보게! 전풍, 당연포가 이곳에서 얼마나 되나?"

"당연포는 이곳에서 한 오백 리는 족히 될 걸세! 장강을 거쳐 송하강을 거슬러 올라야 하지! 왜 묻는가? 혹시 홍매가 갔을거라 생각하는가 보지."

전풍을 쳐다볼 뿐 홍매라는 말을 하지 못하는 염칠선, 이를 모를 리 없는 전풍,

"이보시게 두천제일검. 그렇게나 걱정할 거면 진작 장주어른께 홍매를 달라고 했어야지! 우리 두천제일검께서는 그렇게도 용기가 없으셨나. 너무 걱정 말게나. 홍매가 갔다 하면 장 집사가 함께 할 것이니. 그가 실패하는 걸 본적 있는가? 홍매가 돌아오면 내가 장주어른에게 자네가 홍매를 마음에 두고 있다고 고하겠네!"

잔을 들고난 염칠선은 전풍이 나서 준다면 그리 어렵지 않을 것이라고 생각을 한다. 잠시 점원이 다가와 전풍에게 무언가 이야기를 하니 전풍이 일어서며 염칠선에게 잠시 다녀오겠다며 기다리라고 하며 전풍이 자리를 비우자 홀로 남은 염칠선은 강가를 내려다본다. 화룡선이

보이지 않는 나루터는 허전하다 못해 볼품이 없다. 홍매와 함께 화룡선은 떠났다. 웬지 불안한 마음에 무사히 돌아오기만을 빌어볼 뿐이다.

화창한 날씨, 높고 푸른 하늘은 가을의 문턱을 넘었음을 알려주려는 듯 하다. 어느 누구보다도 먼저 뱃전에 나와 있는 장문원의 유난히 작은 눈은 야심에 찬 눈빛을 보인다. 배 난간을 잡고 가벼히 몸을 눌러대는 장문원을 향해 거한의 사내가 예를 다한다.

"아! 곽상도 자네의 기개가 이리도 왕성한 걸 보니 이번 당연포 일이 잘 될 것만 같구만!"

장문원의 말에 다시 한번 손을 겹쳐 예를 다하는 곽상도는 장문원을 향해,

"집사어른, 명만 내리신다면 어떠한 분부라도 목숨을 걸고 받들겠습니다."

곽상도의 말이 끝나자 장문원은 만족하다는 듯이 웃음을 보이며,

"상도 자네와 이 화룡선을 타보는 것도 참으로 오래된 것 같구만!"

"이 배 이름을 화룡이라 명명할 때 장주님께서도 흡족한 마음을 보이셨지요."

장강으로 향하는 화룡선 난간에 기대어 주위의 경관을 바라보며 여유로운 모습의 두 사람 앞에 평민복 차림의 한 여인이 고개를 숙인다.

"아! 홍매. 어떻게 간밤에는 잘 잤는가?"

"네! 집사어른 덕분입니다."

"하하하하 홍매 뭘 그렇게까지."

그리고 여인의 아래위 모습을 보고 난 후

"홍매 그대가 아무 옷이나 걸쳐도 천하제일 가는 미인이라는 것은 틀림없구만! 암, 그렇고 말고. 자네는 우리 초연각의 보물이라고 사람

들이 말하지 않는가?"

장문원의 장광설에 부담을 느낀 것일까. 홍매가 고개를 돌린다. 장문원의 말이 계속 이어진다.

"홍매, 이번 일은 매우 중요하네. 이번 일이 성공하면 청풍장과 초연객잔은 크게 번성할 수 있지. 기회가 온 것이지. 이번 일은 아무나 할수 없는 일이지. 홍매 이번 당연포의 일은 자네가 적임자지. 그리고 막대한 보상이 따르지. 성공만 한다면 자네의 요구조건을 무엇이든지 들어주겠다고 장주님께서도 약속을 하지 않았는가?"

장문원의 말이 끝나자 한층 고무되어 만족한 모습을 애써 감추려는듯 배 난간을 잡고 멀리 가야 할 뱃길을 바라보는 홍매, 홍매의 모습을 바라보는 곽상도, 그의 시선이 달가워 보이지 않는다. 홍매 역시 곽상도와 마주치는 눈길을 피하려 하는 모습이 역력해 보인다.

오늘 또다시 화룡선이 떠난 비류강을 바라보는 염칠선은 시간이 지날수록 더욱 착잡해지는 마음을 추스려본다. 하지만 마음과는 달리 뜻대로 되지 않는다. 자신도 모르게 불안한 생각을 떨쳐낼 수 없다. 곽상도 그가 이번 일에 동행만 하지 않았어도 당연포 송하강을 거슬러 오르면 사나흘 정도면 닿을 수 있다고 전풍이 말하지 않는가.

이 년 전에 있었던 운현령의 일들이 생각난다. 많은 사상자를 내고도 계획된 일은 성공리에 마칠 수 있었다. 서둘러 사건 현장을 떠나야 함에도 참상에 젖은 젊은 여인에게 흑심을 품어 욕정을 채우려는 곽상도와 크게 다투지 않았는가. 그 후로는 그와 마음이 멀어지지 않았는가. 곽상도 역시 그날 이후부터 나와 마음이 멀어졌을 것이다. 이를 멀리서 지켜보고 있던 전풍은 염칠선의 심정을 모를 리 없다. 차라리 못 본체 하는 것이 나을 것이라는 생각에 객잔 안으로 발길을 돌린다.

달 밝은 밤 비류강을 흘러가는 화룡선 선실에 누워 깊은 생각을 하는 장문원은 조원진의 말을 상기한다. 엄청난 재물을 모았다는 진원산 그가 전 재산을 처분하고 고향 초현량으로 돌아간다고 한다. 진원산을 노리는 자들이 많을 것이라고 조원진도 말하지 않았는가? 무슨 수를 써서라도 꼭 성공해야만 한다. 그 어느 때보다도 막대한 금전과 많은 희생이 따른다 해도 완수를 해야 할 것이다. 그래야만 마천웅의 마음을 모두 빼앗을 수 있을 것이다.

그동안 내가 많은 노력과 공을 들이지 않았나. 두천제일검이라 할 염칠선의 도움을 받지 못 한다 하나 심연보다는 홍매가 적격인 것을 어찌하랴! 염칠선이 홍매를 마음에 두고 있는 것을 많은 청풍단원들이 알고 있는 일. 도적떼가 들끓기로 소문난 송하강에 나 역시 먼 옛날이라 할 시절에 그들이 벌였던 일과 크게 다르지 않을 것이다.

홍매가 떠난지 이틀이 되었다. 불안한 마음은 초조함으로 이어진다. 곽상도 역시 홍매를 마음에 두고 있을 것이다. 거칠고 흉폭한 그가 마음에 걸린다. 내가 이번 일에 제외된 것이 이해가 되지 않는다. 이번 일이 그리 큰일이 아니라던 장 집사가 초연각 홍매를 끌어들인 것이 틀림없는 일이다. 그렇다면 이번 일이 예사로운 일이 아닐 것이다. 더군다나 오백 리나 넘는 뱃길을 게다가 송하강을 거슬러 올라야 하는 머나먼 길이 아닌가? 이를 어찌 두고만 볼 수 있단 말인가.

그러나 달리 방법이 있는 것도 아니다. 홍매가 무사히 돌아오길 기다릴 수밖에. 내가 조금만이라도 용기를 내었다면 홍매를 내 사람으로 만들 수 있었을텐데. 내가 왜 진작에 용기를 내지 못했을까. 홍매가 돌아오면 내가 용기를 내어 장주께 직접 간청하리라! 초연각의 보물 홍매와 심연을 마천웅이 아낀다 하나 내가 꼭 용기를 내리라! 염칠선이 굳게 마음 먹을수록 또다시 그가 마음에 걸린다. 그리고 다시 한 번 마음이 불안해진다.

염칠선의 발길은 자연스레 초연각으로 향한다. 연주가 시작된지 오래된 것 같다. 심연의 공연이 한층 무르익어 가는 걸 알 수 있다. 모든 이들의 시선은 두 말 할 것도 없이 심연의 모습에 도취되어 있다. 많은 손님들의 뒤에 서 있던 염칠선은 한참을 구경하던 끝에 구석진 자리로 걸음을 옮긴다. 그가 자리에 앉자 기다렸다는 듯이 점원 하나가 염칠선에게 다가와 무언가 이야기를 하니 점원의 말에 고개를 끄덕이며 웃음을 보이는 염칠선에게 잠시 후 다시 나타난 점원이 염칠선 앞에 술과 안주를 내놓는다.

"고맙네! 소철, 거기 좀 앉게나!"

사양을 하는 점원에게 다시 한 번 권하는 염칠선, 마지 못한 모습을 보이며 소철이 자리에 앉는다.

염칠선이 한 잔 술을 들고난 후 소철에게 잔을 내민다. 술 한 잔을 받은 소철이 고개를 돌려 두 손으로 술을 마신다. 염칠선에게 잔을 내어놓고 한 잔 술을 가득 부어놓고 돌아선다. 다시 잔을 드는 순간 사람들의 박수소리와 환호성이 이어진다. 잔을 내려놓자 또다시 홍매의 모습이 눈앞에 떠오른다. 홍매를 생각하면 할수록 자신의 가슴을 무언가 압박해 오는 느낌이 처음이라고 할까. 마천웅의 지시로 수많은 일들을 처리해 오면서 긴장감 속에 쫓기다시피 범행 장소를 벗어나야 했던 상황 속에서도 느껴보지 못한 마음 아닌가?

엇갈린 애정

커다란 배가 포구로 들어온다. 하얀 돛의 붉은 용무늬에 홍매가 타고 있을 것이라 생각이 든다. 화룡선이 나루터에 닿자 사람들이 배에서 내려온다. 장 집사와 조원진이 내리고 이어 곽상도의 모습이 보이며 그리고 짐을 지고 내려오는 청풍채 단원들, 일이 잘 되었음을 보여준다. 이제 곧 홍매가 모습을 나타낼 것이다. 무척 기다려진다. 보고 싶다. 많은 사람들 중 한참을 기다려도 아직 홍매의 모습은 보이지 않는다. 대체 어찌된 것일까? 왜 그녀의 모습이 보이지 않는 것일까?

답답한 마음에 곁을 스치는 장 집사를 붙들고 홍매를 물어본다. 아무 말 없이 작고 매서운 눈빛으로 입가에는 웃음만 지을 뿐. 이번에는 조원진과 곽상도를 그러나 이들 역시 말 없이 자신을 스쳐 갈 뿐 말이 없다. 아무리 주위를 둘러보아도 홍매의 모습은 그 어디에도 보이지 않는다. 염칠선의 발길은 어느새 초연각에서 애타게 찾던 홍매는 이곳에도 없다. 갑자기 외로워지며 마음이 서글퍼진다.

그때 저 멀리 홍매의 모습이 그것도 잠시 뒤돌아 어딘가를 향해 걸어간다. 따라가도 따라가도 멀어만진다. 홍매를 부르려 해도 말이 안 나온다. 겨우 겨우 힘을 내어 홍매를 부르다 잠에서 깨어나는 염칠선은 물 한 모금 마시자 가슴이 답답하고 막막해 오는 것을 느낀다. 동이 트려면 아직 멀었다는 생각에 더욱 옥죄여 오는 마음을 어떻게 해야 할지를 모른다. 꿈에 본 홍매의 모습을 생각하면 지금이라도 당장 당연포로 홍매를 찾으러 가고픈 마음뿐이다.

일단 날이 밝으면 초연각으로 전풍을 찾아 가리라 마음을 먹는다. 소철로부터 염칠선이 아침부터 객잔에서 자신을 기다리고 있다는 말을 전해들은 전풍이 놀라는 표정을 짓는다.

"염칠선이 아니 두천제일검께서 식전부터 나를 보자고? 소철, 지금 그 말이 참 말인가?"

"점주께 제가 어찌 거짓을 고하리까? 염 사범께서 기다린지 오래 되었습니다. 가 보시지요?"

"어 그래, 알았네. 내 곧 간다고 전해주게!"

소철로부터 전풍이 곧 오겠다는 소식을 전해들은 염칠선은 소철에게 수고했다는 말을 건넨다. 잠시 후 전풍이 모습을 보이자 의자에서 일어나 다가온 전풍에게 자리를 권한다.

"아니 두천제일검께서 이른 아침부터 나를 찾다니 무슨 급한 일이라도 있는가 보구만!"

염칠선이 보란 듯이 뒷짐을 지고 거만한 모습을 보이는 전풍, 이를 보고 웃음을 보이는 염칠선이 전풍을 향해,

"이보게나 전풍, 나 좀 도와 주게나!"

"아니 두천제일의 사내 대장부가 하찮은 초연각 점주한테 사정을 다하다니 해가 서쪽에서 뜰일이구만! 아니 그런가 이 사람아!"

"전풍 나 지금 농으로 하는 말이 아니네! 나 아무래도 당연포로 가야 할 것만 같으니."

"아니 그렇다면 홍매 때문인가?"

"그렇다네! 홍매에게 무슨 일이라도 생기지 않을까 걱정이 되는구만!"

"어허 이 사람 염칠선 내가 사람을 잘 못 보았구만! 일이 끝나고 때가 되면 돌아올 사람을 너무 조급하게 생각하지 말게나 천하제일의 모사 장문원이 함께 하는데 무슨 일이 있을라구!"

"전풍, 나 어젯밤 불안해서 한잠도 못 잤네! 뜬 눈으로 밤을 새웠네!"

"아니 염칠선, 자네 진심으로 하는 말인가?"

"그렇다네! 전풍 내 자네 말고는 누구한테 이런 말을 하겠나. 당연포 배편을 좀 알아봐 주게나. 내 이렇게 간곡히 부탁하네!"

"그것은 어렵지 않으나 장주님께서 아신다면 누가 되지 않을까."

"전풍 그것은 염려하지 말게나. 무슨 일이 생긴다면 나 혼자 책임을 질 것이니."

염칠선이 돌아가고 나자 잠시 생각을 하는 전풍, 염칠선 그를 어느 누구보다도 믿을 수 있다. 청풍채 곽상도 그도 장주의 신임을 받는다 하나 비교할 수 없을 만큼 모든 이들로부터 나름대로 칭송을 받고 있지 않는가. 그와 가깝게 지내는 것은 나의 입지를 강화할 수 있다. 살수로 살아가는 인물이라지만 때로는 인정미 넘치는 인품을 보여주기도 하는 염칠선. 내 이곳 초원객잔의 점주로 자리 잡을 수 있었던 것은 그의 힘이 있었기에 보다 일찍 젊은 나이에도 가능했던 일이 아닌가? 염칠선 그는 나보다 나이가 적다 하나 그와 친구로 지내는 것은 내게는 많은 도움이 되고 있다. 염칠선 그는 홍매에 깊이 빠져 있다. 불안하다는 마음은 곽상도 그 때문

일 것이다. 그와 사이가 좋지 않은 것은 초원객점과 초연각 형제들이 모두 알고 있는 일이다.

강변 경관에 도취되어 감탄을 금치 못하는 홍매, 장 집사의 말 그대로 송하강 천하제일의 풍광이라 참으로 아름다운 곳이다. 많은 것을 알고 있는 장 집사를 대단한 사람이라고 장주어른도 늘 말하지 않는가? 학문이 높고 사심이 없는 사람이라고 칭찬을 하지 않는가? 홍매 곁으로 다가와 배 난간에 기대어 서서 홍매의 모습을 쳐다보던 장문원이 입을 연다.

"홍매 송하강이 참으로 아름답지 않은가?"

장문원의 말에 고개를 숙여 답을 하는 홍매.

"네 그렇사옵니다. 집사어른 말대로 아름답기 그지없는 곳이옵니다."

"홍매, 저 멀리 보이는 곳이 당연포라네. 포구 또한 천하에 둘도 없는 절경이지. 이곳이 아무리 아름답다 하나 우리는 한 치의 오차 없이 모든 것을 완벽히 처리하고 한시 바삐 이곳 송하강을 떠나야만 하네. 홍매, 이번 당연포 일은 전적으로 그대에게 달려 있다 해도 과언이 아니네. 성공만 한다면 포상과 함께 자네는 원하는 것을 모두 얻을 수 있지. 암 그렇고 말고."

장문원의 말이 끝나자 부끄러운 듯이 고개를 돌려 상념에 잠기는 홍매. 이번 일이 잘 된다면 무엇을 원해야 할까. 금은 보화를 원해야 할까. 아니면 고향으로 돌아가야 할까. 홍매는 잠시 어릴 적에 살았던 고향의 모습을 그려본다. 그리고 염칠선을 생각해 본다. 과묵한 인상에 어딘지 모르게 인정이 넘치는 모습을 보여주는 그와 함께 나의 고향으로 갈 수 있다면 더할 나위 없이 좋으련만. 이번 당연포 일이 잘 되어서 성공을 한다 해도 내가 여자로서 먼저 나설 수도 없는 일이다. 나의 마음을 그는 알고 있는 것일까. 어느 순간 곽상도와 눈이 마주친 홍매는 이내 시선을 돌린다.

전풍으로부터 소식이 오기를 기다리던 염칠선은 정풍채 문이 열리며 들어오는 이를 주시한다. 흰 두건을 두른 소철의 모습이 틀림없다고 단정 짓는 염칠선은 아 소철이 이렇게 반가울 수가 없었다. 주위를 살펴가며 염칠선에게 다가가는 소철이 조심스럽게 입을 연다.

"대형 점주님께서 긴히 찾고 계십니다. 오늘 저녁 나절에 배가 출항한다고."

"아 알았네. 소철 고맙네. 내 곧 초원객잔으로 찾아가겠다고 전해 주게나."

소철이 인사를 하고 돌아서자 염칠선의 얼굴엔 희색이 감돈다. 모든 준비를 끝내고 초원객잔으로 들어서자 객잔 안쪽에 앉아 있던 전풍이 손짓을 한다. 전풍 앞에 앉는 염칠선은 전풍의 얼굴을 보고 일이 잘 되었음을 알 수 있다. 몹시 좋아하는 염칠선을 보고 거드름을 피는 전풍이 내뱉는다.

"허이 이 사람 염칠선, 그 만한 일로 고민을 다하고. 자네, 양산박을 찾아가겠다던 기개는 다 어디갔나. 사내 대장부가 계집 하나 때문에 이렇게 마음이 흔들려서야 어디 큰일을 하겠는가?"

자신의 말에 연신 웃기만 하는 염칠선을 보고 전풍도 따라 웃는다.

"이보게 두천제일검, 내 농으로 하는 말일세. 내 지금 자네의 심정 왜 모르겠나. 오늘 저녁 전에 당연포로 가는 배가 있네. 내가 좀 아는 사람들이지. 내 자네를 부탁해 놓았네."

잠시 말을 끊는 전풍이 좀 전보다는 진지한 표정으로 염칠선을 보며 다시 말을 이어간다.

"이보시게 두천제일검, 내가 이곳에서 누구하고 농을 하겠나. 내 자네의 도움으로 적은 나이에도 불구하고 초원객점의 점주 자리에 오르지 않았는가."

"하 이 사람 전풍, 그 무슨 당치도 않은 말을."

"염칠선 내가 왜 모르겠나 아무튼 잘 다녀 오시게나."

성공은 당연한 일일 것이고 잠시 후 장사꾼으로 변한 모습으로 전풍과 함께 나루터로 향하는 염칠선.

"이보게 부엉이. 우리가 잠시 헤어져 한동안 못 볼 것을 생각하니 섭섭하구만."

"그러게나 말일세. 내 언제 또다시 자네에게 거드름을 피울지 하하하하."

전풍의 말이 끝나자 크게 웃는 염칠선, 전풍 역시 웃는다. 평범한 모습에도 어딘가 모르게 당당해 보이는 한 사내. 시간이 지나면서 그의 마음은 초조해진다. 당연포 나루터에 내리쬐는 햇빛을 간간히 쳐다보며 중얼거린다. 올 때가 되었건만 아직도 화룡선과 장 집사의 모습이 보이지 않는다. 생각했던 것보다 일찍 도착한 진원산이 출항을 서두르는 것 같다.

따갑기만 하던 햇빛에 찡그러운 모습을 보이던 조원진의 얼굴에 회심의 미소가 번져온다. 하얀 돛대 붉은 무늬 화룡선이 멀리 모습을 드러낸다. 출항을 앞둔 진원산은 고민이 깊어진다. 시간이 흐를수록 속이 타들어간다. 귀향길을 함께하기로 한 뱃사람들의 모습은 그 어디에도 보이지 않는다. 화도 나면서 한편으로는 그들이 걱정되기도 했다. 귀향길을 함께 할 뱃사람이 가장 믿음이 가는 사람이라고 생각했던 자신의 판단이 틀렸다.

뱃전에 서서 저잣거리로 이어지는 길을 주시하고 있던 진원산은 고개를 돌려 나루터를 바라본다. 진원산의 옆에 장사치로 보이는 이들의 모습이 눈에 들어온다. 다리를 저는 중년 사내와 키가 큰 젊은 사내가 다정스러운 모습으로 둘은 서로 손짓과 몸짓으로 무언가 이야기를 나누는 정겨운 모습을 보인다. 해가 중천을 넘은 지 오래 되고 저잣거리로 이어지는 길을 바라보던 진원산은 한숨이 절로 나올 뿐이다.

엊저녁 잠시 저잣거리에 나갔다 온다는 뱃사람 그들은 도대체 어찌된 것일까. 선수금을 준 것도 아닌데, 어이 없다는 듯 하늘만을 쳐다보는 진원산 앞으로 난데없이 뱃전으로 뛰어드는 미소년의 모습에 깜짝 놀라는 진원산. 앞에 엎드리며 목숨을 애원하는 엷은 목소리,

"살려 주세요, 대인. 살려만 준다면 무엇이든지 다할게요."

미소년의 말이 끝나자마자 건장한 사내들이 진원산의 뱃전으로 뛰어든다. 무리 중 가장 나이가 들어 보이는 덥수룩한 수염의 사내가 미소년을 향해 크게 외친다.

"네 이년 네가 도망을 치면 우리가 너를 못 잡을 줄로만 아느냐?"

덥수룩한 수염의 사내 말에 크게 놀라는 미소년. 진원산의 등 뒤로 몸을 밀착시킨다. 순간 물컹거리는 육체, 여인임을 알 수 있다. 의문의 여인 행동에 당황하지 않을 수 없는 진원산으로부터 여인의 몸을 떼어내는 무리들, 두려움과 공포에 떠는 여인은 또다시 진원산을 보며 애원을 한다. 무뢰한 이들에 이끌려 가던 여인을 보고 있던 진원산이 갑자기 여인이 불쌍하다는 생각이 들었다. 그

리고 여인이 볼수록 미인이라 안타까운 마음에 여인을 돕고 싶은 마음이 있지만 혼자서 무엇을 어떻게 해야 할까. 살려 달라고 애원을 하는 여인을 배에서 끌어내린 사내들은 여인을 더욱 험하게 다룬다.

덥석부리 수염이 나서 여인을 향해 또다시 큰소리를 친다.

"네 이년, 네가 남장을 하면 우리가 너를 몰라볼 줄 알았더냐."

그의 말이 끝나자 수하로 보이는 사내가 여인의 머리채를 잡아 땅바닥에 내동댕이친다. 내팽겨쳐진 여인은 계속해서 살려 달라는 말만을 외칠 뿐이다. 여인의 말은 안중에도 없다는 듯 사내들이 여인의 머리채를 다시 움켜쥔다. 이때 다리를 저는 중년의 남자로 보이는 이가 무뢰한들에게 나서며 고함을 친다.

"아니 백주 대낮에 이 무슨 짓들을 하는게요?"

장사꾼으로 보이는 중년 남자의 고함소리와 함께 구경꾼들이 하나 둘 모여든다.

덥석부리 수염이 나서 자신들을 제지하려는 중년의 남자에게 나선다.

"뉘신지 모르나 남의 일에 참견을 하지 않는 것이 좋을듯 하오."

"아니 참견을 하지 말라니 지금 당신들이 하는 행동이 옳은 거요? 보아하니 연약한 여인 같은데 젊잖아 보이는 사람들이 이래서야 되겠소."

자신들을 제지하려는 중년 남자를 노려보며 덥석부리 수염이 화난듯이 말을 이어 간다.

"우리도 다 사정이 있는 사람이요. 이 계집은 우리에게 많은 돈을 빚졌소. 그리고 돈을 갚기는커녕 우리의 눈을 피해 도망을 친 것이지. 이제 되었소. 우리는 이 계집을 끌고 가야 하니 더 이상은 나서지 마시오."

덥석부리 수염이 수하들과 함께 여인을 앞세우자 잠시 몰려있던 사람들이 길을 터준다. 이때 중년 남자가 다시 나서 전대를 높이 들어 올리며 무뢰한들을 불러 세운다.

"이보시오, 여인의 빚이 대체 얼마요? 내가 갚겠소."

중년 남자의 말에 갈 길을 멈춘 덥석부리 수염의 사내가 중년 남자를 향해 뒤돌아서며,

"거 정말 되게 귀찮은 사람이구만!"

"이보시오 내가 여인의 빚을 모두 갚겠소!"

"허 그래요. 당신이 정말 이 계집의 빚을 갚는다 말이요."

"그렇소. 내가 여인의 빚을 모두 갚겠소."

중년 사내가 전대를 다시 높이 든다. 덥석부리 수염이 중년 사내를 향해 액수를 제시하자 중년의 사내는 손에 들고 있던 전대를 힘없이 내려놓는다. 이를 본 덥석부리 수염이 중년 남자를 노려보며 화를 낸다.

"나 원 참, 별 싱거운 놈을 다 보겠네. 다시 한 번 내 일에 나선다면 네 놈을 가만두지 않을 것이다."

덥석부리 수염의 말에 고개를 돌려 한숨을 내쉬는 중년 남자가 온몸에 힘이 빠지는 모습이 역력해 보인다. 다시 한 번 중년 사내를 향해 큰소리를 치며 면박을 주던 덥석부리 수염이 돌아서 가려는 순간,

"이보시오 내가 그대들이 원하는 돈을 모두 낼테니 불쌍한 여인을 풀어 주시오."

뒤돌아 진원산을 바라보던 덥석부리 수염이 상대의 모습을 위아래로 쳐다본 후에 한마디 내뱉는다.

"보아하니 나하고 입씨름을 할 만큼 가벼워 보이지 않는 것 같소만."

"그렇소. 내가 당신들이 원하는 돈을 모두 내겠소."

진원산이 전대를 풀어 돈을 확인시켜 준다. 돈을 건네받은 덥석부리 수염이 믿지 못하다는 듯이 건네받은 돈을 몇 번이나 확인하기 바쁘다. 이를 바라보던 진원산이 몸을 뒤로 젖히며 큰 기침을 한 번 한다. 조금 전까지 기세등등했던 덥석부리 수염은 진원산을 쳐다보며 멋쩍은 웃음을 지으며 한마디 내뱉는다.

"데리고 놀기에는 이만한 계집도 없을 것이오. 그럼 이만 우리는 돌아갈 것이오."

무뢰한들이 뒷모습을 보이자 크게 노하는 진원산이

"어 허 지금 이자들이 못하는 소리가 없구만. 감히 사람을 어떻게 보고."

만족한 모습을 보이던 무뢰한들과 구경꾼들이 자리를 뜨자 중년의 남자가 진원산에게 다가가서 손으로 예를 표한다.

"대인께서는 참으로 대단한 분이십니다. 저희들로서는 감당할 수 없는 일입니다. 내 일이 아니라 해도 참으로 고마울 뿐입니다."

"원 별 말씀을 다. 그대도 의협심이 남다르다 할 수 있겠소. 보아하니 몸도 성한 것 같지 않은데 대단하오."

땅바닥에 처져있던 미소녀가 일어나 진원산에게 엎드려 절을 올린다. 생각지도 않았던 미소녀의 행동에 적지 않게 당황한 모습을 보이는 진원산이 미소녀를 향해 입을 연다.

“그럴 필요 없다. 어서 일어나 네 갈 길을 가거라.”

미소녀가 진원산의 말에 고개를 저으며 애원을 한다.

“대인 어른, 소녀의 목숨을 살려 주셨으니 은혜를 꼭 갚겠습니다. 대인께서 시키는 일 모두 하겠습니다.”

미소녀의 말에 난감해 하는 진원산이 남들의 이목도 있고 황당할 뿐이다. 이어지는 소녀의 애원은 애처롭기 그지없다.

“대인 어른, 소녀 갈 데가 따로 정해져 있지 않습니다. 이 세상 어디에도 소녀 정 붙일 곳이 없습니다.”

볼수록 미인이다. 참으로 예쁘기만 하다. 미소녀를 바라보는 진원산이 참으로 난감하지 않을 수 없다. 이때 중년의 사내가 진원산 앞에 나서,

“대인 어른 불쌍한 소녀 같은데 거두어 주십시오. 너무 불쌍하지 않습니까. 이 일은 오직 대인만이 할 수 있는 일이옵니다.”

중년 사내의 말에 어이 없는 웃음만 나오는 진원산이 한탄을 하듯이 내뱉는다.

‘어허 이것을 어쩌나. 기다리는 뱃사람들은 보이지 않고 생각하지도 않았던 일들은 일어나고 고향길은 멀기만 하고 이걸 어떡해야 하나.’

푸념이 절로 나오는 진원산에게 중년 사내가 진원산의 팔을 잡아 당기며 뱃전으로 그를 이끌고 미소녀가 뒤를 따른다. 진원산을 이끌던 중년 사내가 일행으로 보이는 키 큰 사나이에게 잠시 다녀오겠다고 했다. 알았다는 듯 고개를 끄덕인다. 사내가 진원산을 부추겨 뱃전에 오른 사내는 미소녀가 배 안으로 들어서자 진원산을 보며 두 손을 모은다. 이어 돌아갈 것을 표한다.

"대인 어른, 그럼 소인은 이제 그만 물러가겠습니다. 대인 어른께 다시 한번 감사 드립니다."

중년 사내가 돌아서자 진원산이 그를 급하게 불러 세운다.

"아니 가시겠다니 그대와는 아직 통성명도 하지 못했거늘 이대로 헤어지는 법이 어디 가당한 일이오. 배 안이 협소하지만 잠시 들어오시오."

진원산의 말에 어려워하는 모습을 보이던 중년 사내가 진원산이 다시 한번 간청을 하자 마지 못해 미소녀를 앞세워 진원산을 따른다. 선실로 들어서자 앞뒤로 방이 있는 큰 배라는 것을 확인한 중년 남자는 감탄사를 한다.

"대인 어른 배가 무척 크군요."

"잘 보셨소. 이보다 큰 배도 그리 흔치 않을 거요."

방으로 두 사람을 들인 진원산이 두 사람에게 차를 권한다. 고개를 돌려 차를 마시는 미소녀에게서 잠시 눈을 뗀 진원산이 중년 사내에게 자신의 고향과 이름을 밝힌다. 이어 중년 사내 역시 자신의 고향과 이름을 진원산에게 알려 준다.

"대인 어른 초량현은 여기서 칠백 리 길이나 된다지오? 또한 목화가 많이 난다지요? 거기다 겨울이면 눈이 많이 내린다면서요?"

"맞는 말이요? 임치근 그대는 나보다도 나이가 아래인 것 같은데 아는 게 많은 것 같소? 또한 학식이 높고 경우가 바른 사람이고 의협심이 남다르다는 것은 두 말할 것도 없고."

"대인 어른 지나친 과찬이시옵니다. 소인 한낱 떠돌이 장사꾼에 불과한 사람입니다. 대인 같은 분한테 비할 데 없는 소인배에 지나지 않습니다."

장문원의 말이 끝나자 크게 웃는 진원산이,

　"임치근 그대는 겸손함마저 갖춘 이 시대의 진정한 영웅호걸이오."

　진원산의 말에 무안해 하며 어찌할 바를 모르며 쩔쩔매는 그를 보며 장문원이 끝내 고개를 떨구며 웃음을 보인다. 임치근의 행동을 보며 다시 한 번 크게 웃는 진원산. 잠시 침묵을 하던 두 사람 중에 진원산이 먼저 입을 연다.

　"임치근 그대는 어찌하여 힘든 떠돌이 장사꾼이 된 것이요? 몸도 성하지 못하고 때로는 위험도 감수해야 할텐데,"

　장문원은 진원산의 말이 끝나자 남아있던 차를 모두 비우고 나서 거짓으로 지난 일을 진원산에게 고한다. 장문원으로부터 그의 지난 일들을 듣고 난 진원산은 허공을 주시한다. 그리고 '그런 일이 있었구만'을 연발한다. 시간이 흐르고 자연스레 자신의 이야기를 늘어 놓는 진원산이다.

　오랜 가난을 벗어나 꽃다운 신부를 아내로 맞아 행복만을 꿈꾸던 패기 넘치는 젊은 시절에 그에게는 불행이 일찍 찾아왔다. 진원산 자신에게는 하나밖에 없는 보물 같았던 그의 아내가 병을 앓게 되었다. 모아 두었던 돈을 아내의 병치레로 썼지만 조금도 나아지지 않는 아내의 병세. 한 가닥 희망의 불씨는 꺼져만 가고 빚은 늘어 가고 더 이상 돈은 구할 수가 없어 병든 아내를 한많은 눈물 속에 보내야만 했다. 잠시 이야기를 끊고 눈시울을 붉히던 진원산이 다시 말을 이어 간다.

　아내를 떠나보낸 후에 돈에 대한 애착이 깊어졌고 두 번 다시는 돈으로 인한 고통은 없어야 한다고 하나 어디까지나 마음뿐이며 달리 방도가 없어 빚쟁이들을 피해서 고향을 등지고 야반도주를 해야만 했다. 쉽지만 않았던 객지생활 속에 여자를 멀리하면서 운 좋게 물론 나의 노력도 있었지만 그동안 객지생활 속에서 재혼할 기회가 있었지. 그러나 그때마다 나는 아직 멀었다고 돈을 더 모아야 한다는 생각과 언젠가는 고향 초량현으로 꼭 돌아가야 한다는 마음이 나의 가슴에는 늘 남아 있었다.

말을 끝낸 진원산이 고개를 들어 허공만을 바라본다. 때를 놓치지 않으려는 듯 장문원이 두 손을 모으고 입을 연다.

"대인 어른의 말씀을 듣고 나니 다시 한 번 대인이 존경스럽습니다."

자신의 말에 부담감을 떨치지 못하는 진원산을 보며 자리에서 일어나는 장문원에게,

"아니 벌써 가시려구!"

"네, 대인 어른. 아직 배편을 구하지 못했습니다. 준비할 것도 좀 있고요."

"어허 이 사람 임치근 내가 술 한 잔 대접도 못했는데 이렇게 가시겠다니 이거 너무 섭섭하지 않소!"

"아닙니다. 진 대인, 소인 술을 하지 못합니다."

몹시 아쉬움을 보이는 진원산이 임치근을 따라 선실을 나선다. 진원산을 따르는 미소녀를 보며 장문원이 말한다.

"대인 어른을 깍듯이 모셔야 할 게다. 네 생명의 은인이니라."

말뜻을 알아들었다는 듯 두 손을 모으고 임치근을 향해 고개를 숙이는 미소녀. 돌아서 가는 임치근을 바라보는 진원산은 젊은 여인과 둘이 남아 있을 걸 생각하니 난감하지 않을 수 없다. 그러나 그보다는 아직도 돌아오지 않는 뱃사람들이 걱정된다. 꿈에도 그

리던 고향길, 모든 준비는 끝났다 했는데 전혀 예상치 못한 일들이 벌어지고 있지 않은가. 내 악착같이 돈을 모은지 삼십 년이 다 되어가지 않는가. 오직 이날만을 기다렸건만 아직도 배는 출항을 못하고 저잣거리 쪽을 쳐다보던 진원산이 미소녀에게 잠시 다녀오겠다며 뱃전에서 내려온다.

한참 시간이 흐르고 나서 다시 배에 오르는 진원산의 뒤를 이어 임치근과 짐을 진 키 큰 사나이가 배에 오른다. 선실 가득히 퍼지는 밥 짓는 냄새에 진원산의 얼굴에는 웃음이 만연한다.

"매화 네가 이름만큼 예쁘구나."

진원산의 말에 손으로 얼굴을 가리는 미소녀가 선실을 나서자 부지런히 움직이고 있는 이들을 보며 크게 만족한 모습을 보이는 진원산이 어제의 일을 잠시 생각해 본다.

믿었던 뱃사람들의 변심은 난데없이 뛰어든 미소녀의 출현과 의협심 있는 임치근 때문에 흔들렸다. 임치근은 어려서 다리를 다치고 처가 일찍 세상을 떠나고 의지할 곳 없는 벙어리 소년을 만나 험한 세상을 함께 가겠노라 했다. 임치근이 세상이 험하다 한들 내 어찌 저들을 믿지 않을 수 있을까. 어제 매화를 위해 큰돈을 쓰길 잘 했구나. 빚이란 꼭 갚아야 한다. 내 고향에 가면 지난날의 빚을 모두 갚으리! 송하강을 둘러보던 진원산이 다시 한 번 임치근을 보며 흡족한 마음을 갖는 진원산.

음모는 시작되고

용성 나루터를 떠난지 엿새가 되었건만 화룡선의 모습을 보지 못했다. 조금 더 올라가면 당연포라고 뱃사람들이 알려준다. 내가 늦은 것이 아닐까? 만일 당연포에도 화룡선이 보이질 않는다면 내가 어찌해야 하는 것일까. 당연포가 가까워지면서 염칠선의 마음이 초조해진다. 강물이 한 번 크게 휘어지면서 모습을 드러내는 당연포구는 참으로 아름다운 곳이라 생각하는 염칠선은 초조했던 마음을 잠시 풀어본다.

경관에 도취되어 이곳 저곳을 둘러보는 염칠선은 다시 홍매 생각에 화룡선의 모습을 찾아보지만 눈에 띄지 않는다. 배가 선착장에 닿자 선주에게 고마움을 표하고 사람들 틈에 섞여 봇짐을 지고 배에서 내리는 염칠선은 포구 좌우를 돌아다녀 보아도 화룡선의 모습은 그 어디에도 보이지 않는다. 짐을 나르는 인부와 그물을 손질하는 어부들 외에는 청풍단과 홍매의 모습 또한 어디에서도 찾을 수 없다. 선착장 끝으로는 무엇인가 잃어버리고 허둥대는 듯한 뱃사람들의 모습이 보인다.

시간이 지나면서 염칠선의 마음도 다시 초조해진다. 아무래도 내가 한발 늦은 것만 같다. 그렇다고 이곳 당연포구에서 홍매를 무작정 기다릴 없는 일이다. 그렇다면 이곳 당연포에서 다시 두천으로 돌아가야 할 일이 아닌가. 당연포구를 한 번 더 돌아본 염칠선은 아무리 주위를 둘러 보아도 소용없는 일이라 두천으로 돌아갈 것을 생각하니 자신이 한심스러울 뿐이다. 배가 고프다. 일단은 어디가서 요기라도 해야겠다는 생각에 포구를 벗어나 큰 길가로 접어들자 상점과 반점이 몇 군데 보인다.

혹시 이곳 어딘가에 홍매가 있지 않을까 기대해 본다. 상점과 반점은 물론 사람들이 있을 만한 곳 모두 둘러보아도 홍매와 청풍단 원들의 모습이 보이지 않자 염칠선의 마음은 허탈해진다. 이제 길가 끝머리에 남아 있는 상점과 반점들이 큼직해 보이는 외관, 이곳에는 있을까. 없다면 어떻게 해야 하는걸까. 조바심이 생긴다. 안으로 들어선 순간 실망이다. 손님 몇몇이 보일 뿐 온몸에 힘이 빠지는 것만 같다. 안쪽으로 자리를 잡고 고기와 술 한 병을 시킨다. 주인아주머니가 술과 안주를 가져다 놓자 염칠선이 술 한 잔을 단숨에 들이킨다. 그리고 잠시 생각을 한다. 홍매를 염려하는 마음으로 이곳 당연포까지 온 것이 아무 의미 없는 일이 되고야 말았다. 두천으로 돌아가 전풍을 마주할 걸 생각하니 낯뜨거운 일이 아닐 수 없다. 한 잔 술을 더 들이키고 안주를 집어들자 사내들이 반점 안으로 들어선다. 혹시나 하는 마음에 눈을 돌려보니 선착장에서 보았던 사내들이 자리를 잡아 탁자 앞에 앉기 무섭게 술을 시킨다.

"아주머니 여기 술 한 병 줘요."

사내들의 말이 끝나자 인상을 찌푸리는 주인이,

"지금 나보고 술 달라고. 딴 데 가서 알아봐. 나는 당신들한테 술

못 팔아!"

"아이 아주머니 그러지 말고 술 한 병만 줘요."

"그래 아직도 정신을 못 차리고 술을 찾아 이 한심한 것들 같으니라구."

"아 거 영감님까지 왜 그러세요?"

"시끄러 이 사람들아, 배는 떠났어. 당신들도 인생 말로에는 술로 망할 사람들이야."

완강한 태도를 보이는 주인 내외를 상대로 더는 안 되겠다 싶은 사내들이 분을 삭이지 못하며 반점을 나선다. 사내들이 반점 밖으로 나가자 주인 영감 역시 아직 끝나지 않았다는 듯 못다 한 말들을 내뱉는다.

"얼마나 술들을 퍼 먹었길래 이틀이나 잠을 자구 일어나. 그래 가지고 송하강 뱃일로 먹고 살겠다고."

반점 주인의 말이 끝나자 염칠선의 건너편으로 자리 잡고 있던 일행 중 한 사람이 나선다.

"송하강 뱃일 만만히 봐선 안 될 걸. 물살이 얼마나 센가. 거기에 도적떼들까지."

"암요, 이곳 송하강은 예로부터 아름다운 만큼 그 이면은 어둡다고도 하지요. 크고 작은 사건이 다반사로 이어진다 해도 과언이 아니지요."

아, 지금 저들의 말이 빈말이 아닐 것이다. 용선 나루터를 떠나기 전 전풍도 말하지 않았던가. 송하강은 험한 곳이라고. 송하강을 무대로 삼는 도적떼들 역시 지금 진원산을 노릴 것이다. 반점 주인 영감의 말이 이어진다.

"지들 잘못은 생각 않고 온갖 핑계만을 대려하니 한심한 사람들일 수밖에. 진원산이 떠났으면 그만이지 포구를 뒤져봐야 뭐가 나오겠어."

반점 영감의 말에 귀가 번쩍 트이는 염칠선은 방금 주인장이 진원산이란 말을 내 분명히 들었다. 그렇다면 조금 전에 주인 영감으로부터 호된 질책을 받은 자들은 진원산과 함께 떠나기로 했던 뱃사람들이 아닌가. 어찌 되어 진원산과 함께 가지 못한 것인가. 일단은 그들을 만나 진원산의 행방을 알아봐야 겠다. 염칠선 서둘러 계산을 하고 급하게 반점을 나와 뱃사람들에 행방을 뒤쫓는다. 크고 작은 반점들을 찾다 보면 그들을 그들을 만날 수 있을 것이다. 잠시 후 골목 안쪽으로 자리한 허름한 반점에서 진원산과 함께 떠나기로 했던 뱃사람들을 어렵지 않게 찾을 수 있었다.

뱃사람들 외에는 손님이 없는 반점 안으로 들어선 염칠선이 뱃사람에게 다가가 등짐을 내려놓고 그들을 향해 진원산의 행방을 물어본다. 불만 가득히 성난 얼굴에 잔뜩 굳어진 표정의 뱃사람들이 염칠선의 말에 아무런 대답을 하지 않는다. 염칠선은 뱃사람들의 변변치 않은 술자리를 보고 술과 안주를 시키고 그들과 함께 자리를 같이 한다. 시간이 조금 지나 술과 안주가 나오자 뱃사람들에게 술 한 잔씩 따라주고 자신의 잔에도 술을 따른다. 염칠선이 뱃사람들을 보며 잔을 들어 올리자 이에 응해주는 뱃사람들과 동시에 잔을 비운다. 잔뜩 굳어 있던 뱃사람들의 얼굴이 조금은 풀어진 것을 볼 수 있다. 그들 중 눈이 큰 사내가 염칠선을 보며,

"당신은 대체 누구길래 떠난 진원산을 찾는게요?"

"아 예, 저는 진원산의 먼 조카뻘 됩니다. 아저씨께서 고향집으

로 찾아가기 위해서 이곳 당연포로 온다는 소식을 듣고 바쁘게 이곳까지 오게 되었습니다. 제가 그만 늦었군요."

염칠선의 말에 당연하다는 듯 눈 큰 사내가 내뱉는다.

"늦어도 한참이나 늦은 게지요? 진원산은 떠났습니다. 암. 그렇고말고."

곁에 있던 깡마른 사내 역시 푸념 섞인 말을 내뱉는다.

'내가 꼭 아저씨를 모시고 고향길을 가려했건만 이제는 다 틀렸구먼.'

한 잔 술을 더 들이킨 염칠선은 뱃사람들에게 묻는다.

"아니 두 분께서는 대체 무슨 일이 있었길래 조금 전 큰 길가에 있던 반점에서 그곳 주인장한테 질책을 받으신겁니까."

염칠선의 말에 얼굴이 다시 굳어지는 뱃사람들, 그들 중 눈이 큰 사내가 분하다는 듯 말을 내뱉기 시작한다.

"당한거지요? 그년놈들한테 철저하게 농락당한 거지요. 내 이것들을 다시 만난다면 뼈도 못추리게 만들 것이요."

옆에 있던 깡마른 사내 역시 얼굴에는 분노가 가득 차 있다. 눈 큰 이가 다시 나선다.

"아무도 우리의 말을 믿으려 하지 않는 거요. 이 모든 것이 다 이 술 때문이지. 이 놈의 술 웬수 같은 술 먹어 없애나 보세."

눈 큰 이의 말에 그를 보며 허탈한 웃음을 보이는 깡마른 사내. 뱃사람들이 잔을 내려놓자 염칠선이 기다렸다는 듯이 묻는다.

"아니 두 분께서는 연놈들한테 뭘 어떻게 당하셨다는 것인지."

"아 그건 잠시 후에 말하고 우리 서로 초면인데 인사도 못했고 서로 알아나 봅시다. 난 이곳 당연포에서 왕눈이라 부른다오."

이어서 곁에 있던 사내가 나서,

"난 수달이라하오. 물질이라면 자신 있지요."

두 사람의 말이 끝나자 염칠선이,

"난 장칠선이라 합니다. 두 분께 잘 부탁드립니다."

인사를 마친 염칠선이 이름까지 바꿀 필요가 없다고 생각한다. 오래 두고 볼 사람들이 아니지 않은가. 한 잔 술을 더 들고 나서 조금 전에 딱딱했던 분위기가 달라지자 잠시 여유를 갖는 뱃사람들의 모습에 왕눈이라 불리는 사내가 진지한 표정을 보인다.

"그러고 보니 우리 모두 당연포를 떠난 진 대인을 아쉬워하고 있소. 허나 큰 걱정이 진 대인이 위험하다는 거지요. 아무도 믿으려 하지 않지요. 우리 두 사람은 그자들이 진 대인을 노릴 것이 틀림없다 생각하오."

그 연놈들이 꼭 그리 할 것이라고 수달이라 불리는 깡마른 사내도 거들고 나선다.

"아니 도대체 어떻게 생긴 자들이길래 두 분은 그리 확신하는지요?"

"부리부리한 눈 지저분한 수염에 체격이 좋은 놈, 마른 몸에 작은 눈 말솜씨 좋게 씨부려 대던 놈, 그리고 가는 허리에 웃을 때 볼우물이 들어가는 서방 잡아먹을년, 내 이것들을 다시 만난다면 그저 주먹을…."

불끈 손을 쥐는 왕눈을 보며 이를 악무는 수달. 마천웅의 조카 조원진, 집사 장문원과 홍매가 틀림없다고 단정 짓는 염칠선. 그렇다면 홍매는 이번 일에 어디까지 관여할 것인지 걱정하지 않을 수 없다. 이번 일이 그리 큰일이 아니라는 장문원의 말을 믿을 수 없다. 홍매가 위험에 빠질 수 있다. 이를 두고만 볼 일이 아니다. 술 한 잔을 들이키고 왕눈이 말을 이어간다.

"연놈들이 어떻게나 우리들을 칭찬하는지. 계집년은 지 몸뚱이라도 줄 것처럼… 술이 깨서 일어나 보니 이틀이 지났지 뭡니까."

왕눈의 말에 수달이 슬며시 고개를 돌려 웃는다. 청풍단원들이 즐겨 쓰는 몽혼약이라 짐작해 본다. 염칠선은 뱃사람들을 바라보며 놀라는 표정을 지으며,

"아니 그렇다면 그들이 도적떼가 틀림없는 일이 아니오?"

염칠선의 말에 수달이 나선다.

"아무래도 진 대인이 무사하지 못할 것 같소. 우리를 기다리다 못해 절름발이와 키 큰 벙어리가 함께 했다는데 아무래도 그들이 의심스럽소. 진 대인의 목숨이 촌각에 달려 있다 해도 전혀 과언이 아닐 것이오."

때는 이때다 싶어 염칠선이 다시 나선다.

"아니 두 분 말이 사실이라면 내가 아저씨를 이대로 도적놈들에게 죽게 내버려 둘 수는 없는 일이 아니오."

염칠선의 말에 답답하다는 듯 왕눈이 나서며,

"진 대인이 위태롭다 해도 우리가 어떻게 도울 방법이 없지 않소. 우리를 이렇게 만들어 놓은 연놈들을 생각한다면 놈들을 갈기갈기 찢어 죽이고 싶지만 뭘 어떻게 하겠소. 도적놈들을 당해낼 힘도 없거니와 뒤쫓을 만한 배도 없고 평소에도 술을 잘 먹는 우리들의 말을 아무도 믿어 주려하지 않는 것이오. 일이 어찌됐든 장 선생이 급하게 됐구려."

"방법이 전혀 없는 것도 아니오. 두 분께서 도와만 주신다면 그

리 어려운 일이 아닐 것이오. 내게 배를 구할 정도의 돈은 있소."

염칠선의 말에 수달이 나서,

"배를 구한다 해도 흉악한 도적떼들을 우리 셋이서 어찌 감당한단 말이오."

"그것은 염려하지 않아도 될 것이오."

잠시 말을 끊고 주위를 한 번 살피고 난 염칠선이 말을 이어간다.

"내 등짐 속에는 보도가 한 자루 들어 있소. 칼솜씨라면 나를 상대할 자가 많지 않을 것이오. 지금 송하강의 도적떼들은 내 아저씨의 막대한 재물을 노리고 있는 것이오. 아저씨가 무사히 고향에 닿는다면 두 분께는 엄청난 보상이 따를 것이오."

염칠선의 말에 서로 얼굴을 쳐다보던 두 사람이 어느 순간 하나가 되어 염칠선을 따르겠다고 말한다.

"왕눈아 큰 돛단배를 구한다면 진 대인이 멀리 갔다해도 이틀이면 따라 잡을 수 있다."

수달도 나서 송하강 물길은 자신의 손바닥처럼 잘 알고 있다고 한다. 염칠선이 지금 당장 서두르자고 두 사람을 재촉한다. 염칠선은 오직 홍매만을 걱정할 뿐이다.

'순풍을 기대했건만 흐려진 날씨는 기어코 비를 내리고 마는구나.'

고향길로 한껏 들떠 있던 진원산이 침실에 누워 어제의 일들을 생각해 본다. 살려달라고 매달리던 매화, 세상에 태어나 가장 예쁜 아이를 본 것만 같다. 의협심이 남다른 임치근 그는 어찌 날 보고 홍매를 거두라고 했는지 매화의 빚을 갚은 돈이 나에게는 보잘 것 없다 하나 지금 저들에게는 엄청나고 소중한 것이라 생각하지만 남들의 눈을 의식하지 않을 수 없지 않은가?

매화에 대한 부담감을 떨쳐 주려는 듯한 임치근은 내겐 부담이
갈 정도로 예를 다하고 있다. 착하기만한 병삼은 말을 못한다는 것
이 안타까울 뿐이다. 내 고향에 닿으면 저들과의 작별이 많은 아쉬
움을 남길 것이다. 비는 조금 전보다 굵게 내린다. 언제나 그렇듯
이 밤에 내리는 빗소리는 처량하면서도 쓸쓸하게만 느껴진다.

이런 날들은 언제나 그렇듯이 고향 생각에 그리고 나는 혼자라
는 것이다. 오랜 기억을 더듬어 어머니의 죽음, 술을 좋아하는 아
버지, 나를 예뻐하던 오빠들, 짖궂은 동네 친구들의 모습, 낯선 이
들에 이끌려 두천이라는 곳으로, 배고픔을 잊으면서 잠시 잊고 있
었던 고향, 비 오는 밤이면 다시 생각이 나곤한다.

청풍단원들 모두 나를 보호할 것이라던 장 집사. 일이 끝나면 큰
보상이 따를 거라는 그의 말에 망설임 없이 따라 나서기를 잘한 일
이다. 청풍단원들 역시 틈이 날 때마다 장 집사를 칭송한다. 말을
아끼는 염칠선도 남의 말을 부정하며 헐뜯기를 일삼는 곽상도 역
시 장 집사는 예외라 할 만큼 그를 칭찬하기 일쑤 아닌가? 어렵고
무섭게만 느껴지는 장주 마천웅이 사심이 없다며 장 집사를 신임
하는 모습을 보여주곤 한다. 나에게 큰일을 해냈다며 연신 칭찬을
하는 장 집사가 크게 만족해하는 것을 알 수 있다. 이제 내 할 일은
끝난 것 같다. 청풍단원들이 남아 있는 일들을 해결할 것이다.

이 비좁은 선실 창고를 벗어나 화룡선에 올라 초연각으로 돌아
간다면 많은 보상이 기다릴 것이다. 그러나 아무리 금은 보화가
좋다 하나 진실한 사람이 더 소중하다고 초연각을 떠난 언니들도
말해 주지 않았는가. 생각하기조차 끔찍한 설화 언니의 죽음은 그
녀 역시 소중한 사랑을 할 수 있는 여인이 세상에서 가장 행복한

여자라고 생각한다. 염칠선 그를 생각하지 않을 수 없다. 언제 보아도 과묵한 표정, 날렵해 보이는 몸매, 청풍단원들 중 무예가 으뜸이라고 점주 전풍도 말하지 않았나. 염칠선 그가 전에 봉선사에서 다리를 다친 나를 업어주며 흘리듯이 하던 '나를 끝까지 지켜주겠다.' 던 말. 나는 그의 말을 진심이라 믿고 싶을 뿐이다. 오늘밤은 그의 생각에 쉽게 잠들 수 없다고 생각하는 홍매, 이때 누군가 창고 문을 여는 인기척에 몸이 움츠려드는 홍매, 작은 등불을 들고 들어서며 헛기침을 하는 소리는 장 집사가 틀림없다.

홍매는 몸을 일으켜 그를 맞이한다. 홍매 앞에 쪼그려 앉는 장문원 그가 조용히 입을 연다.

"홍매, 선실 생활 불편한 거 내가 잘 안다. 조금만 더 참거라. 이제 곧 화룡선에 오르면 모든 일이 끝날 것이다. 홍매 그 동안 너의 공이 컸다. 내 결코 잊지 않고 장주에게 고할 것이니 그 전에 네가 꼭 해 줘야 할 일이 남아 있다. 홍매 나오거라."

아니 지금 비 오는 늦은 밤에 대체 장 집사는 나에게 무슨 일을… 장 집사를 따라 선실을 나서는 순간 왠지 불길한 예감이 든다. 장 집사를 따라 선실을 나서자 등불에 비치는 우뚝 선 물체에 놀라는 홍매, 기골이 장대한 모습으로 칼을 들고 서 있는 곽상도. 무섭다. 그가 곧 무슨 일이라도 벌일 것만 같다. 홍매를 향해 뒤돌아선 장문원이 나지막한 목소리로,

"홍매, 잘 듣거라 이번 일 성공 여부는 지금 이 시각부터 홍매 네게 달렸다. 홍매 네가 잘해줄 것이라 믿는다."

장문원은 미리 준비해 놓은 술상을 들어 올리며 홍매에게 건넨다. 술상을 건네 받은 홍매의 당황하는 모습을 보고 있던 장문원이,

"홍매 걱정할 거 없다. 너의 곁엔 나와 곽 사범이 있느니라."

장문원이 등불을 들고 홍매의 소매를 잡아끈다. 뒤로는 칼을 들고 서 있는 곽상도, 홍매는 장문원을 따를 수밖에 없다. 진원산의 거처에서는 불빛이 새어 나온다. 그는 아직 잠이 들지 않은 것 같다. 방문을 열고 홍매를 밀어 넣고 장문원이 문을 닫는다. 두려움과 혼란에 빠져드는 홍매, 술상에 놓여있는 잔은 두 개, 아찔하다. 내가 할 일은 모두 끝났다 했는데 침실 바닥에 누워 있던 진원산이 자리에서 일어나 술상을 들고 서 있는 홍매를 바라보며 입을 연다.

"아니 매화야, 네 아직 잠자리에 들지 않았느냐."

진원산의 말에 아무 말 없이 서 있는 홍매, 이를 바라보던 진원산이 다시 입을 연다.

"뭘 하느냐. 여기 앉거라."

홍매가 자리에 앉자 진원산이 난처한 표정을 짓는다. 이 모든 것이 임치근이 벌인 일이고, 임치근 그가 나에 대한 존경심이 남다르다 하나 매화로 인해 민망할 때가 어디 한두 번이던가. 매화가 당연히 내 것이라는 듯 행동하는 임치근, 의협심이 뛰어난 그가 더욱 믿음이 간다. 때로는 매화에 대한 부담감을 떨쳐주기도 한다. 진원산은 불안하면서도 불편해 하는 홍매의 모습을 느낄 수 있다.

"매화, 괜찮다. 편히 앉거라."

술상을 내려놓은 홍매, 진원산의 잔에다 술을 가득 부어 놓는다. 진원산은 잔을 들어 모두 마셔 버린다. 그리고 굳은 표정의 홍매를 바라본다. 참으로 볼 때마다 예쁘다는 생각이 든다.

"술맛이 참으로 좋구나. 한 잔 술에 이렇게 기분이 좋다니 매화 네가 곁에 있어 술맛이 더욱 좋은 것 같구나."

진원산의 말에 심기가 불편해지는 홍매가 진원산을 바라보지 못한다. 아닌 밤 중에 이게 무슨 일이란 말인가. 장문원의 말을 듣지 않는다면 난 저들에게 죽임을 당할 수도 있다.

"매화 술 한 잔 더 따르거라. 술 맛이 너무 좋구나."

고개를 살짝 돌려 잔을 채우는 홍매의 모습에 웃음 짓는 진원산, 잔을 받고 나서 손수 술병을 들어 홍매를 바라보며,

"매화, 너도 한 잔 받거라. 나를 어렵게 생각하지 말고. 두려워하지도 말아라. 아무 일 없을 것이니라."

진원산의 말에 잠시 마음이 놓이는 홍매, 진원산이 지금까지 내게 보여준 행동, 어진 인품이 나로 하여금 그를 믿을 수 있게 한다. 진원산이 다시 술을 권하자 그에게 잔을 내미는 홍매. 잔을 채우고 난 진원산이 자신의 잔을 들어 홍매를 보며 술잔을 들라고 한다. 진원산에 이어 홍매가 잔을 내려놓자 어느새 취기가 오른 것일까 기분이 좋아진 진원산이 자신 앞에 쪼그려 앉은 홍매가 더욱 예뻐만 보인다. 홍매를 바라보던 진원산은 어느 순간 감탄사를 늘어놓는다.

"하! 천하일색이라고 매화 너를 두고 하는 말이로구나. 참으로 곱구나 매화야. 술 한 잔 더 따르거라."

한 잔 술에 긴장이 풀어진 것일까. 진원산의 말에 선뜻 응해주는 홍매, 받은 잔을 내려놓고 술병을 들어 홍매를 향해,

"너도 한 잔 더 받거라. 못 먹어 본 술도 아니고 믿지 못할 사람도 아니고."

더는 거리낌 없이 잔을 들어 진원산 앞으로 잔을 내민다. 홍매의 잔에 술을 따르고 난 후 흥겨운 모습을 보여주는 진원산이 자신의

잔을 홍매 잔에 소리가 날 정도로 크게 부딪친다. 마치 젊은이들이 하는 행동을 보이며 몹시 즐거워하는 진원산을 보며 살며시 웃음을 보이는 홍매.

자신에 이어 홍매가 잔을 비우자 홍매의 자태에 도취되어 그녀에게서 좀처럼 눈을 떼지 못하고 바라보기를 어느 순간에 이르러 자신을 주체 못하는 진원산이 홍매를 부른다.

"매화야! 네 손이 참으로 곱구나. 내게 손을 좀 보여다오."

진원산의 말에 당황하는 홍매는 진원산이 이런 사람이 아니라 싶었는데 상을 옆으로 물리며 홍매에게 다가서는 진원산, 뒤로 움츠려드는 홍매는 예상치 못한 진원산의 행동에 크게 당황한다. 이성을 잃은 듯이 홍매에게 달려드는 진원산,

"매화야! 이리 오너라. 내 너 하나쯤은 얼마든지 호강을 시켜줄 수 있다. 이 배 안에는 많은 재물이 실려 있다. 이 배 또한 나의 것이니라."

자신을 향해 덮쳐오는 진원산을 순간적으로 뿌리치고 문쪽으로 갔지만 다시 자신을 향해 달려드는 진원산을 피하려 문을 밀친다. 그러나 문이 열리지 않는다. 이번에는 힘을 가해 본다. 그래도 열리지 않는다. 누군가 밖에서 문을 밀고 있는 거 같다. 홍매를 뒤에서 끌어 안은 진원산이 가쁜 숨을 내쉰다. 진원산의 뜨거운 입김이 자신의 목덜미에 와 닿자 어느 순간 온몸에 힘을 빼며 진원산을 거부하지 못하는 홍매가 정신이 혼미해지며 진원산에 이끌려 침실 바닥에 뉘인채 그의 모든 것을 받아들인다.

풍운의 쌍봉협

비좁은 선내, 밤비는 계속 내리고 배는 나아갈 수 없고 속이 타들어 가는 것만 같다. 홍매의 신변에 무슨 큰일이라도 일어날 것 같은 예감, 제발 아무 일도 일어나지 않기를 빌 뿐이다. 시간이 갈수록 불안해지는 마음은 가눌 길이 없었다. 용기를 내어 장주께 고했더라면 지금 이토록 애가 타지 않았을 일 아닌가? 홍매는 어떻게 이 힘든 일에 나선 것일까. 너무도 위험한 일이 아닌가. 이 모든 것이 모사 장문원에 의해 계획된 일. 그녀의 힘으로는 거부할 수 없는 일 아닌가.

자연스럽지 못한 웃음과 예사롭지 않은 그의 눈빛은 냉철함마저 어린다. 봉선사 등축제가 끝나고 며칠 지나지 않아 전풍과 마주한 술자리에서 술이 취한 전풍이 평소와 달리 장문원을 비판한다. 깜짝 놀란 나는 주위를 살피기에 급급했다. 탁자에 양손을 걸치고 눈에 잔뜩 힘을 준 전풍은,

"청풍장과 초연각 형제들 모두 장문원을 칭송하지. 하나라도 자기 편을 만들려는 그의 마음을 나는 잘 알고 있지. 나를 보며 그 무엇인가를 과시하려는 듯한 모습. 나에게 모두들 장문원을 천하제일의 모사라 하지. 사심이 없는 사람이라며 장주어른도 입이 마

르도록 칭찬을 하곤하지. 허나 나는 그가 음흉한 야심가라는 것을 잘 알고 있지. 음 다른 사람은 몰라도 이 초연각 전풍 만큼은 장문원을 잘 알고도 남음이 있지. 그가 제아무리 천하제일의 모사라 한들 내 재주가 그만 못하리."

누가 듣기라도 할까 나는 얼른 그를 부축하고 그의 처소로 갔다. 나에게 의지한 전풍이 나에게 한마디 더 뱉는다.

"염칠선 자네는 장문원이 누군지 모르지. 내가 가르쳐 줄까. 그의 웃음이 끝난 뒤 그의 눈을 자세히 들여다보게나."

그날 이후 장문원을 대할 때마다 전풍의 말이 사실일지도 모른다고 생각했다. 한 쪽 팔 베개를 풀어 몸을 옆으로 비트는 염칠선. 인기척에 왕눈이 말을 걸어온다.

"장 선생 잠이 오지 않는 것 같구려. 허기사 진 대인을 생각하면 잠이 쉽게 오겠소. 허나 어찌 하겠소. 칠흑 같은 밤에 비는 오고 우리 역시 한시 바삐 그 연놈들을 잡아 복수하고 싶은 마음뿐이라오."

수달을 밀어내고 몸을 일으키는 왕눈이 염칠선에게 다시 말문을 연다.

"잠도 안 오고 갈 길은 멀었고 우리 남아 있는 술을 마저 비웁시다."

술병을 들고 잔이 될 만한 그릇을 찾아 남은 음식과 함께 염칠선 앞에 내놓는다. 염칠선에게 술을 따라 주고 자신의 잔에 술을 부으며 염칠선이 들으라는 듯이 말을 내뱉는다.

"우리 수달이는 잠도 잘 자네. 자는 사람 못은 없다지오."

한 잔 술을 들고 난 왕눈이 조금 전보다 낮아진 어투로 말을 이어간다.

"오랜 옛날 내가 태어나기도 전에 이곳 송하강에서는 큰 사건이 벌어졌다오. 객지에서 장사로 성공을 한 큰 부자가 재산을 모두 정리하고 고향으로 돌아가던 중 이곳 송하강에서 큰 변을 당했다오. 사건이 일어나기 며칠 전 그날은 오늘처럼 송하강에 비가 내리는 날이었지요."

잠시 말을 끊고 난 왕눈이 술 한 모금 마시고 안주를 집어들고 말을 이어간다.

"한밤중 난데없이 비에 흠뻑 젖은 여인이 선착장에 묶여있던 부자의 배 안으로 뛰어들며 살려 달라고 했답니다. 비에 젖어 백옥 같은 흰 살결이 드러나 있는 절세 미녀에게 홀딱 반한 부자는 그녀가 따라 주는 술에 취해 날마다 꿈속을 헤매게 되었고 그 사이, 낮이면 고향으로 올라가던 배가 밤이면 다시 강을 내려가기를 반복하며 부자가 가지고 있던 재물을 도적들이 모두 빼돌린 것이지요. 끝내 부자는 목숨마저 잃고 말았지요. 오래 전의 일이라지만 내가 생각하건데 지금 진 대인을 노리고 있는 도적패들이 아주 무서운 놈들일 것이오. 조직적으로 움직이고 음모가 뛰어난 자가 일을 벌이는 것이 틀림없소. 지난날 송하강에서 벌어졌던 일보다도 더 큰일이 우리 눈앞에서 일어날 수도 있겠지요. 이 일은 오직 하늘만이 알고 있을 것이오."

왕눈이와 함께 눕는 염칠선은 이번 일에 홍매가 깊이 관계된 것이 틀림없다고 단정한다. 손쉬운 미인계라 할 수 있지만 여자로서는 모든 것을 내던져야 할 수도 있지 않은가. 장문원이 이번 일에 화룡선을 이용하는 것을 보면 엄청나게 큰일이라는 것을 알 수 있다. 모든 수단과 방법을 가리지 않을 것이다. 무조건 화룡선에 뛰어들 것이다. 도와주러 왔다고 내뱉는다면 어느 누가 나를 막으리. 마른 얼굴에 유난히도 작은 눈 그의 입가엔 차가운 웃음이 감돈다. 그리고 그가 뇌까린다.

이제 저녁 나절이면 쌍봉협에 들어설 것이다. 장문원의 곁으로 다가온 거구의 사내가 보고를 한다.

"집사어른, 우리 배를 뒤쫓던 작은 배들이 이제는 보이지 않습니다."

"그럴 테지. 그들도 우리 화룡선의 위용에 놀랐을 것이다. 이제 조금 더 가면 쌍봉협이 보일 것이다. 삼십 리가 넘는 협곡, 인가라고는 전혀 보이지 않는 곳이지. 조원진도 말했지. 일을 벌이기엔 좋은 곳이라고. 곽사범 진원산과 홍매는 어찌 됐느냐?"

"네 집사어른 둘다 세상 모르게 곯아 떨어져 있습니다."

"암 그럴 테지. 미혼약에 최음제까지 넣었으니 둘 다 잠시나마 천국의 꿈을 꾸었을 것이다. 곽 사범 오늘 저녁까지는 모든 일을 끝내고 밤이 되기 전에 쌍봉협을 빠져나가야 할 것이다."

"네, 집사 어른의 말씀 명심하겠습니다."

"한치의 실수도 없어야 할 것이다. 이번 일이 성공리에 끝난다면 장주께 말씀드려 초연각 심연을 상도 네게 줄 것이니라."

장문원의 말에 기쁨을 감추지 못하는 곽상도는 마치 어린 아이와도 같은 모습을 보이며 장문원을 향해 큰 키에 어울리지 않을 정도로 허리를 굽힌다.

이른 새벽부터 진원산을 쫓았지만 그의 배는 어디에도 보이지 않는다. 왕눈이 나서 결심이라도 한 듯이 염칠선에게 말한다.

"장 선생, 오늘은 늦게라도 진 대인을 꼭 찾아내야 할 것이오. 송하강을 오가는 배와 사람들 그리고 대낮을 피해 인적이 드문 곳에서 도적패들은 일을 벌일 것이오. 장 선생, 우리는 해가 지기 전에 그들을 찾아내야 할 것이오. 제아무리 담이 큰 도적놈들이라 해도 오가는 사람들의 시선을 의식하지 않을 수 없을 것이오. 시간이 늦어지고 어두워지면 그들을 당해내기 어려울 것이오."

왕눈의 말이 끝나자 수달이 나서,

"나 역시 왕눈과 같은 생각이오. 그리고 그들에게는 우리가 생각하는 것보다도 많은 패거리들이 있을 수 있소."

이번에는 염칠선이 나서 자신 있다는 듯,

"두 사람은 아무 걱정 마시오. 낮이건 밤이던 간에 배에는 나 혼자 오를 테니 여차하면 두 사람은 그냥 돌아가면 됩니다. 죽어도 나 혼자 죽을 것이오."

결심이라도 한 듯한 염칠선의 얼굴을 쳐다보던 두 사람 더는 염칠선에게 대꾸하지 않는다. 가면 갈수록 송하강의 경관은 말할 수 없이 아름답기만 하다. 당연포 반점에서 노인들이 하던 말이 떠오른다. 아름다운 송하강의 뒤로는 항상 어두움이 드리워 있다고 하던 말이 그냥 흘려 버리기에는 많은 여운이 남는다.

지금 홍매의 처지가 심상치만은 않다. 무언가 큰일이라도 곧 일어날 것만 같지 않은가. 그러나 아직도 이곳 송하강에서는 진원산의 배와 화룡선의 모습을 보지 못했으니 수달과 왕눈 저들은 어떻게 보내야 할까. 나를 돕겠다고 따라나선 이들이 아닌가. 저들에게 피해가 가지 않아야 할 것이 아닌가.

따가운 햇볕이 점차 수그러든다. 칠월 하순이라 해가 조금 짧아진 것을 알 수 있다. 멀리 노을빛이 서서히 물들어간다. 수달이 염칠선을 보며,

"장 선생 이제 조금만 더 가면 쌍봉협에 들어설 것이오. 삼십 리

나 되는 긴 협곡이지요. 사람 사는 모습은 전혀 보이지 않는다는 곳이지요."

해가 거의 넘어가고 돛배가 얕은 산과 울창한 수림을 돌아 나가자 쌍봉협이 웅장한 모습을 드러낸다.

"장 선생 대단하지 않소! 천하의 절경이랄 수 있지요. 물살이 만만치 않은 곳이지요. 우리같이 작은 돛배가 지나기에는 좋은 곳이지요. 이제 곧 놈들을 만날 것만 같은 생각이 드는군요. 수달아 너도 정신 바짝 차려야 할 것이다."

"그래 고맙구나. 니가 나를 다 걱정해주고."

수달의 모습을 보며 여유있는 모습을 보여주는 왕눈이 노를 쥔 손목에 힘이 들어간다. 쌍봉협곡으로 들어서서 얼마 가지 않아 어두움이 드리울 무렵 저 멀리서 커다란 배 한 척이 다가온다. 잠시 후 가까이 다가온 배가 화룡선임을 확인한 염칠선은 자신도 모르게 숨을 죽인다. 화룡선이 다가오자 일시에 하던 일을 멈추고 감탄을 하는 두 사람, 수달이 먼저 입을 연다.

"하, 배가 상당히 크구만. 좀처럼 보기 힘든 배일세. 안 그런가 왕눈이."

송하강을 내려가는 화룡선을 보고 있던 염칠선은 어느 순간

'아. 그렇다면 이미 일을 끝내고 두천으로 돌아가는 것이 아닌가. 그럼 홍매는 무사한 것인가. 그리 되었다면 다행일 것이고. 일단은 진원산의 배를 찾아 확인을 해 보는 것이 상책일 것이다.'

돛배를 스쳐 가던 화룡선이 멀어지자 저 멀리 강 위쪽에서 불빛과 함께 연기가 솟아오른다. 이를 본 왕눈이 염칠선을 보며 다급히 말한다.

"장 선생 저 멀리 배에서 불이 난 거 같습니다. 진 대인의 배가 아닐런지요."

염칠선과 수달이 놀란 얼굴로 불이 난 곳을 바라본다. 불길이 점점 거세어지자 수달이 나서서 걱정을 한다.

"장 선생 지금 불타고 있는 배가 진 대인의 것이라면 이거 큰일이 아니오. 빨리 가 봐야할 것 같소."

바람도 그리 세게 불어오지 않는다. 있는 힘을 다해 노를 젓는 왕눈이 불타는 배가 가까워지자 진원산의 배가 틀림 없다고 외쳐댄다. 배 안에서는 살려 달라고 외치는 여인의 울음소리는 홍매가 틀림없다. 염칠선의 마음이 급해진다. 조금도 지체해서는 안 된다. 일촉즉발의 상황에 불이 아직 번지지 않은 뱃머리에 배를 대자 염칠선은 순식간에 배 위로 올라 홍매를 낚아채 돛배에 있는 일행에게 내려준다.

순간 "아니 이건 그때 그 계집 아닌가. 이런 년은 살려줄 필요가 없소."

진원산이라면 몰라도 잔뜩 화가 난 왕눈이 홍매를 그대로 강물에 밀어버린다. 다시 비명을 지르며 송하강 물살에 떠내려가는 홍매, 다급해진 염칠선이 지금 홍매를 구하지 못하면 영영 찾을 길 없다는 생각에 필사적으로 송하강에 뛰어든다. 얼마 지나지 않아 홍매의 옷을 낚아채 가까스로 강가로 끌어낸다. 거의 초죽음이 된 홍매의 몸이 수척하다. 그녀의 온몸을 주물러 겨우 겨우 의식을 찾아 준다. 크게 한숨을 돌린 염칠선은 강 상류를 바라본다.

진원산의 배가 크게 불타고 있다. 배가 모두 전소될 것이라 생각해 본다. 진원산 그도 무사하지 못할 것이라고 홍매가 걱정된다.

어디 인가라도 찾아 몸을 추슬려야 할 것이다. 홍매를 업고 사람이 살 만한 곳을 찾아 나선다. 홍매를 업고 한참을 걸었을까 샛강을 찾아내어 달빛에 의지한 채 협곡을 겨우 벗어난다. 샛강을 거슬러 오르기를 달이 거의 기울어질 무렵에 사람들이 살고 있는 곳으로 짐작할 수 있는 논과 밭이 눈에 들어온다. 등에 업고 있는 홍매는 맥박이 빨라진다. 힘은 부쳐오고 어디 쉴 만한 곳을 찾아야겠다. 농로 길을 조금 걸었을까 작은 움막이 보인다. 홍매를 물막 안에 내려놓자 이내 한기를 느낀다.

염칠선은 홍매를 안아주며 손 닿는 모든 곳을 주물러 준다. 한참 홍매의 몸을 어루만져 주던 염칠선은 이렇게나마 홍매를 구할 수 있었던 것이 다행이다. 하늘이 도우지 않고서야 내 두천을 떠나 당연포를 찾아간 것이 잘한 일이다. 자신의 체온을 느끼며 품에 있는 홍매를 생각하며 동이 트기를 기다리는 염칠선은 홍매의 몸을 추스릴 수 있는 곳을 찾아야겠다고 생각했다.

잠시 눈을 부쳤을까 온몸을 떨고 있는 홍매의 몸짓으로 인해 잠에서 깨어난 염칠선은 홍매의 몸 상태가 심상치 않아 보이는 것을 알 수 있다. 그 어느 때보다도 길었던 밤을 보냈다지만 아직 동은 트지 않았다. 젖어 있는 몸이라지만 그 어느 새벽보다도 춥다. 서둘러야겠다. 심신이 지칠 대로 지쳐있는 홍매의 오한마저 자칫 위험할 수도 있다. 홍매를 업은 염칠선은 새벽길을 걷는 걸음은 더딜 수밖에 없다. 등에 업은 홍매를 생각하며 힘든 줄 모르고 걷던 염칠선이 얼마나 걸었을까. 저 멀리서 여명이 밝아 오기 시작한다. 조금 더 걸어가자 대지가 훤히 트인다.

멀리 크고 작은 집들이 보인다. 이제는 안심을 해도 되겠다고 잠시 여유를 갖는다. 그러나 아직은 아니라고 하지만 힘이 부친다. 길가 언덕 풀섶으로 홍매를 내려놓는다. 잠시 쉬어가야겠다고 주위를 한번 둘러본다. 그 어디에도 송하강의 흔적을 찾을 수 없도록 평화로워 보이는 곳이 아늑함마저 더해 주는 것만 같다.

넓은 논과 밭, 멀리 큰 산들이 사방으로 병풍을 이루고 논과 밭에는 부지런해 보이는 농부들의 모습과 농로 길을 따라 뛰노는 아이들. '아 이곳이 사람 살기 좋은 곳이로구나.' 홍매를 뒤돌아본다. 여전히 오한으로 고통을 받고 있다. 홍매를 다시 업고 인가를 찾아나선다. 멀리 큰 기와집이 눈에 들어온다. 저곳이라면 오한으로 떨고 있는 홍매가 도움을 받을 수 있을 것이다. 이제는 걱정을 하지 않아도 될 것이다. 크게 기뻐하는 염칠선은 큰 기와집만을 보며 발걸음을 옮기려는 순간 긴장이 풀어져 있어서일까 아니면 밤새 걸었던 그가 지친 것일까 그만 길가로 홍매를 내려놓는다.

조금만 쉬었다 가야겠다. 지칠대로 지쳐있는 두 사람, 이를 멀리서 지켜보던 중년의 사내, 반백이 훨씬 넘어 보이는 얼굴, 두 젊은 청춘을 바라보던 시선은 잠시 허공을 그리고 그 무엇인가를 아쉬워하듯이 한탄을 하는 듯한 표정을 짓는다. 기운이 빠져 버린 것일까 따스한 햇볕에 잠시 취한 것일까 염칠선은 미동조차 하지 않는다. 시간이 조금 흘러 홍매를 쳐다보던 염칠선은 다시 일어난다. 홍매를 업고 큰 기와집만 보면서 걷는다. 조금 걷지 않아 자신에게로 다가오는 이를 마주할 수 있었다. 의외로 다가온 이가 먼저 말을 걸어온다.

"뉘신지들 모르나 저희 주인어른께서 두 분을 잠시 모셔 오라는 말씀이 있었습니다. 괜찮으시다면 저희 주인의 말씀에 따르는 것이 어떻습니까."

아, 이럴 수가. 귀가 번쩍 트이는 염칠선, 이렇게 고마울 수가. 대 저택집사로 보이는 이를 따라 저택 대문을 들어서자 집주인으로 보이는 이가 다가와 염칠선에게 업혀 있는 홍매의 몸상태를 살펴본다.

"뉘신지 어디서 온 사람들인지 모른다 하나 지금 여인의 몸이 몹시 위중한 것 같소. 어디 갈 곳이 마땅치 않다면 내 집에서 여인의 몸조리나 하고 가는 것이 어떻겠소."

염칠선은 집 주인의 말에 감격한 모습을 보이며,

"주인 어르신 고맙습니다. 정말 고맙습니다. 이 은혜 잊지 않겠습니다."

운둔의 생활

　이곳 봉화촌으로 온지도 한 달이 다 되어 간다. 왕옥겸의 배려 속에 큰 고비를 넘을 수 있었다. 집사 방노수를 형으로 부르고 왕옥겸을 위해 학당과 집 안팎으로 내가 할 수 있는 일이라면 무엇이든지 힘닿는 대로 일한다. 나와는 일면식도 없던 왕옥겸 그가 베푸는 인정이 너무도 고마우면서도 의아심이 갈 때도 있다. 대할수록 기품이 넘쳐나는 온정이 나와 홍매에 대한 마음이 언제까지 이어질 것인지 알 수는 없다. 어느 곳보다도 포근하고 아늑함을 더해주는 이곳 봉화촌에서 홍매와 끝까지 함께하고 싶다는 생각이 들 때도 있다.

　그러나 홍매의 몸 상태가 예전만 못하다. 초연각 무희의 모습은 볼 수 없을 것 같다는 생각에 안타까움이 들기도 한다. 아직까지도 나에게 마음의 문을 열지 않는 홍매, 송하강에서 꾸민 장문원의 음모에 무슨 역할을 맡은 것일까 궁금하지 않을 수 없다. 참으로 무서운 놈들, 용서하지 못할 놈들 같으니라구. 같은 동료라 할 홍매를 죽게 내버려 두는 일은 절대 용서할 수 없는 일이다. 기회가 닿는다면 진상을 한번 밝혀 보리라.

　오늘은 노수형으로 부터 많은 농사일을 배울 수 있었다. 언젠가는 홍매와 더불어 논밭을 일구며 살아갈 것을 꿈꾸며 노수형의 말에 열심히 귀를 기울였다. 나의 마음은 가득한 희망으로 글 읽는 소리가 들리지 않는다. 학당 안에서는 아무 소리도 들려오지 않는다. 시간으로 보아서는 끝난 것 같다. 노수형이 다가와 스승님께서 나를 찾는다고 일러 준다. 왕옥겸 그를 마주하는 것은 엄숙하고도 긴장감이 흐른다. 청풍단 살수로서 장주 마천웅과 수많은 사람들과 대면에서도 기를 잃지 않았다. 언제 보아도 온화한 모습에 기품이 넘쳐나는 왕옥겸이 나에게 차 한 잔을 내어 준다. 오늘도 그와 마주한 나는 무릎을 꿇고 차 한 잔을 마신다. 오늘은 무슨 이야기를 할까 긴장감 속에 불편함이 이어진다. 이윽고 그가 입을 뗀다.

"장칠선 내 집에서 지낼만한가?"

"네, 어르신 덕분에 아무 불편없이 잘 지내고 있습니다."

"아, 그런가. 그렇다면 다행이네. 그래 안사람은 요즘 몸이 어떤가."

"네, 어르신 많이 좋아지고 있습니다. 그저 어르신께 감사하며 살아갈 뿐입니다."

하하하 왕옥겸이 작은 소리를 내어 웃는다. 그리고 염칠선의 모습을 한참 살피던 왕옥겸 그가 신중한 모습을 보이며 다시 입을 연다.

"사람은 살아가면서 누구나 어려움에 처할 수 있는 법. 슬기롭게 이겨 내기도 하는가 하면 누군가의 도움을 받아 고난에서 벗어나기도 하지. 남녀가 부부가 되어 누구나 하나같이 평생을 같이 하자고 약속을 하지. 처음에 그 약속을 가슴에 안고 살아가는 부부는 아무리 큰 어려움이 닥쳐와도 손쉽게 위기에서 벗어날 수 있지. 약속은 소중한 희망이랄 수 있다네."

잠시 말을 끊고 남아 있던 차를 다 마시고 난 왕옥겸은 고개를 들어 잠시 무언가 생각하는 모습을 보인다. 그리고 염칠선을 보며 다시 말을 이어간다.

"약속을 잊은 것은 희망을 버리고 살아가는 것과 같다 할 수 있지."

황옥겸의 말이 끝나고 조용히 학당을 나서는 염칠선은 어느 때보다도 길어진 왕옥겸과의 대화가 쉬운 말 같기도 하면서 어렵다는 암시를 주는 듯하다. 마치 내가 꼭 들어야 하는 말처럼 느껴진다. 그는 많은 사람들의 스승이다. 그보다는 나에게 많은 도움을 준 은인 아닌가. 잊어선 안 된다. 왕옥겸 그의 도움이 없었다면 나와 홍매는 어찌 되었을까 생각만 해도 아찔하기만 하다.

모든 일을 끝내고 집으로 돌아가려 하자 내외가 나를 부른다. 방으로 들어서자 생각했던 대로 술상이 차려져 있다. 노수형에게 한 잔 술을 따르자 나에게도 술 한 잔을 따라주는 노수형이 나에게 같이 잔을 들자고 한다. 한 잔 또 한 잔씩 잔을 따르고 안주를 집는 방노수, 염칠선을 보며 말문을 연다.

"어떻게 칠선 자네는 이곳 생활이 할 만한가?"

"아 네, 형님. 두 분께서 도와 주고 있어서 저는 이제 아무 걱정 없이 살아 갈 수 있다고 생각한지 오래되었습니다."

염칠선의 말에 웃음을 보인다.

"우리 부부가 자네를 뭐 얼마나 돕겠나. 이 모든 것이 스승의 배려와 무엇보다도 자네의 노력이 있었기에 가능했던 일이지. 나도 이곳이 객지라네. 고향은 강남 향연이라는 곳이지. 정들었던 고향을 떠나 이곳 봉화촌에 와서 우리 두영이 엄마를 만났지."

방노수 그가 자신의 처를 쳐다보자 말없이 웃음을 보이는 여인. 이를 보는 염칠선은 부부간에 금슬이 좋다는 것을 다시 한번 볼 수 있다. 염칠선을 보며 같이 잔을 들고난 방노수가 염칠선을 바라보며 만족한 웃음을 보인다.

"이보게 칠선, 난 말없이 묵묵히 일하는 자네를 보면 언젠가 크게 성공할 사람이라 생각하지. 내 진심으로 하는 말일세."

방노수의 말에 당황한 표정을 짓는 염칠선이 겨우 입을 연다.

"아이 형님, 과찬의 말씀입니다."

"아니야 칠선 이건 내 진심이야. 그리고 자네는 좋은 신체를 가졌네. 날렵하면서도 강인해 보이지."

"아닙니다 형님. 형님이야 말로 튼튼한 몸을 가지셨습니다."

"하 그래 그건 자네가 잘 보았네. 내 이제 마흔이 다 된 나이에 일이 힘이 든 적이 아직 없었지. 하여튼 간에 칠선이 자네는 평범한 사람 같지는 않아 큰일 한 번 해낼 거야."

시간이 흘러 방노수의 집을 나서자 그가 나서 바래다 준다고 한다.

"형님 집이 지척인데 뭐하러 나오세요."

"내 산보도 할겸 나선 것이네. 달이 아주 환하구만."

보름달처럼 농로길을 크게 비춰준다. 이곳 봉화촌에 온지도 두 달이 된 것이라 그날도 오늘처럼 달이 밝았기에 두지천을 거슬러 올라갈 수 있었다. 액운 속에서도 하늘이 도왔다고 생각한다. 뒤따라 오는 방노수는 기분이 무척 좋아 보인다. 그가 힘이 실려 있는 목소리로,

"칠선 이곳 봉화촌은 사람이 살기에는 더 없이 좋은 곳이라 할 수 있지. 어디 봉화촌뿐이겠는가? 자네도 보았듯이 이곳 주인 왕 선생님은 이루 말할 수 없이 성인의 인자함을 모두 보여주지 않는가. 나는 더 이상 욕심 없이 칠선 자네 내외와 우리 가족이 함께

오래 했으면 하는 마음이 드네. 고향이 아닌 객지 생활에 지금 이만한데도 그리 흔치는 않을걸세. 사연이야 어찌 됐던 상봉협에서 두지천을 거슬러 이곳 봉화촌까지 밤새워 가며 걸어온 자네가 참으로 대단한 사람이라는 걸 나는 잘 알고 있지."

방노수의 말에 멈칫하며 뒤돌아서는 염칠선.

"아니 형님께서 그걸 어떻게."

"하하하 이 사람 염칠선 놀라기는… 덜 마른 젖은 옷, 지칠 대로 지친 자네의 몰골, 어디 나 뿐이겠는가. 선생님께서도 눈치를 채고 계셨지. 나에게 자네 내외에게 사연을 묻지 말아 달라고 당부를 하셨지. 어허 그러고 보니 어느새 자네의 집까지 왔구만."

"아 그러게 말이에요. 형님 이번엔 제가 형님을 바라다 드려야겠네요."

"어허 이 사람 칠선이 말은 없어도 농은 좀 하는 것 같네."

달빛 아래 서로 마주 보며 크게 웃는 두 사람. 오늘은 노수형 내외와 채소를 거두었다. 일이 모두 끝나고 채소를 지고 집으로 돌아온 염칠선은 부엌에서 일을 하고 있는 홍매를 보고 크게 기뻐하는 모습을 보인다. 오늘 아침 나절만해도 누워있던 홍매 아닌가.

"아니 몸도 성하지 않은데 그냥 쉬고 있지."

"아니 괜찮아요. 나 이제 많이 낳았어요."

홍매의 말에 잔뜩 흥분된 염칠선. '아 이제 홍매에 대한 염려는 하지 않아도 되는 것일까. 아니다. 아직은 아닐 것이다. 홍매의 말처럼 다 낳았다면 좋으련만 더 지켜봐야 될 것이다.' 다음 날 아침 홍매가 차려주는 아침상을 받고 난 염칠선은 어제 못다한 채소를 거두려 밭으로 향하는 발걸음이 가볍기만 하다. 밭에는 벌써 부지런한 내외가 바쁘게 움직이고 있다. 내외를 향해 인사를 하는 염칠선.

"늦어서 죄송합니다. 일찍들 나오셨네요."

염칠선을 보며 잔뜩 힘을 주는 방노수가 염칠선 들으라는 듯이,

"아 뭐 늦을 수가 있지. 내 밭에 일찍 나오는 신혼부부는 여태 본 적이 없네."

방노수의 말에 그의 처가 나서 남편의 옆구리를 치며,

"아이그 주책."

처의 행동에 개의치 않다는 듯 되레 큰소리를 치며 눈을 부라리는 방노수.

"아 내 뭐 못할 말이라도 했나."

방노수의 말에 못 말리겠다는 듯 끝내 웃음을 보이는 그의 처, 이를 보던 염칠선 역시 웃고 만다. 시간이 흘러 해도 많이 떠올랐다. 잠시 틈을 내어 두 부부를 바라본다. 언제 보아도 다정하게만 보이는 두 사람 그것도 잠시 그들과 눈이 마주치자 시선을 돌려 일에 열중하는 모습을 보이는 염칠선. 한참 후 잠시 쉬며 오늘 아침 조반을 차려주고 고개를 돌려 말없이 앉아 있던 홍매의 모습을 떠올려 본다. 병들은 몸이라 해도 여전히 예쁘기만 한 홍매는 어제 그녀의 말대로 좋아졌다면 좋으련만 아직은 아니다. 걱정을 하는 나의 마음을 안심시키려 하는 것을 내가 모르겠는가. 내가 홍매를 업고 봉화촌으로 들어설 때까지 흐려 있던 그녀의 눈빛. 그무엇에 취해 있던 홍매의 모습, 그날 어두움이 짙어 가던 쌍봉협에서 일들이 궁금해진다.

청풍단원들과 수일을 보냈던 홍매는 무슨 역할을 맡고 어디까지 개입을 했는지 그리고 그들은 왜 홍매를 버려두고 떠나야만 했

는지. 쌍봉협을 급히 벗어나던 화룡선의 일이 성공했다는 것을 알 수 있다.

"어이 칠선이 이리 오게나. 뭐 좀 먹고 해야지."

하던 일을 멈추고 부부 곁으로 다가가 앉는 염칠선. 언제나 그렇듯이 참을 마련해 오는 내외. 때로는 부담이 갈 때도 있지만 홍매가 몸이 다 나아질 때까지는 신세를 질 수밖에. 요깃거리와 삶은 고구마 그리고 농주를 내어놓는다. 염칠선과 함께 농주를 들고 난 방노수.

"아 좋다. 이렇게 밭에서 먹는 음식 맛은 천하진미라 할 수 있지. 안 그런가 칠선 아우."

"네 형님, 맞는 말씀입니다. 참으로 맛이 있습니다."

방노수의 아내가 생글생글 웃음을 띠우며,

"칠선이 삼촌, 우리 부부 함께 일하는 거 보면 어때요. 부럽지 않아요."

조금 전에 눈이 마주친 것을 눈치 챈 것이라 짐작하는 염칠선.

"네 형수님, 잘 보셨어요."

염칠선의 말에 남편을 바라보며 크게 웃음진 얼굴을 보이는 여인의 꾸밈이 없는 행동. 행복이 이것이라 생각해 본다.

"칠선 삼촌, 색시가 몸이 다 나면 우리 다 같이 함께 일할 때면 재미있을 거예요. 내가 볼 때도 많이 좋아진 걸 알 수 있어요."

아내의 말에 당연하다는 듯이 나서는 방노수.

"암, 그리되야지. 의원 말로도 좋아지고 있다고 내 들었네. 이 모두 다 봉화촌 사람들의 존경을 받는 왕 선생님 덕분이 아닌가. 왕 선생님 참 좋은 분이시지."

잠시 고개를 들어 무언가 생각하는 듯한 방노수. 모든 일이 끝나고 집으로 돌아가는 길, 그 어느 때보다도 보람 있는 봉화촌 생활이다. 진심으로 나를 걱정해 주고 나에게 모든 정을 베풀어 주는 사람들과 함께하는 것이야말로 즐겁고 행복한 일이라고. 이야기 도중 심각한 표정을 짓던 방노수. 왕옥겸을 염두에 둔 것이리라. 그 의미가 가벼워 보이지만은 않는다. 만족한 하루를 보낸다. 하나 집으로 돌아가는 길이 마냥 즐겁지만은 않는다. 어젯밤 또다시 나를 외면하는 홍매, 언제 마음의 문을 열 것인지 생각할수록 그녀가 야속하기만 하다.

오늘은 방노수의 권유로 처음으로 학당 안으로 들어섰다. 낮과 달리 밤에는 나이가 많아 보이는 사람들과 젊은 사람들이 모여들곤 한다. 낮과 다른 것이 또 하나 있다면 찾아오는 이들에게 아무것도 받지 않는다는 것. 청풍단 사부 노도천 이후로는 거의 학문을 접할 수 없지 않았는가. 방노수와 함께 자리를 잡고 조금 지나자 학당 안은 많은 사람들이 찾았다. 이윽고 왕옥겸이 학당 안에 모습을 나타내자 모두 일어나 예를 올린다.

평상시 보아 오던 그의 모습과는 달리 근엄하면서도 엄숙한 표정의 왕옥겸 목소리는 굵게 학당 안으로 울려 퍼진다. 간간이 알아 들을수 없는 대목이 있다지만 대부분 충과 효 그리고 선을 중시하는 가르침이라는 것을 알 수 있다. 옆에 앉은 방노수는 진지한 모습으로 왕옥겸을 주시하고 있다. 어디 방노수뿐인가. 모두 하나같이 스승의 말, 표정 하나도 놓치지 않으려는 열의를 보여 준다. 시간이 조금은 흐른 듯싶다. 왕옥겸이 제자를 상대로 질문을 던진다. 스승의 말에 일어서는 제자, 나이가 조금은 들어보인다. 쉽게 답을 못 하는 제자를 향해 호통을 치는 왕옥겸. 제자를 선 채로 내버려 둔다. 스승의 화난 목소리에 학당 안은 찬물을 맞은 것처럼 일순간에 경직된 모습을 보인다.

잠시 흥분을 가라앉히고 다시 한 제자를 지목하는 스승. 방노수가 자리에서 일어나자 염칠선이 숨을 죽인다. 스승의 말에 한점 망설임 없이 읊어 나가는 방노수. 이에 만족한 모습을 보이는 스승은 제자를 자리에 앉혀 놓는다. 왕옥겸이 서 있던 제자 역시 앉으라고 한다. 방노수가 옆에 앉자 안심을 하는 염칠선. 스승 왕옥겸을 향해 제자 모두 하나가 되어 인사를 하고 학당을 나선다. 큰 대문을 나서며 방노수에게 인사를 하고 집으로 향하는 염칠선은 웃음이 절로 난다.

제자를 지목하는 왕옥겸의 말이 끝나자 일어서는 방노수를 보며 불안에 떨던 자신의 모습을 생각하니 참으로 어이가 없어 웃음밖에 나오지 않는다. 다시 한번 웃고 난 염칠선. 이것이 처음은 아니다. 전에 봉선사 법당 안에서의 일들이 떠오른다. 홍매에게 모든 걸 빼앗겨 그녀를 갖게 해 달라고 소원을 빌 때, 사천왕문을 지나 법당 안으로 들어선 순간 긴장되어 그 무엇인가로부터 억눌려 숨이 막혀오는 심정을 느끼지 않았는가. 청풍단 일원이 되어 때로는 소두령으로 불리던 자신이 아닌가. 장주의 영에 의해 생과 사를 주도하지 않았는가.

오늘 학당에서 왕옥겸 그가 나를 지목했다면 나는 크게 당황했을 것이다. 기품이 넘치는 왕옥겸 그의 주도하에 이루어지는 학당 안에서 일이라지만 제자들 앞에서 행하는 실력과 그의 위상은 압권이었다. 오늘 보았던 학당 역시 봉선사 법당 못지 않게 크게 위엄을 보여주며 내게 부담감과 함께 자신감마저 잃게 했다. 그러나 왕옥겸 그도 내가 청풍단 단원이라는 걸 알게 된다면 깜짝 놀랄 것이다. 달빛 아래 농로길을 걸어가며 가슴을 크게 펴보는 염칠선은 잠시 살수로서 본능적인 웃음을 보인다.

올해는 밀농사가 대풍이 들었다고 말해 주는 방노수. 이곳 봉화촌에는 밀농사를 지은지가 오래 되었다고. 그 맛이 좋기로는 널리 알려진 일이라고, 채소 과일 역시 이곳에서는 잘 자란다고 한다. 이 모두가 겨울이 되면 눈이 많이 내리기 때문이라고 염칠선을 보며 웃음을 보내는 방노수.

"이제 곧 겨울이 오고 눈이 펑펑 봉화촌에 내리면 제수씨도 많이 좋아지겠지." 방노수의 말에 고맙다는 표정을 보이는 염칠선.

"아 네 형님 얼마 전 양촌 의원님께서도 많이 좋아지고 있다고 말씀을 하셨었지요."

"하 그래. 그거 참 듣기에도 반가운 말이네. 그래서 그런가 요즘 자네 얼굴이 전보다 화색이 돈다 했어."

"형님 고맙습니다. 형수님과 함께 항상 저희 내외에게 온정으로 대해 주시고 그 마음을 어찌 저희들이 갚을 수 있을는지 모르겠습니다."

"허, 이 사람 장칠선, 자네가 그렇게 말하니 듣기에는 조금 민망하구만."

"민망이라니오 형님, 당치 않습니다."

"야, 이 사람 이거 학당에 드나들더니 그새 많이 배웠네. 달변이네 달변이야."

자신의 말에 어이없다는 표정. 이어 웃음을 보이는 염칠선을 보며 크게 웃어주는 방노수. 아내를 먼저 집으로 돌려보낸 방노수와 함께 농작물을 모두 거두어 수레에 싣고 돌아가는 길 멀리 석양

노을이 붉게 물들어 간다. 주위를 한번 둘러보는 염칠선. 병풍을 이루고 있는 높은 산 저녁 노을과 함께 넓은 들이 조화를 이룬다. 그동안 별 의미없이 보이던 노을이 지금 이 시각 봉화촌에서 바라보는 노을은 아름답다고나 할까.

홍매도 많이 좋아지고 처음의 걱정과는 달리 이제는 이곳 봉화촌에 안정적으로 정착을 하였다. 염칠선은 자신감이 묻어난다. 이제 이곳에서 홍매와 함께 행복만을 꿈꿔 본다. 오늘은 왕옥겸 그가 쉬는 날. 방노수는 자신의 집에서 술 한 잔 하자고 한다. 역시 그의 아내가 나를 반긴다. 술상을 마주하고 잔을 높이 든 두 사람. 방노수가 말한다.

"오늘같이 보람있는 날 학당도 쉬고 자 장칠선 한 잔 마시게나."

잔을 내려놓고 안주를 씹고 난 방노수가 말한다.

"이보게 칠선이, 학당에서는 뭘 좀 배울 수가 있다고 생각하나."

"아, 네 형님 배울만 합니다. 좀 어려워서 그렇지."

"아, 그래. 잘 되었구만. 자네는 학당이 처음이라면서도 전혀 까막눈이 아니더만. 그래 어디서 글을 배웠나."

"네, 아는 형님한테 조금 배웠을 뿐입니다."

"그렇구만. 참 좋은 사람을 만났구만. 배움을 나눌 수 있는 사람. 세상을 보다 더 넓게 보고 삶이 녹록치 않다는 것을 깨우친 사람이지. 어려움을 미리 알아 둔다면 세상 살아가는데 있어 탄탄대로를 걸어갈 수 있지."

잠시 말을 끊는 방노수. 술병을 들어 염칠선에게 내민다. 잔을 받고 난 염칠선 역시 방노수에게 잔을 건넸다. 다시 말을 이어가는 방노수. 좀전보다는 차분한 어조로 말을 잇는다.

"내 이 나이에 세상을 어찌 알겠는가? 스승님께서 하던 말을 전해준거 뿐이네. 이런 말 하는 내가 자네한테는 조금 부끄럽네."

방노수의 말에 자세를 바로 잡는 염칠선. 두 손을 모으고 진심이라고 읊조린다.

"아닙니다 형님. 저는 진심으로 형님을 존경하고 있습니다. 형님의 솔직하신 그 말씀에 저는 감격할 뿐입니다."

염칠선의 말이 끝나자 크게 웃는 방노수, 좋아하는 모습이 역력해 보인다. 웃음이 그치고 난 방노수. 조금은 멋쩍다는 듯이 말을 이어간다.

"하, 이사람 장칠선. 나를 다 민망하게 만드는구먼. 그래 좋아. 근거 없는 말도 아니고. 나야 원래 솔직한 사람이니. 자 한잔 들자구."

두 사람이 잔을 들어 올리자 이들을 바라보던 여인이 재미 있다는 듯 웃음을 보인다. 방노수의 집을 나서자 어둠이 짙어온다. 조금 걷자 오늘 있었던 술자리에서는 진지한 이야기를 하였다. 방노수 그는 정말 솔직한 사람이라고. 나에게 까막눈이 아니라고 했을 때 나는 기분이 좋았다. 몇 년 전 죽음을 맞이한 청풍단 단주, 나의 스승이랄 수 있는 노도천. 그가 고마울 뿐이다. 죽음을 앞둔 노도천. 그가 젊었던 시절 집에서 뛰쳐나온 것을 크게 후회하던 모습이 기억에 남는다.

단원들에게 억지라 할 정도로 글을 가르치려는 노도천 덕분에 오늘 방노수로부터 인정을 받아 기분이 좋다. 언제나 나를 대할 때면 홍매를 나의 색시로 인정해주는 내외의 말보다도 더욱 기분이 좋았다. 아직 내가 홍매를 갖지 못하였지만 두 내외로부터 색시라는 말을 듣고 마음에 여유를 갖지 않았나. 밤 하늘 별빛을 받아가며 홍매만을 생각하며 걷는 염칠선의 발걸음이 가볍기만 하다. 조금 걸어가자 반짝이는 별빛이 금방이라도 쏟아져 내릴 것만 같다.

채소를 모두 거둬들이자 올 농사 힘든 것은 이제 끝났다고 방노수가 일러준다. 오늘 일은 일찍 끝났다. 집으로 들어서자 양촌 의원이 홍매와 함께 방에서 나온다. 양촌의원 그는 이곳에서 멀지 않는 양촌리에 살고 있다. 모두들 그를 양촌의원이라 부른다. 그에게 머리를 숙여 인사를 하자 그가 웃음을 지으며 반긴다.

"일 갔다 오는구만. 언제 보아도 신체가 아주 건강해 보이는구만. 좋은 몸을 타고났어. 장사가 따로 있을 수 있겠나."

듣고만 있을 수 없어 예를 표하는 염칠선에게 의외의 말을 하는 양촌의원.

"어떻게 왕 선생님하고는 일가가 되는가?"

머뭇거리며 쉽게 답을 하지 못하는 염칠선을 향해 말을 이어가는 양촌의원.

"왕 선생께서 자네 색시를 잘 보살펴달라고 내게 간곡한 부탁의 말씀이 계셨지. 내 두 내외에게 기쁜 소식을 하나 전해주겠네.

염칠선은 양촌의원의 말에 의아한 표정이고 홍매 역시 무슨 이야기를 할까 귀를 곤두세운다.

"이곳 봉화촌에서 착하게 살아가는 두 내외에게 하늘에서 아이를 주셨네. 하하하하하 기쁘지 아니한가."

'아, 아니 지금 이게 무슨 소린가… 아이라니.'

염칠선은 양촌의원의 말에 자신의 귀를 의심해본다. 이어지는 양촌의원의 웃음소리,

"하하하하하. 어떻게 나의 말에 기쁘지 아니한가."

양촌의원의 웃음소리에 하늘이 무너져내리는 것만 같은 염칠선. 얼굴을 감싸며 방으로 들어가는 홍매를 보는 순간 온몸에 힘이 빠져 버리는 염칠선. 아니다. 이럴 리가 없다. 홍매를 뒤따라 방으로 들어간 순간, 돌아앉아 울고있는 홍매를 보고 방바닥에 주저앉고 마는 염칠선. 갑자기 눈앞이 캄캄해진다.

죄와 벌

　정적만이 흐르는 깊어가는 밤 구슬픈 여인의 울음소리. 이를 곁에서 지켜만 보는 사나이 가슴 속은 점차 타들어가기만 할 뿐. 끝이 없을 것 같은 기나긴 밤도 지쳐가는 여인의 울음소리에 새벽을 내어주는 것일까? 창문을 하얗게 물들인다. 울다 지친 여인이 모든 것을 체념한 것일까? 조용히 입을 연다.

　"칠선 씨라고 불러야겠지요?"

　여인의 첫마디가 떨어지고, 시간이 조금 흐르고 나서 다시 입을 여는 홍매,

　"내게 실망한 줄 잘 알아요."

　또다시 말을 끊었다 이어가는 홍매,

　"장 집사를 따라 나설 때만해도 고향에 가는 꿈을 꾸었어요. 일이 어느 정도 진행되고 나서부터는 이제 곧 고향에 갈 수 있다는 확신이 섰지요. 그러나 그것도 잠시 그들은 나의 목숨을 위협해가며 진원산의 선실로 미혼주와 함께 나를 밀어넣었지요. 일은 그렇게 되었어요. 미혼주에 중독되어 생사에 갈림길에선 나를 버리고 그들은 가버린 것이지요. 당신의 도움으로 정신을 차렸을 때는 당신의 얼굴을 바로 볼 수 없었지요."

또다시 이어지는 정적과 침묵 속에도 날은 밝아오고 여인은 일어나 방문을 나선다. 혼자 남은 염칠선. 정신을 가다듬어 차분히 생각해본다. 연약한 여인의 몸으로 청풍단원들을 상대한다는 것은 불가항력이라고. 그들의 만행이 악랄하고 비열하다 하나 자신 또한 떳떳치 못한 청풍단원으로서 어찌 그들을 나쁘다고 할 수 있는가. 그러나 동료라 할 수 있는 홍매를 죽게 내버려두는 것은 용서할 수 없는 일 아닌가. 기회가 된다면 모조리 죽여버리겠다고 이를 악무는 염칠선. 순간 방안에서 나간 홍매가 심상치 않음을 눈치채고 부리나케 방문을 열고 홍매를 찾아본다. 부엌 뒤뜰로 사람이 있을 만한 곳은 모두 찾아봤지만 홍매의 모습은 어디에도 보이지 않는다.

아니 홍매가 대체 어디로 간 것일까? 집 밖으로 나와 큰 길 작은 길 모두 둘러보아도 홍매의 행적을 찾을 수 없다. 인가로 가지는 않았을 것이라 판단하는 염칠선. 농로길을 따라 내달린다. 한참을 뛰고서 둘러보아도 홍매에 모습은 눈에 들어오지 않는다. 그때 저 멀리 지게를 진 농부의 모습이 보인다. 저 농부가 홍매를 보지 않았을까. 한달음에 농부에 다가간 염칠선.

"저 말씀 좀 여쭙겠습니다. 오시면서 혹씨 젊은 여인을 못 보셨는지요."

"아 예, 얼굴을 가리고 무슨 일을 당한 것처럼 심상치 않아 보이던데요?"

"아, 그래요. 그 여인이 어디로 가던가요?"

"아, 그걸 제가 어떻게 압니까?"

"아, 그래요. 고맙습니다."

염칠선은 조금 전 사내가 오던 길을 내닫는다. 한참을 뛰어가던 염칠선. 농로 갈림길에서 멈춰선다. 두 갈래길에서 어디로 갔을까? 빨리 찾아야 한다. 홍매의 신변이 위태롭다. 그녀가 극단적인 선택을 할 수 있다. 그때 무언가 생각이 났다. '아 그렇다. 내가 왜 그방법을 몰랐을까. 청풍단 사부 노도천으로부터 배우지 않았는가.' 홍매가 신고 있었던 신발 모양을 생각하며 홍매의 족적을 찾아 다시 그녀를 찾아 나선다. 농로길을 벗어나 산으로 이어지는 길로 들어서자 갑자기 불안한 마음이…. 서둘러야 한다. 늦어선 안 된다.

바위길을 오르고 암석으로 이루어진 길로 들어서자 홍매의 흔적이 거의 보이질 않는다. 그녀가 지나쳐 갔을 것이라는 짐작을 하고 산을 오를 뿐이다. 얼마를 더 올랐을까? 바위 구릉을 넘어서자 바로 눈앞에 홍매의 모습이…. 아, 찾았다. 드디어 홍매를 찾았다고 안심을 하는 순간 아니 지금 홍매가 바위 절벽에 서 있는 것이 아닌가. 숨을 죽이는 염칠선. 생각은 했다지만 이럴줄이야. 바람결에 흩날리는 홍매의 치맛자락 일촉즉발의 위기, 말려야 한다. 홍매가 모르도록 은밀히 다가가야 한다. 그러나 늦어선 안 된다. 염칠선 신발을 벗는다. 이어 윗도리를 벗고 바지를 걷어 올리고 숨을 한번 크게 내쉬고 조심조심 홍매에게 다가간다.
이제는 때가 되었다고 생각한 것일까? 홍매 눈을 감는다. 그리고 뛰어내리려는 그때 들려오는 고함소리.

"홍매 안 돼."

홍매는 순간적으로 눈을 크게 뜬다. 이때 몸을 날려 홍매를 낚아채는 염칠선, 바닥으로 나뒹구는 두 사람. 천만다행이라 생각하는 염칠선. 홍매의 상체를 일으켜 세운다.

"홍매 이게 대체 무슨 짓이야. 이러면 안 돼."

"놔요, 나를 그냥 내버려둬요. 나 같은 건 죽어버려야 돼요."

염칠선의 손을 뿌리치려 애쓰던 홍매가 힘이 부쳐오자 그만 바닥에 엎드려 운다. 밤이 새도록 울던 홍매가 또다시 흐느낀다. 이를 보며 한참 동안이나 무엇인가를 생각하던 염칠선. 홍매를 일으켜 세우고 그녀를 등에 업는다. 어느 정도 길을 걷자 정신이 혼란해진다. 전혀 예상치 못한 일들이 벌어지고 있다. 하늘이 무너지는 것도 보았고 땅이 꺼져가는 것 또한 보지 않았는가. 세상에 태어나서 처음으로 겪는 엄청난 일. 참으로 난감한 일이 아닐 수 없다.

잠시 생각을 끊고 홍매를 업고 가던 염칠선. 그 무엇보다도 허탈한 심정이라 해야 하나. 어찌됐던 홍매가 살아있다는 것이 천만다행이리라. 더는 생각지 말자. 오직 걷고 또 걷자. 집으로 돌아온 염칠선. 홍매를 누이고, 군불을 어느 정도 때놓고, 잠든 홍매를 확인하고 밭으로 향한다. 수레가 보이지 않는다. 방노수 그가 먼저 끌고 간 것이다. 이렇게 늦은 것은 처음이다. 미안한 생각이 든다. 그보다는 홍매가 더 걱정이 된다. 부지런히 움직이는 방노수. 염칠선이 다가가는 것도 모른다.

"형님 죄송합니다. 너무 늦었습니다."

"허허. 새신랑이 요즘 무리하는 것 같네. 허긴 뭐 그럴 만한 때가 아닌가."

농을 던지고 나서 힐끔 염칠선의 모습을 살피는 방노수. 자신의 말에 별다른 반응을 보이지 않는 염칠선을 자세히 들여다본다.

"어허, 이 사람 어제 무슨 일이 있었나. 얼굴이 좋지 않구만."

"아 네, 형님. 배가 아파서 잠을 잘 못 잤습니다."

"아니 왜 배가 갑자기?"

"아 네, 어제 저녁에 먹은 것이 좀 얹힌 거 같습니다."

"아 그래. 지금은 괜찮나?"

"아 예, 이제는 괜찮습니다."

"아 그래, 그건 모르고 난 농을 다 했으니 미안하네."

"아, 아닙니다. 형님."

방노수가 염칠선을 보며 웃는다. 염칠선 역시 웃는 모습을 보인다. 눈이 감기는 것을 억지로 참아가며. 오전 일을 마치고 방노수가 마련해 온 점심을 먹고 나서 뚝 위에 나란히 누운 두 사람. 방노수가 먼저 염칠선에게,

"어이 칠선이, 요즘 왕 선생님의 가르침 배울만한가?"

"아 예, 아직은 잘 모르겠습니다. 하지만 배울수록 조금 어렵다는 생각을 할 때가 있습니다."

"하하, 그래. 그 말이 정답이랄 수 있네. 선생님께서 늘 말씀하시길 학문은 깊이 파고 들수록 어려운 것이라고. 하다가 중단하면 배운 것을 모두 잃을 수 있다고. 그러면 처음부터 다시 시작해야 한다고 말씀하셨지, 나는 자네가 좋으니 나와 함께 하며 같이 학문을 익히는 일이 세상에서 가장 보람된 일이라 생각하네."

염칠선의 코고는 소리에 더 이상 말이 없는 방노수. 그도 잠시 눈을 감는다.

화창한 날씨, 많은 사람들이 등축제에 가기 위해 삼삼오오 짝을 지어 봉선사로 가고 있다. 홍매, 심연 그리고 초연각 무희들의 모습. 푸르른 녹음과 함께 길가엔 형형색색의 만발한 꽃들도 저마다의 자태를 뽐낸다지만 오직 홍매에게만 눈이 갈 뿐이다. 홍매만을

바라보며 걷는 발걸음이 더뎌지기 시작한다. 어느새 멀어져간 홍매. 이제는 종적을 감추고 만다. 봉선사를 오가는 많은 사람들 속에 홍매의 모습은 어디에도 보이질 않는다. 봉선사에 가면 만날 수 있을 것이다.

사천왕문에 다다랐다. 홍매를 찾으려면 들어가야만 한다. 사천왕문을 겨우겨우 들어서자 늙은 중이 보인다. 전혀 낯설지 않은 중의 모습.

'아 그렇다. 도원 스님이다. 나를 거두어 키워주신 도원 스님이 틀림없다.'

그가 염칠선을 향해 일갈을,

"네 이놈. 석현아. 지금까지 네가 해 왔던 일이 크나큰 업을 쌓는다는 것을 모르느냐."

"아니 큰스님 제가 업을 쌓다니요."

"어허, 니가 지금 정녕 모르는 것이란 말이냐. 네 이놈. 니가 정녕 모르겠느냐."

무섭고도 냉엄하게 내뱉는 일갈에 온몸이 얼어붙는 염칠선.

아 춥다. 너무도 춥기만 하다. 누군가 옷을 덮어준다. 눈을 떠보니 방노수가 웃는다. 얼마나 잔 것일까? 깜빡 잠든 것이 그만 해가 많이 기울었다. 돌아서 가는 방노수를 뒤따르는 염칠선은 어찌할 바를 몰라한다.

"형님, 저를 깨워주지 않고요."

염칠선의 말에 웃는 방노수.

"피곤에 지쳐 잠든 자네의 모습을 보니 깨울 수가 없더구만."

"형님, 면목이 없습니다."

"하, 이 사람 별소릴 다하는구만."

홍매와 나 사이에 무슨 일이 있었냐며 걱정을 해주던 방노수에게 인사를 하고 집으로 향하는 길. 오늘 낮 꿈에 보았던 도원 스님이 내뱉던 말이 마음에 걸린다. 그간 청풍단에서 행했던 일이 죄가 된다는 것을 내 어찌 모르겠는가? 오랫동안 잊고 있었던 그가 혼란스러운 나의 마음을 마구 흔들어대는 것만 같다. 하필이면 이때 꿈에 나타날 줄이야. 홍매가 걱정이 된다지만 이대로 집으로 들어가기가 곤란했다. 지쳐 있던 나의 마음을 잠시나마 달래본다.

집으로 향하던 발길을 돌려 저잣거리로 조용한 곳을 찾기 위해 반점 몇 곳을 지나쳐 조금은 외져 보이는 곳으로 들어선다. 생각했던 대로 반점 안은 조용하기만 하다. 주문을 하고 나서 집에 있을 홍매를 생각하니 걱정이 된다. 아무 일도 없었으면 좋으련만….

염칠선은 홍매가 또다시 극단적인 선택을 하지 않을 것이라고도 생각해본다. 한잔 또 한잔. 어느새 편안해 오는 마음에 그가 생각난다. 지금쯤 초연각에서 모든 이들을 진두지휘하고 있을 것이다. 언제 어디서라도 총명한 모습을 보여주는 부엉이, 오늘 밤도 비류강 초연각에서 날을 샐 것이다. 오늘 밤 그가 내 곁에 있어 준다면 좋으련만. 나의 모든 것을 털어놓고 말할 수 있는 유일한 단 한 사람. 그가 그립다. 술잔을 내려놓자 다시 무서운 얼굴이 떠오른다.

어린아이에서 성인에 이르도록 온정으로 나를 대하던 도원 스님. 그가 오늘 무서운 모습으로 꿈에 나타난 것이 아무래도 심상치 않다는 생각이 든다. 나를 보고도 달아나지 않고 맞서려는 자에게 내가 죽을 수도 있지 않은가. 정당화 될 수 없는 일이라지만 나로서는 어쩔 수 없는 일. 그만두고 싶을 때가 어디 한두 번이었던가. 봉선사 달빛에 비친 홍매에 반해 모든 마음을 빼앗기고부터는 더더욱 청풍단 일을 그만두려고 마음을 먹지 않았는가. 술잔을 들고 난 후 잔을 천천히 내려놓은 염칠선.

무언가 깊은 생각을 하다가 허탈한 모습이 된다. 홍매가 아이를 가졌다는 어제에 일들을 생각해본다. 참으로 기막힌 일이 아닌가. 봉화촌에 자리를 잡으면서 날이면 날마다 천년만년 살고지고를 외우면서 홍매와의 행복만을 꿈꾸지 않았나. 술 한 병을 더 시켜 잔에 따른다. 잔을 비우고 나서 웃음을 보이는 염칠선. 그간 봉화촌에서 있었던 홍매와의 있었던 일들을 생각해본다.

나를 바로 보지 못하고 나의 마음을 받아들이지 않았던 홍매. 어제야 그 연유를 알지 않았는가. 그동안 나의 마음을 애태우던 홍매. 자신이 스스로 부끄럽다는 것을 말해주는 것이라 생각하고 싶다.

조용하기만 했던 반점문이 열리는 소리에 이어 손님 서넛이 들어온다. 자리에 앉기 무섭게 일행 중 한 사람이 염칠선과 눈빛이 마주친다. 이를 본 염칠선이 자신을 바라보는 사내의 시선을 피하지 않는다. 사내가 시선을 동료들에게 돌리고 입을 연다.

"아 그 장가 놈, 그렇게 못 되게 놀더니만 결국은 죽고마는구만."

"아 그러게 말이야. 그놈한테 당한 사람이 어디 한 둘인가. 저 몽진포까지도 소문이 다 날 놈인데 뭘."

모두 하나 같이 장가 성 가진 자를 욕해댄다. 또다시 염칠선과 마주친 사내가 시선을 돌리며,

"장가 그놈이 천벌을 받은 거야."

둘러앉은 사내들 역시 이구동성으로 하늘에서 천벌을 내린 것이라고 말한다. 천벌이라 외치는 사내들의 모습을 보며 고개를 끄

덕이는 염칠선. 남아있던 술을 비우고 나서 반점을 나선다. 저잣거리를 벗어나 봉화촌으로 들어서자 천벌이라는 말을 생각하며 웃어본다. 그래 천벌이다. 하늘에서 내리는 벌. 어찌 피할 수 있으리. 당연하다는 듯이 크게 웃어보는 염칠선이 뇌까린다. 장가면 어떻고 칠선이면 어떠랴. 누가 나를 알아보리. 어두컴컴한 농로길을 걸어 집으로 들어서자 방 안에는 불빛이 새나온다. 조심스레 방문을 열고 보니 홍매가 앉아있다. 아무 말이 없다. 방바닥에 앉은 염칠선, 홍매가 자신을 기다려 준 것이라 생각하니 그녀가 고마울 뿐이다. 한참 동안 말 없이 홍매를 바라보던 염칠선, 홍매에게 다가가 그녀의 손을 잡는다. 홍매의 얼굴을 한번 보고 두 손으로 그녀의 손을 자신의 가슴에 얹는 염칠선. 한참 홍매의 손을 품고 있던 염칠선. 굳게 닫은 입을 연다.

"홍매…."

더 이상 말을 잇지 못하는 염칠선. 시간이 조금 지나고 나서야 말을 이어간다.

"홍매, 우리가 죄를 많이 지은 것이라 하늘에서 벌을 내리는 것 같구나. 이것이 너와 나의 운명이자 업보가 아니고서야 우리가 어찌 하늘의 노여움을 피할 수 있단 말인가. 우리가 빌고 또 빌어야만 할 것이다. 내가 봉선사에서 너에게 약속했던 말. 나를 진심으로 받아주었으면 하는 마음이다."

말없이 앉아 있는 홍매의 눈가엔 눈물이 고인다. 염칠선은 홍매를 끌어당겨 꼬옥 안아준다. 그리고 이 세상 끝날 때까지 지켜줄 것이라고 다시 한번 다짐을 한다.

초연각 부엉이

동네 사람들 거의 다 모였다고 할까. 노수 형이 간간히 농을 걸어온다. 오늘은 나의 모내는 실력이 많이도 늘었다고 칭찬을 한다.

"형님 저를 이렇게 칭찬을 하시니 제가 몸둘 바를 모르겠습니다. 형님에 비하면 저는 아직도 어린애일 뿐입니다."

"야 칠선이 자네, 모내는 솜씨만큼 말솜씨가 당대 제일가는 웅변가일세. 암 그렇고 말고. 둘째간다면 서러워 울 사람이네."

방노수의 말에 지고 말았다는 듯이 웃음을 보이는 염칠선. 이어 두 손을 모아 예를 하며,

"학당에서 오랜 학문을 닦으신 분은 역시 남다른 데가 있어 보입니다."

"암 그렇고 말고. 학문을 터득한다는 것이 어디 쉬운 일이겠는가? 또한 배워서 남을 주는 것은 결코 아니고."

더는 말없이 모내기에 전념하는 모습을 보여주는 방노수. 언제나 보아도 진지하고 온화한 모습에는 강직함 마저 엿보인다. 방노수와 나의 말에 웃어주는 묵철과도 이제는 많이 친해졌다. 그는 술을 무척 좋아한다. 대대로 이곳 봉화촌에 살고 있다. 그 외에도 여러 사람을 알게 되었다. 간간이 허리를 펴가며 모내기를 하던

중 누가 크게 외친다.

"밥 온다. 밥이 온다."

듣던 중에서도 가장 반가운 말이 아닌가. 춘석이 나서 크게 소리 지른다.

"야 묵철아, 술 왔다." 춘석의 말에 모두 웃는다.

광주리마다 가득히 음식을 이고 오는 아낙네들, 홍매와 두원의 모습도 보인다. 갖고 온 음식을 풀어 놓고 모두 둘러앉아 즐거운 시간을 갖는다. 염칠선 옆에 앉은 두원을 보며 흡족한 마음을 보이던 방노수가 입을 연다.

"두원이도 이제 대장부 티가 나네 그려. 아버지를 닮아서 그런지 총기가 있어 보이는구만 우리 선생님께서 아주 좋은 이름을 지어 주셨지. 커서는 대성할 것이네."

방노수의 말이 끝나기를 기다렸다는 듯이 묵철이 나선다.

"우리 모두 두원에 앞날을 위해 잔을 듭시다."

묵철의 말이 끝나자 일제히 환호성을 지른다.

비류강 선착장을 내려다보는 전풍 그의 표정이 잔뜩 굳어있다. 무언가 깊은 생각에 뒷짐을 지고 서성거린다. 한참을 서성이던 그가 강을 내려다보며 상념에 잠긴다. 밤이 깊어 가면서 그와 부딪치는 잔, 진지한 모습으로 나의 말에 귀를 기울이던 그가 너무 좋았다. 배가 들어올 때마다 그가 나타날 것이라 기대를 해보고 객잔문이 열릴 때마다 그가 곧 들어올 것 같은 마음이 어언 십년이 훨씬 넘지 않았나. 돌아오지 않은 홍매와 그의 행적이 궁금하지 않을 수 없다. 송하강의 일이 성공으로 끝나 많은 부를 축적한 장주 역시 염칠선의 행방을 나에게 묻지 않았는가. 염칠선 그가 청풍채를 이끌어갈 적임자라고 생각해서일 것이다.

거칠고 포악한 곽상도와 마천웅도 그를 그리 좋아하지 않는 걸 알 수 있다. 나에게 힘이 되어 주던 그가 돌아오지 않은 것이 한스러울 뿐이다. 나를 불러 놓고 부엉이라 부르며 초연각을 손에 쥐려는 장문원. 어제 그가 나에게 보여준 행동은 치욕이라 할 수 있다. 지금도 소문이 떠도는 송하강 삼봉협의 대사건. 장문원의 치밀한 계략에 일은 손쉽게 끝날 수 있었다. 천하제일의 모사라 칭한 마천웅은 장문원에게 화룡이라는 아호를 주지 않았나. 그 일이 있고 난 뒤 장문원의 입지는 더욱 강화되어 이 초연각마저 그의 명을 따를 수밖에 없다. 징문원 그가 용성리 나루터에 발을 디딘 지가 이십여 년이 된 것 같다.

청풍장 가는 길을 나에게 묻던 장문원. 운두령 일을 성공시키면서 장주의 신임을 받으면서 두각을 나타내기 시작했다. 장문원 그는 이곳에 오기 전에 무엇을 했는지 어디서 온 것인지 알 수 없었고, 술도 그리 좋아하지 않거니와 계집은 좋아하는 걸 본 적이 없다. 오히려 대장부라면 여자를 멀리해야 성공할 수 있다고 큰소리치지 않는가. 힘이 전혀 들어있지 않은 구부정한 모습에도 빈틈이 없을 정도로 매사에 신중을 기하는 모습을 볼 수 있다. 학문 또한 만만치 않은 실력을 갖고 있다.

홍매와 심연이 떠난 초연각은 흥이 안 난다. 하나 장문원 그를 조심해야 할 것이다. 꼬리가 길면 밟힌다고 하지 않나. 대당으로 들어선 조원진이 장문원을 향해 두 손을 모아 고개를 숙인다.

"아, 어서오시게나. 우리 조 장군께서는 언제 보아도 기백이 넘치는구만."

"형님 과찬이시옵니다."

"과찬이라니 당치 않네. 자네는 장주님 뒤를 이어 이곳 청풍장을 이끌어갈 사람이네. 암, 그렇고 말고. 없어서는 안 될 사람이지."

장문원에 말에 한층 고무되어 웃음이 가시지 않는 조원진.

"형님. 이 의화당 규모가 대단합니다. 이곳 두천뿐만 아니라 인근에 있는 현을 모두 뒤진다 해도 이만큼 큰 대당은 없을 것이옵니다. 대 역사를 이루신 형님, 화룡 선생이란 아호가 헛되지 않은 것 같습니다."

"하하하하, 자네가 그리 봐주니 내 더할 나위 없이 기분이 좋구만. 이제 곧 관아에서도 인정을 받을 채주에 오르실 분을 위해서 이만한 당을 바치는 것이야말로 우리가 해야 할 일이 아니겠는가. 원진 자네도 장주의 조카로서 가장 큰 보람이랄 수 있지 않은가."

"아 예, 형님 지당하신 말씀입니다. 저 또한 장주님의 조카라는 것을 항시 잊은 적이 없습니다."

"어디 우리 뿐이겠는가. 청풍장의 모든 형제들이 뜻을 모아 이곳 당 현판을 의화당이라고 짓지 않았나. 우리 형제들 모두 장주님을 위해 더욱 단합된 모습을 보여야 할 것이네."

"아 예, 형님. 말씀 백 번 들어도 지당하신 말씀입니다. 우리 청풍장이 오늘 이렇게 크게 번창할 수 있었던 것은 송하강 일을 성공시킨 형님의 공이 컸지요. 저는 지금도 당연포에서 있었던 일을 생각하면 웃음이 절로 나옵니다. 형님의 완벽한 연기에 진원산이 속을 수밖에요."

"어디 나뿐이었나. 자네와 상도 그리고 청풍단원들이 도와주었기에 가능한 일이었지."

장문원 고개를 들어 잠시 생각에 잠기다 나직이 내뱉는다.

"홍매를 잃은 것을 생각하면 지금도 마음이 아프다네. 진원산을 노리는 자들은 많고 일을 빨리 끝내야 하기에 최음제를 너무 많이 탄 것이 나의 실수였다네. 참으로 아까운 아이가 아닌가."

"형님 그것이 어디 형님 때문입니까? 이 모두 청풍장 형제들과 장 주님은 위한 일이 아닙니까? 형님 너무 마음 아파하지 마세요. 형제들을 아끼는 형님의 마음 청풍장 형제들 모두 잘 알고 있습니다."

녹음이 짙었다. 모종이 모두 끝났다. 지금쯤이면 봉선사 등축제가 시작됐을 것이다. 가보고 싶다. 어디 봉선사뿐이랴. 이곳 봉화촌이 살기 좋다 하나 더 넓은 세상을 보고 싶다. 장사를 나선 묵철과 향근을 따라나서지 못한 것이 아쉽기만 하다. 그들이 봉화촌을 떠나고 나서부터는 왠지 답답한 마음이 들곤 한다. 틀에 박힌 가정생활은 큰 의미가 없다고 생각한지는 오래다. 왕옥겸 선생으로부터 꾸중을 들은 이후로는 학당에 가는 것 또한 부담스럽기만 하다. 선을 앞세운 그의 가르침에 지난날 나의 행적을 생각하지 않을 수 없다. 씻을 수 없는 악행이라는 것을 내가 어찌 모르리.

학문은 배울수록 어렵다고 하나 지금 내가 어려운 것은 마주할수록 왕옥겸 그가 어렵고도 어려울 뿐이다. 처음 봉화촌으로 들어서서 그의 도움을 받을 때 그를 의심하기도 했다. 충과 효 그리고 선을 앞세운 왕옥겸의 가르침 속에도 그가 오래전 나에게 약속을 중시해야 한다는 말이 아직도 기억에 남는다. 왕옥겸 그는 약속을 지키지 않은 사람을 원망이라도 하는 걸까? 아니면 자신이 지키지 못한 일이 아닐는지.

어제는 두원이 아이들과 다투다가 얻어맞고 집으로 돌아왔다.

아이들의 일이라지만 코피가 터져 옷이 붉게 물든 모습을 보니 마음이 아팠다. 홍매 역시 나와 마음이 다를 리가 있겠는가. 외지 생활 아이에게 형제 없는 설움을 안겨줄 수 없다는 생각에 무예를 조금 가르쳐 주어야겠다고 마음먹는다. 내가 기초 체력과 권법을 가르치자 홍매가 크게 반대한다. 도와 검을 사용하지 않는 호신술이라면 사내라면 꼭 배워야 하고 맞는 것보다는 낫다는 나의 말에 걱정 속에 마지못해 나의 의견에 따르기로 하는 홍매.

두원이 기초 체력에 이어 권법을 가르치기 무섭게 이제는 제법 자세를 잡아간다. 학당에서 스승으로부터 인정을 받을 정도로 또래 아이들 중에서는 단연 으뜸이라고 노수 형도 말하지 않았나. 두원이 때로는 나의 피붙이가 아니라는 생각에 마음 한구석으로는 아쉬움이 남을 때가 있다. 두원에게 권법과 봉술 외에는 더 가르치지 못하는 것이 아쉽다. 모든 면에서 재능을 보여주는 두원이는 내게 총명한 모습을 보여주곤 한다.

내가 농사일에 전 같지 않게 의욕을 보이질 않는 걸 눈치챈 방노수는 어제는 세상사에 대한 자신의 지나온 일들을 이야기를 해주었다. 두영이 엄마를 이곳 봉화촌에서 만나기 이전에 세상에 나서 안 해본 것이 거의 없을 정도로 많은 일들을 해보았다고 한다. 처를 만나고 아이들이 커가는 것을 보고 밤이면 학당에 나가는 것이 행복이라는 것을 알게 되었다. 가정이 평온하고 식구들과 내가 건강하다면 만족한다고 했다.

욕심은 부질없는 짓이라며 자신은 왕옥겸의 가르침을 한시도 잊은 적이 없다고 했다. 이 세상 그 어디에도 이곳 봉화촌만큼 좋은 곳은 없다고 생각한다. 오래 지내다 보면 알게 될 것이라고 말했다. 나를 독려하던 방노수, 내 어찌 그의 진심을 모를 리 있나.

작년 세상을 떠난 양촌의원 김만중 그가 전에 했던 말을 생각할 때면 온몸에 힘이 빠지는 것만 같다. 지난 날 입은 상처에 의해 홍매가 더 이상 아이를 갖는 것은 어려울 수도 있다던 그의 말은 지난날 들려준 웃음소리와 함께 나에게는 영원한 고통으로 남을 것이다. 망태를 둘러메고 집으로 향하는 염칠선. 하늘을 쳐다보고 땅을 내려보며 긴 한숨을 내 쉴 뿐이다.

추수를 끝내고 잡곡 장사를 떠났던 묵철과 향근이 돌아왔다. 이곳 봉화촌의 작물이 품질이 좋아 좋은 값을 받고 팔 수 있었다고 자랑을 늘어놓는 향근. 이제는 마음 놓고 술을 먹을 수 있다고 좋아하는 묵철. 염칠선에게 술잔을 내민다. 묵철로부터 술 한 잔을 받고 난 염칠선이 묵철과 향근을 보며,

"이보게들 다음 번 장사에는 나도 가고 싶은데 어떻게 좀 안되겠나."

염칠선의 말에 서로를 쳐다보던 두 사람은 흔쾌히 동의를 한다.

"아, 좋지. 칠선이 자네가 함께 한다면 든든하지. 짐도 많이 싫을 것이고 암외지에서의 장사 위험을 느낄 때가 어디 한두 번인가."

묵철에 이어 향근이 나서 말을 거든다. 어렵지 않게 두 사람의 동의를 얻어낸 염칠선. 마치 어린아이처럼 좋아하는 모습을 보이며,

"이보게 묵철, 그리고 향근 고맙네. 참말 고맙네."

연신 고맙다며 웃어대는 염칠선을 보며 향근이 나서,

"이보게 칠선, 자네 이 봉화촌에만 박혀 있어 이제는 좀 갑갑한 게지."

"그래 맞는 말이네. 사실이 그렇네. 내 요즘들어 바깥세상 구경

한 번 하고 싶네. 내 올초 여름 자네들이 장사를 나설 때부터 지금 이때까지 자네들을 얼마나 부러워했는지 아나. 자네들이 이곳 봉화촌을 떠나 장사에 나서고 나면 내 얼마나 답답했는지 아나."

염칠선은 잔에 남아 있던 술을 비우고 말을 이어간다.

"자네들은 내 마음이 어떤지 모를 것이네. 내 이제 다음 추수만을 기다릴 것이라네."

새벽이 다 되어서 처소로 돌아온 전풍. 식어있는 차 한잔을 따라 마신다. 잠시 무언가 생각을 하던 그가 고개를 좌우로 젓는다. 막대한 재물과 금전이 들어갔다 하나 아직도 소식이 없는 걸로 보아서는 가망이 없는 일이라 생각해본다. 장문원 그는 왜 장주를 부추기는 것일까. 마천웅 그가 채주가 되기에는 부족한 것이 하나 있지 않은가. 재력과 위엄이 넘친다 해도 일자 무식쟁이가 벼슬길에 오른다는 것은 많은 장애가 있다는 것을 마천웅 그가 정녕 모르고 있는 것일까. 아니다. 아닐 것이다.

이 모두 장문원이 계획하는 일. 온갖 감언이설로 장주의 마음을 현혹시키는 것이리라. 청풍장 모든 형제들을 의로써 대해주며 모두 자기 편으로 만들려는 그의 행동을 보노라면 의심이 가지 않을 수 없다. 내 장주에게 충언을 하려 해도 자신이 서지 않는다. 의심이 가지 않을 수 없다. 아니 그 전에 내가 장문원에게 선수를 당할 수 있다. 꿈에서조차 보기 싫은 뱀의 눈, 어수룩 하게 보이는 몸짓에도 그가 야심가라는 것은 어느 누구보다도 내가 잘 알고 있는 일. 자연스럽지 못한 웃음 뒤의 장문원의 얼굴에 나타나는 표정을 보면 나는 확연히 알 수 있다.

길게 늘어져 있는 딸자식. 아직도 후사가 없는 마천웅. 청풍장의 앞날이 순탄치만은 않을 것이다. 나 역시 철저한 대비가 있어야 할 것이다. 오늘 또다시 그가 생각난다. 내게는 항상 힘이 되어주던 그가 아직도 돌아오지 않는 것이 너무도 아쉽다. 두천제일검 정녕 나를 잊은 것일까 아니면 돌아오지 못하는 것일까. 생사를 알 수 없는 벗이여. 그대가 살아있다면, 나를 잊지 않았다면 그대를 그리워하는 간절한 나의 마음을 그에게 전할 수만 있다면….

다음 날 밤이 깊어지자 초연각을 찾은 마천웅 그의 표정이 밝아 보이지 않는다. 전풍은 눈치를 챈다. 마천웅 그가 무언가 심각한 일로 고민을 하는 것이라고. 청풍장과 초연각의 일로 심기가 불편한 것은 아닐 것이라 짐작해본다. 그렇다면 벼슬에 관한 일 아니면 후사일 것이다. 내 오늘 장주에 뜻을 아니 마음을 떠봐야 할 것이다. 전풍은 마천웅에게 다가가 예를 취한다.

"아니 장주어른께서 깊은 밤에 어인 일이시옵니까. 화룡 선생과 곽 사범은 어떡하시구."

"아, 내 오늘은 자네와 둘이서 술 한 잔 하고 싶구만."

"아이구, 장주어른. 제가 감히."

전풍이 난색한 모습을 보이자,

"아, 전풍. 너무 어려워 말게."

자리에 앉은 전풍이 마천웅을 향해,

"장주님, 아이들을 불러올까요?"

"아, 아니네 전풍."

술과 안주가 들어오자 옆에 있던 시위를 멀리 물리는 마천웅. 술이 몇 순배 돌았다. 전풍은 마천웅에게 조심스럽게 입을 연다.

"장주님께서 늘 건강하시니까 우리 청풍장이 나날이 번창하는 것 같습니다."

마천웅은 전풍의 말에 마지못한 모습으로 웃음을 보이며,

"전풍, 항상 나를 위해 듣기 좋은 말만 하는구만."

"아, 아닙니다. 장주님. 정말 건강해 보이십니다. 충심으로 드리는 말씀이옵니다."

다시 한 번 전풍을 향해 웃음을 보이는 마천웅,

"아, 좋아좋아. 초연각의 부엉이 내가 가장 신임하는 형제지."

마천웅의 말이 끝나기 무섭게 두 손을 모아 올리는 전풍.

"과찬이시옵니다 장주님. 이 전풍 미흡하다 하나 청풍장을 위해 더욱 노력하겠습니다."

"그래 고맙구만. 자 전풍 한잔 들게나."

들고난 잔을 내려놓고 마천웅의 잔에다 술 한잔을 따라놓고 자신의 잔에도 술을 따라놓는다. 전풍은 마천웅이 조금 전보다는 기분전환이 된 것이란 생각에 그를 떠본다.

"장주님 막내 초희 아씨가 커가면서 더 예뻐지는 것 같습니다. 장주님의 가족 모두 항상 행복해 보이기만 합니다."

"하, 그래 고맙구만. 내 초희를 보고 늘 웃고 살지. 내게 무슨 낙이 있겠나."

다시 잔을 드는 마천웅. 그의 심기가 조금은 불편해 보인다. 후사는 아니라 생각하는 전풍. 그렇다면 벼슬일이라 단정을 해본다. 마천웅의 빈잔에다 술을 따르고 난 전풍이 기다렸다는 듯이 마천웅을 향해 입을 연다.

"장주님 가족들 모두 평안하시고 장주님께서 이제 곧 채주에 오르신다면 청풍장뿐만 아니라 안성촌과 더불어 두천에 사는 모든

사람들이 크게 기뻐할 겁니다."

전풍의 말이 끝나자 그를 노려보는 마천웅. 당황하는 모습을 보이는 전풍이 마천웅을 향해 두손을 모으고,

"아니 장주어른. 이 전풍이 실언을 했다면 장주께 용서를 빌겠습니다."

전풍에게서 눈을 뗀 마천웅,

"아닐세. 내 자네를 꾸짖는 게 아니네."

술잔을 들고 내리며 하소연이라도 하듯이 말을 내뱉는 마천웅,

"채주 좋지. 그러나 그게 어디 손쉽게 돈만 있다고 되는 일인가."

아, 역시 내가 생각했던 대로다. 마천웅은 장문원에 의해 놀아난 것이리라. 심각한 표정의 마천웅이 깊은 생각을 하는 것을 전풍이 모를 리가 없다. 무겁게만 보이던 마천웅의 입이 열린다.

"지금까지 공들인 일 이제 와서 포기할 수도 없는 일. 장부라면 한 번쯤은 오르고 싶은 채주자리. 난들 욕심이 없겠는가. 반백이 훨씬 넘은 내 나이에 아들 하나에다 채주에 오른다면 죽어도 여한이 없겠지."

술을 거푸 마셔대는 마천웅 그가 잔을 내려놓자 전풍이 재차 나서,

"장주어른 어찌 낙심이라도 한듯이 그리 말씀을 하시옵니까. 듣기에 민망한 말씀입니다.'"

손수 술 한잔을 따르고 난 마천웅이 전풍을 보며 말없이 웃는다. 그리고 작심이라도 한 듯 내뱉는다.

"내 어찌 벼슬을 탐하리. 내가 세상을 위해 좋은 일을 한 것이 무엇이 있단 말인가."

전풍이 다시 나선다.

"장주어른, 술이 과하신 것 같습니다. 무슨 말씀을 그리 하십니까. 장주님께서는 청풍장 모든 형제들과 안성촌 사람들에게 신망이 두터우신 분입니다."

전풍의 말에 소리 내어 웃는 마천웅. 잔을 들어올려 전풍에게 건배를 하고 잔을 내려놓는 마천웅이 입을 연다.

"전풍, 자네 말솜씨 장문원에게 무엇이 뒤지겠는가."

장문원의 말을 조금은 부인하는 듯한 마천웅을 쳐다보는 전풍. 이를 보며 다시 한번 크게 웃는 마천웅. 전풍 역시 마지못해 멋쩍은 웃음을….

초연각의 밤이 깊어지자 전풍으로부터 세상 돌아가는 이야기를 듣는 마천웅. 이 얘기 저 얘기 끝에 조정에 귀순한 양산박과 영웅들이 강남의 반란을 토벌하고 벼슬을 얻었다는 소식에 함께하지 못한 강호 각지의 영웅들이 크게 낙담했다는 전풍의 말에 마천웅은 고개를 끄덕인다. 그 어느 때보다도 힘이 빠진 모습을 보여주는 마천웅을 바라보는 천풍은 안쓰러운 마음이 든다.

언제나 자신을 믿어주며 세상사에 관한 이야기를 물어오던 마천웅, 때로는 너털웃음을 크게 내지르며 위엄을 보여주던 그가 의기소침한 모습으로 자신의 눈앞에 앉아 큰형과도 같은 인자한 모습을 보여주고 있다. 그도 잠시 측은해 보일 뿐이다.

"장주님, 오늘따라 장주님께서는 무슨 걱정이라도 하시는 것처럼 보입니다."

전풍을 보며 웃음을 짓던 마천웅 잠시 침묵이 흐르고 나서 조용히 입을 연다.

"내 오늘 같은 밤 전풍 자네와 함께하고 있는 것이 더할 나위 없이 좋기만 하구만."

"장주어른, 저를 이렇게까지 믿어주시니 몸둘 바를 모르겠습니다. 전풍 이 한 몸 다 바쳐 장주님을 끝까지 보필하겠습니다."

전풍의 말이 끝나자 조용히 웃음 짓던 마천웅이 자리에서 일어난다. 그가 문밖을 나서 보이지 않을 때까지 고개를 숙이는 전풍.

이튿날 초연각 객잔을 나와 강가를 거니는 전풍. 돌 하나를 집어 비류강에 내던진다. 조금 더 걸어가던 그가 다시 돌 하나를 강에다 던져 넣는다. 잠시 걸음을 멈추고 강을 멀리 내려다본다. 그리고 선착장과 초연각을 올려다본다. 내가 이곳에 온 지도 어언 이십 년이 되지 않았는가. 선술집에 지나지 않는 객주집과 보잘 것 없는 나루터. 지금 이곳 초연객잔과 선착장을 보고 있노라면 청풍장은 크게 성공을 한 것이리라. 거기에는 나 역시 큰 힘을 보태지 않았나. 내 아직까지는 청풍장주의 신임을 받고 있다 하나 앞으로의 일에 대해서는 장담할 수 없는 일이 아닌가.

청풍장의 모든 형제들과 장주의 신임을 한 몸에 받고 있는 장문원. 이제 이곳 초연각마저 그의 손아귀에 들어간다면, 그리된다면 앞으로 전개될 일이 나는 뒷전으로 물러날 것이 뻔한 일이고, 모든 것을 장문원에게 맡기고 마천웅은 장주라는 상징적인 인물로 남을 것이리라. 생각만 해도 아찔하다. 어떻게 해서든 장문원 그의 독주를 막아야 한다. 다시 한번 초원객점을 올려다보는 전풍. 개화령과 당연포의 일이 성공으로 끝나 크게 번창한 것이라 의심치 않는다.

그가 다시 생각난다. 두천제일검. 청풍단 사범 노도천 그도 제자를 그리 부르지 않는가. 돌아오지 않는 두천제일검. 힘이 되어주지 않는 그가 야속할 뿐이다.

엄숙하기만한 학당 안에서 그를 마주한다는 것은 긴장감을 넘어서 초조함으로 이어지곤 한다. 스승 왕옥겸은 오늘 제자들에게 약속을 주제로 강론을 한다. 배울수록 터득할수록 어렵다는 것이 학문이라지만 배우면 배울수록 자신이 서지 않는다고 생각하는 염칠선. 충과 효 그리고 선으로 이어지는 왕옥겸의 가르침. 지금껏 자신이 살아왔던 일과는 상반된 일이 아닌가. 지난날 청풍단에서 벌인 일들을 생각하지 않을 수 없지 않은가.

정암사를 뛰쳐나와 방황 끝에 안성촌에 정착한 이후 청풍단에 몸담으며 행한 일을 생각하면 할수록 후회되는 일이 아니었던가. 죄의식을 갖지 못하고 두천제일검이라는 말을 들으며 어깨에 힘을 주며 우쭐대던 지난 날 자신의 모습을 생각하면 부끄러운 일이라는 것을 이곳 봉화촌에 와서 처음으로 알게 되지 않았나. 약속에 대해 강론을 하던 왕옥겸이 염칠선의 이름을 부른다. 자신의 이름을 부르자 귀를 의심이라도 하듯 당황한 모습을 보이는 염칠선을 곁에 앉아 있던 방노수가 몸을 치댄다. 염칠선을 불러세운 왕옥겸이 염칠선에게 묻는다.

"약속에 대해 한번 말을 해보라."

스승의 말에 겨우겨우 정신을 가다듬는 염칠선. 숨을 한번 크게 내쉬고 나서 입을 연다.

"네 스승님, 약속은 꼭 지켜야 하는 것이라 생각합니다."

왕옥겸 더는 말 없는 염칠선을 보며 자리에 앉으라고 한다. 어느 때보다도 엄숙한 모습의 왕옥겸 그의 말이 이어진다.

"약속은 우리 모두가 지켜야할 의무가 있는 것이오. 약속을 지키지 못하면 남들로부터 비난을 받을 뿐더러 인정을 받을 수 없으며 성공을 할 수 없는 것이요."

잠시 말을 끊는 왕옥겸 그가 다시 입을 연다.

"약속을 지키지 않아 남들로부터 받는 비난받는 것보다도 더 중요한 것은 약속을 지키지 못한 죄책감일 것이라. 훗날 크게 후회하며 살아가야 하는 일일 것이요."

학당을 나와 방노수와 헤어져 집으로 돌아가는 염칠선. 스승의 부름에 안절부절 하지 못햇던 자신을 생각해본다. 마주할 때마다 어렵기만 한 왕옥겸. 언제쯤이면 그를 당당하게 대할 수 있을까. 목숨을 건 생사의 갈림길에서조차 상대가 두려운 것을 모르지 않았는가. 대면하면 할수록 빈틈이 없어 보인다고나 할까. 어렵다는 학문처럼 왕옥겸 그를 상대한다는 것은 참으로 어려운 일이 아닐 수 없다. 잠시라도 이곳을 벗어나고 싶은 마음뿐이다. 올 추수가 끝나고 나면 내 꼭 묵철과 향근을 따라나설 것이다.

마천웅은 많은 술을 마셨다. 호위의 부축을 받으며 마차에 오른다. 그가 시야에서 멀리 사라지자 상념에 잠기는 전풍. 처음 만나 무섭게만 보이던 마천웅. 오랜 세월을 함께한 그가 지금 늙고 힘없는 아비의 모습을 보여주고 있다. 나를 믿고 모든 것을 털어놓은 마천웅. 술에 취해 갈수록 측은한 모습을 나에게 보인다. 이 초연각 부엉이를 끝까지 믿어주는 그가 안쓰럽게만 보인다. 엄하고 무서운 청풍장의 장주라지만 때로는 큰형과 아버지의 모습으로 나에게 온정을 베풀어 주지 않았는가. 마천웅 그가 나를 믿어주기에 내 풍족할 정도로 내 몫을 챙기지 않았는가. 내 이제 그를 위해 아니 나를 위해 나서야 하지 않을까. 내 황주성으로 가서 진상을 한번 밝혀 보리라.

마천웅이 밤이면 초연각 출입이 잦아진다는 정표의 말을 접한 장문원 그의 심기가 불편해진다. 정표가 돌아가고 청풍장 대당 안을 거닐던 장문원 그가 잠시 멈추어 무언가 골몰히 생각을 한다. 다시 대당 안을 거닐던 장문원, 어느 순간에 이르러 이를 악문다. 그리고 증오의 대상을 향해 뇌까린다.

초연각 부엉이 아무래도 이놈을 그냥 놔두어서는 안 될 일이다. 나이가 어리다고 얕잡아 볼 상대가 아니다. 마천웅을 끼고 돈다면 전풍 그놈을 어찌 내 발아래 둘 것인가. 믿을만한 놈이라고. 심하게 대하지 말라는 마천웅의 말을 생각하면 놈을 당장이라도 찢어 죽이고 싶은 마음. 결코 만만히 볼 상대가 아니다. 어차피 내 사람이 아닐 바에는 없애버리는 것도 하나의 방법일 것이다. 분노로 일그러진 장문원의 얼굴, 뱀 같은 작은 눈에서는 독기를 뿜어낸다.

선착장을 바라보는 전풍. 소철을 보낸 것이 잘 한 일이라고 생각한다. 이곳 초연각을 며칠씩이나 비워둘 수는 없는 일. 나의 일거수 일투족을 들여다보고 있을 장문원의 눈을 피한다는 것이 쉬운 일만은 아닐 것이다. 어디 그뿐이겠는가. 심연을 얻은 곽상도를 볼 때마다 장문원을 향해 허리를 크게 굽히는 그도 조심을 해야…. 곽상도가 나를 대하는 것이 예전과는 많이 달라지지 않았는가.

둘도 없는 친구 염칠선이 떠난 후 그의 빈자리는 너무도 크게만 보였다. 그나마 나를 끝까지 신임해주고 늘 힘이 되어주는 마천웅. 그는 어제 또다시 연로한 모습을 보이며 초연각을 찾았다. 노쇠한 그를 보는 나의 마음은 안타까움으로 다가온다. 또 안타까운 일은 마천웅의 외조카 조원진. 그가 지금 청풍장의 사태를 바로 볼 수만

있다면 좋으련만. 내가 틈을 벌릴 새도 없이 장문원의 감언이설에
빠져들어 그의 말을 모두 신봉하지 않는가. 어찌 하랴 그가 장주보
다 못한 것은 세상 사람들이 다 알고 있는 일이 아닌가.

미망

떠나는 날이 다가온다. 그토록 가고 싶어하는 그를 보면 말릴 엄두가 나지 않는다. 세상 구경도 하고 많은 돈을 벌어오겠다고 들떠 있는 칠선 씨를 보면 차마 붙잡지를 못하겠다. 그동안 이곳 봉화촌이 답답도 했을 것이다.

이제 그들이 떠날 시간이 된 것 같다. 지금쯤 떠날 채비를 모두 끝냈을 것이다. 방안에 홀로 앉아 장사를 떠날 염칠선을 생각해보는 홍매는 그가 세상 무섭지 않을 사나이라지만 그러나 걱정이 된다. 세상일은 아무도 알 수 없는 일 아닌가. 시간이 흐르고 불안한 마음을 금할 수 없어 집을 나선다. 묵철의 집에 이르러 모두 떠난 것을 알고 허탈해하며 한숨을 짓는 홍매.

보아야겠다. 장사를 떠나는 그들을 꼭 보아야 할 것이다. 급히 신작로로 향하는 홍매. 신작로로 들어서자 저 멀리 흙먼지를 일으키며 떠나는 이들의 모습이 뒤따르는 아이들과 함께 눈에 들어온다. 무리 중 키가 커보이는 이, 그가 틀림없다. 염칠선을 향해 소리를 내지르는 홍매. 그러나 그는 대답이 없다. 다시 몇번을 불러봐도 대답이 없다. 애가 타는 홍매. 이번에는 손을 흔들어가며 염칠선을 불러본다.

아, 손이라도 한번 흔들어 주었으면, 뒤도 한 번 돌아보지 않는 염칠선 그가 야속할 뿐이다. 갑자기 눈물이 난다. 그를 다시는 못 볼 것만 같다. 눈물이 그녀의 볼을 타고 뜨겁게만 흘러내린다.

밤이 깊어간다. 두원은 잠이 들었다. 아버지가 돈을 많이 벌어서 새옷과 신발을 사 주겠다고 약속을 했다며 몹시도 좋아하는 두원. 넉넉지 않은 살림 크게 해 준 것 없다 하나 튼튼하게 자라주는 두원이 그의 친자식이었다면 얼마나 좋았을까. 그의 사랑을 모두 받을 수 없다는 것이 내겐 너무 안타까운 일이다. 지금도 그의 얼굴을 바라볼 수 없는 나의 마음, 두원이 태어나지 않았다면 아니 두원이 없었다면 나 혼자 멀리 떠날 수도 있는 일….

그리된다면 염칠선 그에게 큰 부담을 덜어줄 수 있건만 날이 갈수록 멀어져 가는 것 같은 그의 마음을 붙잡아 두기에는 나와 두원이만으로는 역부족일 것이다. 잠든 두원을 바라보며 머리를 쓰다듬어주는 홍매의 두 눈가에는 다시 눈물이 맺힌다. 염칠선 그가 나를 보며 손이라도 한번 흔들어 주었어도 이렇게까지 걱정이 되지는 않았을텐데…. 칠선 그와 내가 행복하게 살아갈 수도 있었는데…. 지난날 청풍단원들을 따라나선 것을 다시 후회하는 홍매, 밤이 깊어지자 멀리서 들려오던 구슬픈 새소리가 들리지 않는다. 울다가 지쳤으리라.

홍매는 잠시 지난일을 생각해 본다. 밤비가 내리는 선실 안에서 이제는 모든 것이 끝났다 생각하며 화룡선에 오를 시간만을 기다리며 기쁨에 들떠 있던 지난날 자신의 모습을 생각하며 한숨을 내쉰다. 청풍단원들 그들을 너무 몰랐다. 아니 잊고 있었다. 자신의 처지를 비관하며 끝내 죽음을 택한 설화 언니. 청풍단 패거리들은 온갖 악행을 저지르며 때론 사람의 목숨도 앗아가는 무서운 놈들이라고 그때는 몰랐다. 이루지 못한 사랑의 푸념일 것이라고, 내가 왜 그들을 선뜻 따라나섰는지. 거절했어도 되었을 일이다. 막대한 보상이 따르며 남자 하나만 홀리면 되는 일이라는 장문원 그의 말을 너무도 쉽게 믿었다. 다시 한번 후회스러울 뿐이다. 한숨을 길게 내쉬던 홍매는 송하강 단연포에서 진원산과 함께 타고갈 뱃사람들을 골탕 먹인 일을 생각하며 힘없이 웃어도 본다. 이 모든 것이 우리가 지은 죄를 받는 것이라는 칠선 씨. 몇번을 생각해 보아도 그의 말이 맞는 일이리라. 죽음을 택하려는 나를 지켜주겠노라던 칠선 씨 그가 봉선사 등축제에서 보여준 따뜻한 온정을 생각하며 이제는 울지 않으리라.

그리 크게 보이지 않는 영산포구 나루터에 많은 배들이 들어 차 있다 모든 짐을 배에 실었다. 포구를 벗어나자 묵철이 나와 향근을 바라보며 이번 장사는 잘 될 것이라고 말에 향근이 맞장구를 친다.

"아 그럼. 우리 장 선생께서 함께하시는데 하늘도 도울 걸세."

두 사람을 번갈아 보며 크게 웃음 짓는 염칠선. 이를 보고 있던 향근이 소리 내어 웃으며 한마디 한다.

"장 선생 그동안 봉화촌 시골구석에서 많이도 답답했을 거라 생각했지. 오늘 자내의 웃는 얼굴을 보니 알고도 남음이 있구만."

향근의 말에 시종일관 웃음을 보이는 염칠선을 보며 이번에는 묵철이 나서,

"허허 칠선이 이 사람 오늘 웃는 얼굴을 보니 딱 어린아이 같구만."

묵철의 농에 향근이 다시 나서,

"예끼 이 사람이 점잖은 사람을 그렇게 놀리면 못써. 고얀 사람

같으니라구."

이에 아랑곳 하지 않고 실실 울어대는 염칠선을 보며 고개를 끄덕이는 두 사람.

약속이나 한 듯 뱃전에 드러눕는다. 송하강을 둘러보는 염칠선은 지난날 홍매를 잃을까 두려워 두천을 떠나 당연포에서부터 삼봉협까지 마음 졸이며 진원산을 뒤쫓던 일들을 생각해 본다. 구사일생으로 홍매를 구하고 천만다행 하늘이 도운 일이라고 생각했다. 그러나 기쁨도 잠시 청천벽력 같은 그녀의 임신.

천하제일의 절경 아름다운 송하강이라 하나 그 이면에는 항상 어두움이 짙어 있다고 사람들이 말하지 않았는가? 추성리 나루터를 거쳐 봉성현에 도착하니 예상 밖의 일이 펼쳐져있다. 잡곡 상인들이 갑자기 밀려들어 잡곡값이 그만 폭락을 하고 말았다. 묵철과 향근이 무척이나 실망한다. 이번 장사는 본전도 건지질 못할 것이라고 한숨들을 내쉰다. 저녁나절이 다 되어서 가지고온 잡곡을 모두 처분할 수 있었다. 운송비와 경비를 모두 제외하면 본전이라고 묵철이 말해준다. 향근이 나서 밑지지 않은 것이 그나마 다행이라고 한다. 허탈한 마음을 안고 추성리로 돌아와 객점에 들어서자 날이 어두워졌다. 요깃거리 외 술을 시키고 나자 묵철이 입을 연다.

"이보시게 칠선이 이번 장사를 망치는 바람에 면목이 없구만."

"장사라는 게 밑질 때도 있는 것이지 뭘 그렇게까지. 다음 번에 기회가 있겠지."

"그래 맞는 말이네 칠선이. 자네의 호탕한 성격이 늘 마음에 드는구만."

향근의 말이 끝나자 그를 보며 웃음을 보이는 염칠선이 두 사람을 향해 잔을 들자고 한다. 이어서 술이 여러 순배에 이르자 염칠선이 묵철과 향근에게 뜻밖에 말을 한다.

"내 자네들한테 부탁이 하나 있네."

염칠선의 말에 서로 상대를 쳐다보던 두 사람이 염칠선의 다음 말에 귀를 기울인다. 조금 전보다는 진지한 표정을 짓는 염칠선이 입을 연다.

"내 자네들 덕택에 봉화천을 벗어나 이것 봉성현에 와보니 조금 더 세상구경을 하고 싶네. 지금 이대로 집으로 돌아간다는 것이 조금 면목이 서질 않고 해서 내 장강으로 한번 나가보고 싶으이."

염칠선의 말에 어이없다는 듯 서로의 얼굴을 쳐다보는 두 사람. 시선을 염칠선에게 돌린 향근이 나서 말한다.

"아니 이 사람 칠선 지금 제정신으로 하는 말인가. 집에서 기다리고 있을 식구들을 생각해야지."

향근의 말이 끝나자 묵철도 나선다.

"그래. 향근이 말이 맞는구만. 갑자기 장강으로 나간다니. 정해놓은 일도 아닌 것 같은데."

"그래. 묵철 자네의 말이 맞네. 내 정한 곳은 없네. 세상 구경도 한 번 하고 싶고. 또 돈도 좀 벌어오고 싶네."

염칠선의 말이 끝나자 다시 한번 어이없다는 표정으로 염칠선을 바라보는 두 사람. 잠시 후 들고난 잔을 내려놓은 묵철이 염칠선에게 말한다.

"칠선이 자네가 무작정 장강으로 내려간다니. 그럼 초행길일텐데. 양산박의 두령들이 조정에 귀순을 하고 강남의 난을 평정하여 살기 좋은 세상이 되었다 하나 아직은 세상이 그리 만만치만은 아닐걸세. 허기사 칠선이 자네는 힘도 좋고 무술도 좀 할 줄 아니 큰 걱정은 하지 않아도 되겠구만."

묵철의 말에 웃는 염칠선이 한마디 한다.

"내 무술을 조금 한다고 하나 보잘 것 없는 실력이네."

염칠선의 말이 끝나자 향근도 한마디 한다.

"여하튼 간에 칠선이 자네는 촌구석에서 농사나 지을 평범한 사람은 아닐듯 싶으이."

향근의 말이 끝나자 향근과 묵철을 바라보며 진지한 표정을 이어가던 염칠선이 작심을 하듯 말을 내뱉는다.

"나의 뜻은 이미 정해져 있으니 자네들이 좀 양해를 해줬으면 하네. 내 진심으로 친구들한테 부탁을 하네. 그리 오래 걸리진 않을 걸세. 빨리 돌아올 것이네."

다음날 추성리 나루터에서 장강을 향해 떠나는 염칠선을 배웅하는 두 사람. 아쉬움을 뒤로 하고 걱정이 앞서는 마음을 감추지 못한다. 이를 눈치채지 못할 그가 아니다. 염칠선은 두 사람에게 작별의 인사를 한다. 말 없는 묵철이 전대를 풀어 약간의 여비를 염칠선의 손에 쥐어준다. 염칠선 역시 말없이 고마움을 보이며 배에 오른다. 떠나가는 염칠선을 바라보던 두 사람. 장강으로 향하는 배가 멀어지자 묵철이 입을 연다.

"염칠선이 봉화촌으로 오기 전까지 어디서 무엇을 하던 사람인지 궁금하지 않을 수 없구만."

곁에서 듣고 있던 향근 역시 묵철의 말에 동조를 하듯 고개를 끄덕인다. 그리고 염칠선 그를 다시 본다는 것은 먼 훗날일 것이라고 생각을 해본다.

크게 실망한 전풍이 허공만을 바라본다. 어렵게 만날 수 있었던 황주성절급이 마천웅으로부터 적지 않은 돈을 받았다 하나 관아에서 인정을 해주는 채주로서는 생각해 본적 없다고 한다. 채주보다 낮은 직급이라면 고려해 볼 수 있다고 소철이 말해주지 않았던가. 알아듣게끔 이야기를 했건만. 별다른 반응을 보이지 않는 마천웅 그의 마음마저 쇠퇴한 것일까. 그가 어제 보여준 행동은 답답하고도 실망스러울 뿐이다. 자리에서 일어나 객잔을 거니는 전풍, 심각한 모습으로 깊은 생각을 잠시 하다 지난 날을 되돌아본다.

내 나이 네다섯이나 되었을까. 마을과 들판은 모두 불타버리고, 가족은 모두 잃고 무섭기만한 텁석부리 수염의 사나이를 따라 이곳 안성촌 와서 설화라는 이름의 여인을 이모라 부르며 그를 따르지 않았나. 나이 이십이 갓 넘어 병든 점주 모용선을 대신해 초연각의 점주를 맡아 능력을 발휘하지 않았나. 한참이나 고개를 들어 깊은 생각을 하던 전풍이 고개를 떨구며 내뱉는다.

'이제 이곳 초연각과 청풍장의 모든 것이 장문원에 손아귀에 들 날도 머지않아 다가올 것이 확실하다. 내 장문원 그에게 굽히며 살아갈 일이 있는가.'

마천웅 그가 늙고 노쇠하다는 것이 다시 한번 안타까운 일이라 생각하는 전풍. 어젯밤 나의 고향은 탁현이라고 말해주던 마천웅. 젊은 날 범 같은 용맹함도 세월 앞에는 장사가 따로 없다 하지 않나. 내 누굴 탓하리. 이제 내가 이곳을 떠나야 할 때가 온 것일 뿐이다. 내 이런 날이 올 줄 알고 미리 대비를 해두지 않았나. 죽음을 앞둔 모용선이 자신의 몫을 찾아 초연각을 일찍 떠나지 못한 것이 후회될 뿐이라고 내게 말하지 않았나.

뱃전에 누워 그제 보았던 당연포구를 떠올리는 염칠선. 당연포야 말로 천하제일의 풍광이라고 다시 한 번 생각해본다. 그리고 그때 만났던 뱃사람들이 홍매를 확인하고 차가운 쌍봉협 강물에 홍매를 밀어넣었던 이들이 지금도 고향인 당연포에서 살고 있을 것이다. 고향을 떠난다는 것이 어디 쉬운 일인가. 외지에서의 타향살이는 누군가 도와주지 않는다면 결코 쉬운 일이 아니다. 내 얼른 돈을 벌어 봉화촌으로 돌아가리라.

이제 조금 있으면 장강으로 들어선다고 장사꾼들이 입을 모은다. 장강이란 말에 귀가 뜨이는 염칠선이 뱃전에서 일어난다. 잠시 시간이 지나 장강이 웅장한 모습을 드러낸다. 장강을 보자 가슴이 확 트이는 염칠선. 아 내가 마지막으로 장강을 본 것이 언제였던가. 벌써 십 년이 훨씬 넘지 않았나. 지난날 홍매를 찾으로 당연포로 가면서 마지막으로 보았던 장강이 아닌가. 세상에 이보다 더 큰 강은 없다고 사람들이 말하지 않는가. 볼 때마다 웅장한 모습을 보이는 장강을 보자 강 끝까지 가보고 싶은 마음이 드는 염칠선이다.

장강을 따라 내려가다 보면 바다와 만날 것이다. 바다는 과연 어떤 모습일까. 이곳보다는 더 크고 웅장할 것이라 믿을 뿐이다. 아직 가본 적이 없는 곳이 아닌가. 내 언젠가는 장강을 따라 바다로 한 번 나가보리라. 그나저나 내가 목적지로 정한 강주는 어떠한 곳인지 궁금하지 않을 수 없다. 뱃사람들 말로는 꽤 큰 곳이라고 한다. 장강으로 들어선지 사흘이 지났다. 오늘 오후가 지나면 강주 목은포구에 들어설 것이라고 뱃사람이 알려준다. 목적지가 다가오자 앞으로의 일들이 기대 반 걱정 반이 아닐 수 없다.

이곳 강주는 엄연히 객지가 아닌가. 객지라 생각하며 웃음을 짓는 염칠선. 내 정암사를 뛰쳐나온 이후부터가 객지생활이랄 수 있지 않은가. 정암사를 나와 방황 생활 끝에 초연각 모용선을 만나 마천웅에게 천거되어 그의 수하가 되어 청풍단 사범직까지 오르지 않았나. 또한 쌍봉협을 벗어나 홍매와 함께 봉화촌에서 왕옥겸의 도움을 받을 수 있지 않았나. 강주 역시 객지라 하나 어려움을 헤쳐 나갈 수 있으리라. 기다리고 있을 홍매와 두원을 생각해 돈을 벌면 봉화촌으로 빨리 돌아가야 할 것이다.

다시 넓은 세상으로

묵철의 집을 나온 홍매를 보자 갑자기 가슴이 내려앉는다. 우려했던 일이 현실로 다가온 것만 같다. 넋이 나간 모습으로 두원에 이끌려 방으로 들어서자 주저앉고 마는 홍매는 한참 동안이나 맥없이 벽을 바라보기만을 한다. 가까스로 정신을 추슬러 돌아오지 않은 염칠선을 생각해본다. 그에게는 이곳 봉화촌이 너무도 좁기만 하지 않는가. 어린아이와도 같이 세상 구경하겠다며 들뜬 모습을 보여주었다. 고동이 아버지가 말하지 않았는가. 사나이 대장부라면 넓고 큰세상을 어찌 생각하지 않을 수 있을까. 어쩌면 돌아오지 않을 수도 있는 일이라는 생각에 아버지가 보냈다며 신발을 들고 좋아하는 두원을 보며 걱정을 하는 홍매다.

아, 이제 나혼자 두원이와 어떻게 살아가야 하나. 아니다 칠선 씨는 돌아올 것이다. 지금까지 이곳 봉화촌에서 나와 두원이를 위해 열심히 일하지 않았나. 조금은 늦어질 것이다. 세상은 끝없이 넓다고 말하지 않았던가. 나를 끝까지 지켜주겠다던 칠썬 씨의 약속, 나는 그를 믿고 기다릴 것이다.

청포색 두건에 뒷짐을 지고 초연각 누각에 홀로 서서 선착장을 떠나가는 황포 돛배를 바라보며 소철을 떠나보낸 전풍의 얼굴엔 회심의 미소가 번진다. 그가 무언가 생각을 하며 혼잣말을 내뱉는다. 내 이제 몸만 빠져나가면 그만일 것이다.

빠를수록 좋은 일이다. 엊그제 보았던 마천웅이 많은 죄를 지었다면서 나약한 마음을 보이던 모습이 선하다. 청풍장 형제들에게는 무슨 도움이 되겠는가. 돌아오지 않는 염칠선을 아쉬워하며 자신이 채주 자리에 오르면 꼭 필요한 인재라 하며 곽상도를 거론하면서 천하에 무식쟁이라 일컫던 마천웅, 나는 그가 싫지 않다. 내 부모를 잃고 나서는 때로는 나에게 아비의 모습을 보여 주기도 한 그가 아닌가. 내 이제 곧 이 초연각을 떠나고 나면 많은 여운이 남을 것이다. 정표가 돌아가자 의화당에 혼자 앉아있던 장문원 그의 두눈이 날카로워진다. 그리고 그가 내뱉는다.

'초연각 부엉이 아무래도 이놈이 무슨 수작을 부리는 것이 틀림없다.' 자리에서 일어나 의화당을 거닐던 장문원이 잠시 멈추어 생각을 한다. 소철이 보이지 않는 것은 전풍의 소행이라 단정을 짓는다.

초연각을 자주 찾는다는 마천웅. 계집도 아니고 전풍과 많은 시간을 보낸다는 정표의 말을 간과해서는 안 될 것이리라. 또다시 자취를 감춘 소철이 또한 가볍게 볼 수 없는 일이다. 부엉이 내 이놈을 이번 기회에 제거를 해야만 할 것이다. 장문원 음흉스러운 두 눈에서는 독기가 뿜어져 나온다.

강주. 참으로 큰 현이라는 것을 보여준다. 세상에 태어나서 지금껏 보았던 수많은 곳들 중에서도 단연 으뜸일 것이다. 처음 보는 강주 땅 염칠선 감탄을 금치 못한다. 강주성으로 들어서 저잣거리로 들어서자 수많은 인파와 상품, 먹을거리, 이름 모를 과실과 생전 처음 보는 것들이 즐비하게 늘어서 사람들의 혼을 빼놓는다.

아, 내가 이곳 강주로 오길 참으로 잘한 일이다. 이제 이곳 강주에서 어서 빨리 돈을 벌어 봉화촌으로 돌아가야 할 것이다. 염칠선은 일할 만한 곳을 찾아 해가 지도록 돌아다녔다. 마음에 드는 일자리를 찾지 못했다. 다음날 역시 강주 땅을 모두 돌아다녔으나 모두 허사로 끝이나고 말았다. 가진 돈은 다 떨어져 가고 날이 저물고 배는 고프고 더욱이 술 한잔이 생각나 가까운 반점 안으로 들어서자 생각했던 것보다 크게 보이는 실내에는 이미 많은 사람들이 들어 차 있었다.

구석진 곳을 택하려 했으나 빈자리가 없다. 하는 수 없이 가운데 탁자로 자리를 잡는다. 주문을 하고 나서 주위를 한번 둘러본다. 몇몇 사람들이 상인으로 보일 뿐 나머지 사람들은 이곳 사람이라는 것을 알 수 있다. 건너편으로 앉아 있는 일행 중엔 칼을 차고 있는 이도 보인다. 그 세력이 만만치 않음을 알 수 있다. 대화 중 큰 소리를 치며 웃는 소리가 들려온다.

한잔 두잔 술이 이어지자 앞으로의 일들을 생각하니 걱정을 안 할 수 없다. 염칠선은 답답했던 마음을 달래려 머나먼 이곳 강주 땅까지 왔건만 아는 이라고 없는 객지라는 것을 지금 실감하고 있다.

한잔 술을 더 들자 나 자신이 초라하다는 생각이 다 든다. 주위를 다시 돌아보는 염칠선은 많은 사람들이 반점을 빠져나간 것을 알 수 있다. 또다시 마주치는 시선, 자신을 바라보며 칼을 만지작거리는 모습이 달갑지 않다. 신경 쓰지 않으려고 해도 함께하고 있는 이들 역시 이따금 자신을 쳐다보는 것이 영 꺼림직하다. 염칠선 자신의 위아래를 한번 훑어본다. 남루한 옷 거기에다가 이제는 빈털터리로 술 한잔을 들어 마신다. 그리고 자신의 위아래를 한 번 더 훑어보고 웃는다.

고개를 들어 건너편 사내들을 주시하는 염칠선. 그들이 염칠선을 보며 조소를 보낸다. 이를 놓치지 않고 쳐다보고 있던 염칠선이 사내들과 마주친 눈을 피하지 않는다. 오히려 사내들 보란듯이 몸을 뒤로 젖히며 내 한때는 두천제일검으로 명성을 날린 염칠선이라고 무언의 시위를 한다. 이를 보고 있던 사내들이 서로의 얼굴을 마주보며 웃는다. 염칠선 역시 이들을 따라 웃어 본다. 잠시 후 잔을 모두 비우고 난 사내들이 모두 제자리에서 일어난다. 모두 하나같이 염칠선을 쳐다보며 그의 곁을 스친다. 마지막으로 염칠선을 지나치던 사내가 염칠선이 앉아 있던 의자 다리 하나를 힘껏 발로 차 버린다.

방심하고 있던 염칠선이 어이쿠 하며 소리를 지르며 뒤로 발라당 넘어진다. 사내들이 크게 웃는 소리와 함께 모두 사라져 버렸다. 생각지도 않았던 사내들의 행동에 크게 당황하는 모습을 보이는 염칠선 끝내 분노가 치솟는다. 화가 머리끝까지 난 염칠선 반점을 나서 사내들의 뒤를 쫓는다. 길모퉁이를 돌아가는 사내들의 모습을 쫓아 길모퉁이를 돌아선 순간.

"어이 친구들 나 좀 보세."

염칠선의 말에 가던 길을 멈추고 돌아선 검을 차고 있는 사나이가 염칠선을 향해 말을 내뱉는다.

"누군지 모르나 이곳이 객지라는 것을 알아야지. 또한 우리 어르신들이 누군지는 알아봐야지. 건방진 놈 같은이라구."

사내들의 행동에 가소롭다는 듯 팔짱을 끼고 응수하는 염칠선.

"그래 네놈들이 누구인지는 모르나 너희야말로 사람들을 알아봐야 할 것이다. 이 몸으로 말할 것 같으면 한때는 강호를 주름잡던 몸이시다. 자 어느 놈이 먼저 나설 것이냐."

염칠선의 말에 앞서 있던 검을 찬 사내가 나서,

"아니 이 건방진 놈을 보았나."

그가 검을 뽑으려는 순간 염칠선은 살수로서의 본능을 드러낸다. 땅을 박차고 뛰어오른 염칠선은 발길질로 앞선 사내를 멀리 차 버린다. 이어 뒤에 있던 사내 역시 뛰어올라 뒤돌아 멀리 차 버린다. 이를 본 일행들이 크게 놀라 뒤로 물러선다. 더는 자신에게 대항을 하지 못하는 이들을 보며 뒤돌아서 다시 반점으로 발길을 돌린다. 반점으로 되돌아오자 염칠선을 보며 주인장이 나선다.

"아니 젊은 양반이 이곳이 처음인 것 같은데 그들이 누구인지 알고나 있는 거요. 그들은 서원장 사람들이오."

"난 그들이 사람 알기를 우습게 알기에 때려 눕였을 뿐이니 상관 마시오."

"아니 그게 사실이요. 설마 서원장 사람들을….'

"못 믿겠으면 밖에 나가 길모퉁이를 돌아가면 알 것이오."

염칠선의 말에 크게 걱정이 되는 모습을 보이는 반점 주인.

"하 그게 사실이라면 젊은 양반은 어서 빨리 이곳을 벗어나야 할 게요. 이제 곧 그들이 닥쳐 올 거요."

"주인장 걱정 마시오. 내 놈들이 떼로 몰려온다 해도 눈 하나 깜짝하지 않을 테니."

자신의 말을 들으려 하지 않는 염칠선에게 다시 한번 주의를 당부하는 반점 주인,

"늙은 내가 젊은 사람이 걱정이 되어서 하는 말이니 알아서 하

시오."

술을 다 비우고 난 염칠선은 주인 영감의 말이 빈말이 아닐 것
이고 나에게 얻어맞은 자들이 가만있지는 않을 것이다. 더구나 이
곳은 객지가 아닌가. 그만 일어서자. 차라리 자리를 옮겨 술을 마
시는 게 나으리라. 서둘러 반점을 나서는 염칠선은 이곳을 빨리
벗어나야 할 것이라고 생각한다. 불필요한 싸움은 피하는 것이 상
책이다. 반점을 나와 십자로를 건너서 골목을 꺾어 들어서서 얼
마를 걸었을까 누군가 자신을 쫓는 인기척에 걸음을 재촉하는 염
칠선. 어느 순간엔가 자신을 뒤쫓고 있는 이들이 한둘이 아니라
는 것을 안다. 저들은 이미 나의 실력을 알았을 것이라 생각하는
염칠선이 뒤를 한번 돌아본다. 자신이 생각했던 대로 무리를 지어
몰려온다. 빨리 이곳을 벗어나야겠다고 마음먹은 순간 염칠선의
앞을 가로 막고 있는 자들의 모습이 눈앞에 펼쳐져 있다.

'아 일이 크게 번지는구나! 네 진작에 반점 영감의 말을 따를 걸.
내 술 한잔에 그만 방심을 하고 말았구나.'

일단은 이들을 상대해야만 할 것이다. 막다른 골목길이 보인다.
골목길로 들어선 염칠선이 방어 자세를 취하고 무리들을 기다린
다. 서두르지 않고 천천히 다가오는 무리들이 이곳 지형을 잘 아
는 자들이라 짐작해 본다. 염칠선과 맞닥뜨린 무리들 중 앞선 이
가 큰소리를 질러댄다.

"네 이놈, 네가 도망쳐봐야 부처님 손바닥 안일 것이다. 네놈이
우리 형제들을 욕보이고도 이곳에서 무사할 줄 알았느냐."

이에 지지 않으려는 듯 염칠선이 나서,

"먼저 싸움을 걸어온 것은 당신네 패거리들이요."

"네 이놈, 그 입 닥치지 못할까. 네 놈이 서원장 형제들을 다치게 해놓고도 네놈이 무사할 줄 알았더냐. 내 오늘 너에게 뜨거운 맛을 보여줄 것이다."

맨손으로 공격자세를 취하는 상대도 만만치 않은 실력이라는 것을 알 수 있다. 무리들과는 달리 검은 도복차림의 상대가 염칠선 앞에 나서자 조금 전에 염칠선에게 호되게 당한 자가 나서,

"사범님, 저 놈은 권법이 대단한 놈이오. 만만히 보아서는 안 될 놈이오."

"신경 쓸 거 없다. 내 금방 끝낼 것이다."

선공을 펼치는 상대를 막아내고 공격을 가하는 염칠선과 몇 합을 겨루었을까. 예상을 뛰어넘는 염칠선의 공격에 방어만 급급한 상대. 이를 보고 더욱 저돌적인 공세를 취하는 염칠선. 어느 순간엔가 싸움을 멈춘 상대는 손을 들어 앞으로 내친다. 이를 신호로 염칠선을 향해 그물이 날아든다. 재빨리 몸을 피하는 염칠선에게 또 다른 그물이 날아든다. 꼼짝없이 그물에 갇힌 염칠선에게 올가미가 씌어진다.

'아, 이제 꼼짝없이 죽었구나. 내가 방심했다. 반점 노인네의 말을 따를 걸.'

검은 옷에 붉은 요대, 포구에는 청풍단원들의 모습이 눈에 띄게 많이들 보인다. 나의 계획을 장문원 그가 혹시라도 눈치를 챈 것이 아닐까. 그렇다면 육로를 택할 수밖에. 그리 높지 않은 고갯길 추성령을 넘으면 길은 많지 않은가. 내일 새벽녘에 이곳을 빠져나가면 저녁이 못되어서 추성령을 넘어 장두촌에 도착할 수 있을 것이다. 내 이제 나의 고향 같았던 정든 이곳을 떠나야만 한다. 설화

이모가 살아있고 장문원이 이곳에 발을 붙이지만 않았어도 내 이곳을 굳이 떠나지 않아도 될 일. 내일 이곳을 떠나면 다시는 못 볼 초연각 그리고 두천제일검이라 일컫는 그도 영영 만날 수 없을 것이다. 공연이 한층 절정에 이른다. 연주와 함께 무희들이 춤을 추고 있다. 이를 보고 있던 전풍. 공연이 마음에 들지 않는다는 표정을 짓는다. 그리고 혼잣말을 내뱉는다.

초연각의 자랑 초선과 은향이 있다 하나 전에 홍매와 심연에게 어찌 비유하리. 심연의 가야금 소리와 홍매의 춤사위는 뭇 사내들의 혼을 빼놓지 않았는가. 염칠선이 반했던 천하일색이라 할 홍매 그들은 어찌 된 것일까? 청풍단원들은 모른다 하나 장문원과 곽상도는 그들의 행방을 알고 있지 않을까? 떠나는 아쉬움에서일까? 전풍은 이번에는 객잔으로 향한다. 객잔으로 들어서자 염칠선과 함께하던 창가로는 많은 손님들로 인해 빈자리가 없다. 객잔을 나와 밤하늘을 쳐다보며 초연각과 객점을 둘러보는 전풍은 만감이 교차한다.

마천웅에 이끌려 이곳에 온 지도 어언 삼십 년이 되어간다. 내이곳에 오지 않았다면 어찌 되었을까? 큰 고생 없이 이곳에서 살아온 것이 참으로 잘된 일이라고 늘 생각하며 살아오지 않았나. 장주 마천웅에게 어찌 고맙다 하지 않을 수 있을까. 이모라 부르던 설화 그리고 모용선을 삼촌이라 부르며 어린 시절을 보내던 이곳이 나에게는 고향이랄 수 있지 않은가. 내일이면 이곳을 떠나는 나에게는 이곳 초연각이 추억으로 남을 것이다.

동이 트려면 아직은 멀었다. 새벽길을 걸어 초연각을 떠나갈 것을 뉘 알았으리. 미리 챙겨놓은 봇짐을 들고 변복을 하고 나서 주위를 한 번 살펴본다. 부지런해 보이는 장사꾼 몇 명이 보일 뿐 청풍단원들의 모습은 보이지 않는다. 객점을 나서는 전풍이 조금은 걸었을까. 떠나는 아쉬움에 초원객점을 한 번 뒤돌아본다. 타지에서 온 수많은 나그네와 장사꾼들이 잠시 머물렀다 가는 객잔. 나 역시 그들과 다름없이 조금 더 머물렀을 뿐이다. 내 이제 다시는 아름다운 초연각과 비류강을 다시는 볼 수 없을 것이다. 긴 한숨을 내쉬는 전풍. 잠시 서 있던 그가 발길을 돌려 길을 재촉한다.

동이 트기 전에는 이곳 안성촌을 벗어나야 할 것이다. 한참을 걸어가자 논과 밭으로는 농부들의 모습이 군데군데 보인다. 농부들의 일하는 모습을 보던 전풍은 농부들이야말로 세상에서 가장 착하고 부지런한 사람들이 생각해본다. 볏짚을 거둬들이는 농부의 곁을 지나치자 자신이 부끄럽다고 생각하는 전풍이다.

'내 지금까지 어찌 떳떳하고 보람있게 살았다고 말할 수 있으리. 어쩔 수 없이 내가 해야만 했던 일이 아닐까. 그동안 수도 없이 많은 죄를 지었다. 내 이제부터라도 떳떳하고 보람있는 일을 하며 살아야 하지 않을까.'

뒤돌아 농부들의 모습을 한 번 더 바라보고 걸음을 재촉하는 전풍이 얼마를 걸었을까 멀리 산 너머로 해가 떠오른다. 그리고 조금을 더 걷자 멀리 객점이 보인다. 아. 이제 저 객점을 지나 추성령을 오르면 일은 끝날 것이다. 객점으로 다가가던 전풍이 객점 앞에 있는 자들을 보고 크게 놀라며 급히 큰 나무 뒤로 몸을 숨긴다.

아니. 저 검은 옷을 입은 자들은 청풍단원들이 아닌가. 틀림없다. 아니 그럼 나의 계획을 장문원이 눈치를 챘다는 것이 아닌가. 그렇다면 추성령을 포기하고 길을 돌아가야 할 것이 아닌가. 청풍단원들에게 들키지 않으려고 천천히 몸을 돌려 오던 길로 되돌아 가는 전풍이 객점을 멀리 돌아 방죽촌으로 향한다. 많이도 걸었다. 해가 어느덧 중천을 향해가고 있다. 방죽촌에 다다른 전풍이 또다시 청풍단원들의 모습을 확인하고 아연실색을 한다.

아, 틀림없다. 장문원 그가 눈치를 챈 것이 틀림없다. 이대로 초연각으로 돌아갈 수도 없는 일. 그래 좋다. 누가 이기나 해보자. 방죽촌이 아니더라도 소철을 찾아가는 길을 많으리. 이를 악물고 해가 기울도록 걸어 성화향에 이르니 산을 넘는 길 그 어디에도 청풍단원들의 모습은 보이지 않는다. 시간도 충분할 것이다. 오늘 해가 지기 전에 고갯길을 넘어가면 될 것이다. 준비해간 만두로 허기를 채우고 난 전풍은 산을 오른다. 생각했던 것보다는 길이 험하지 않다. 우마차가 지나간 자국이 보인다. 한참을 힘들여 산길을 오르자 멀리 고갯마루가 보인다. 이를 보는 전풍의 입가엔 웃음이 번진다.

내 이제 고갯길 내리막으로 들어선다면 걱정을 할 필요가 없지 않은가. 좀전보다 발걸음이 한층 가벼워진 전풍이 고갯길 모퉁이로 들어서는 순간 전풍이 갑자기 크게 웃는다. 그리고 크게 외친다. '장문원 내가 이겼다. 너만 못한 이 전풍이 아니다.' 의기양양한 모습으로 다시 한 번 길 모퉁이를 돌아선 전풍이 앞을 보고 기겁을 한다. 말을 타고 있는 검은 옷의 사내들은 틀림없는 청풍단원들이다. 그리고 그들 가운데 연두색 옷에 이죽거리는 뱀의 눈에 순간적으로 소름이 돋는 전풍. 그를 향해 장문원이 큰 소리를 내뱉는다.

"전풍, 네 이놈. 네 놈에게 당할 이 장문원이 아니다. 오늘은 네

놈이 이 세상에서의 마지막 날이 될 것이다."

장문원의 말에 혼이 나갈 지경인 전풍이 가까스로 정신을 추스려본다. 길 뒤쪽 한 편으로는 천길 낭떨어지, 앞으로는 무시무시한 청풍단원들 도망칠 곳은 없다. 내 어차피 죽을 거라면 비굴할 필요가 있겠는가. 장문원을 향해 거만한 모습을 보이며 거드름을 피우는 전풍. 장문원을 향해 웃음을 띄우며,

"나를 사지로 몰아넣은 너의 재주가 참으로 대단하구나. 천하제일의 모사꾼 장문원에게 내 잠시 방심했을 뿐. 나의 재주 또한 너만 못하리."

전풍의 말이 끝나자 장문원이 다시 나서

"젊은 놈이 참으로 대단하구나. 네 끝까지 나와 맞서려 하다니. 전풍, 네 놈의 배포 하나는 알아 줄만 하구나. 여봐라, 저놈을 지금 당장 죽여 버려라."

장문원의 수하들이 전풍을 향해 칼을 뽑는 순간 단단히 각오를 하는 전풍.

"너희들 마음대로 되지는 않을 것이다. 내 너희들 손에 죽느니 나의 목숨을 하늘에 바칠 것이다."

말을 마친 전풍은 절벽에서 스스로 뛰어내린다.

서원장의 식객이 되다

　저녁밥을 먹고 난 염칠선은 목숨은 이어갈 수 있을 것이라 생각을 한다. 도대체 무엇을 하는 놈들인지 나를 어떻게 처리를 할 것인지 참으로 궁금하지 않을 수 없다. 복장을 보아서는 관영에 있는 자들은 아닌 것이 확실하고 나에게 맞은 자들이 있다 하나 내가 먼저 시비를 한 것도 아니고 칼을 소지하고 내게 그물을 던진 점을 볼 때 지금 이곳에서는 막강한 힘을 가진 자가 존재할 것이다. 훈련이 잘 되어 있는 조직이 뒷받침하고 있을 것이다.

　나를 광 속에 가두어 두었을 뿐 내게 예우를 하고 있지 않은가. 한참 동안 앞으로 전개될 일을 짚어보자. 혹시 이놈들이 나를 필요로 하고 있는 것이 아닌지 생각해본다. 그때 광문이 열리는 소리에 이어 밥을 날라주던 사내와 커다란 물통을 메고 온 사내들이 광으로 들어온다. 물통을 내려놓은 사내가 염칠선을 향해,

　"장사님 목욕을 하시지요. 갈아입을 옷을 곧 갖다 드리겠습니다."

　"허, 그래요. 여하튼 고맙소."

　옷을 훌훌 벗어던지고 물통 안으로 들어가는 염칠선 자신이 생각했던 대로 일이 진행되어 가자 회심의 미소를 짓는다. 그리고 다음 순서를 기대해본다. 잠시 후 목욕을 끝낸 염칠선이 옷을 갈

서원장의 식객이 되다　**145**

아입고 광문을 한 번 밀어본다. 생각했던 대로 광문을 잠그지 않았다. 조금 있으면 이놈들의 의중을 알아볼 수 있을 것이다. 내 오늘 두천제일검의 면모를 보여주리라. 광문이 다시 열리는 소리와 함께 등불을 들고 들어서는 중년 남자가 염칠선에게 다가와,

"저희 주인어른께서 장사님을 찾으십니다. 저를 따르시지요. 소인이 모시겠습니다."

등불을 밝혀 들고 앞서가는 이를 따라가는데 크고 작은 가옥들과 넓은 마당을 지나자 이곳이 꽤 큰 곳이고 모든 것이 자신의 생각대로 되어가자 마음의 여유에서일까 염칠선은 이번에는 이곳의 주인이 누구일까 궁금했다. 큰 저택으로 들어서 안가로 들어서자 둥그런 탁자에 둘러앉아 있던 이들이 모두 일어난다.

연두색 두건에 부유해 보이는 옷차림으로 가운데 서 있는 이가 이곳의 주인이라 짐작해보는 염칠선이다. 그의 좌로는 나와 겨루었던 자가 틀림없다. 등을 들고 있던 하인이 나이가 그리 들어 보이지 않는 가운데 사내를 지목하며 염칠선을 향해 입을 연다.

"장사님 저희 주인 나리시옵니다."

말을 마친 그가 두건 쓴 사나이에게 인사를 하고 되돌아 나가자 중앙에 서 있던 자가 염칠선을 향해 예를 갖추며,

"어서 오시오. 저는 이곳 서원장에 탁문표라 하오."

처음보는 자신을 정중히 맞이하는 탁문표의 행동에 예의를 갖추는 염칠선이 두 손을 모아 높이 들어 탁문표를 향해 답례를 한다.

"소인 대인께 인사 드리옵니다. 운주 봉화촌에 살고 있는 장칠선이라고 하옵니다."

"아, 장 선생 이렇게 만나게 되어 참으로 반갑소이다."

탁문표가 자신의 오른쪽으로 앉아있는 중년 남자를 지목하며 말을 잇는다.

"이곳 서원장의 모든 일을 관장하고 있는 집사 서진표라 하오. 그리고 이쪽은 서원장 단원들의 무술 사범 번길재라 하지요."

탁문표의 말에 염칠선에게 예를 갖추는 두 사람과 함께 모두 자리에 앉자 탁문표가 말을 이어 간다.

"어떻게 장 선생께서는 이곳 서원장에서 잠시 지내며 불편하지는 않으셨는지요."

염칠선은 탁문표의 말에 두 손을 모으며,

"아, 아닙니다. 대인 어른의 배려에 아무런 불편함이 없었습니다."

"아, 그래요. 그렇다면 참으로 다행이군요. 어젯밤 저희 아랫사람들이 장 선생에게 무례를 범했던 일 지금 이 자리를 빌어 제가 대신 사과를 드리겠습니다."

"아, 아닙니다. 대인 어른 저의 불찰이었습니다. 보잘 것 없는 소인을 이리 환대해 주시니 제가 몸 둘 바를 모르겠습니다."

염칠선의 말과 행동거지를 보며 크게 만족한 모습을 보이는 탁문표가 염칠선을 향해 웃는 모습을 보여준다.

"장 선생 여기 우리 번 사범 말로는 장 선생께서 대단한 권법을 선보였다고 하던데 그것이 사실이오."

"아닙니다 대인, 소인 보잘 것 없는 실력에 불과합니다. 오히려 이곳 사범님에게 한 수 배웠을 뿐입니다."

염칠선의 말에 서로를 쳐다보던 이들은 끝내 웃음을 보인다. 다시 한번 염칠선에게 크게 만족한 모습을 보이는 탁문표가 나서,

"우리 장 선생께서는 여느 강호인과는 달리 겸손함마저…. 우리

가 오늘 처음으로 장 선생을 대면하였지만 장 선생은 예사로운 분이 아닌 것 같소이다. 자, 오늘은 장 선생을 만난 기쁜 날, 술이 없어서야 되겠소."

탁문표가 손뼉을 크게 치자 방문이 좌우로 모두 열리고 미희들이 술과 음식을 날라온다. 술이 여러 순배에 이르고 미희들의 춤사위가 더해지자 안가의 분위기는 흥이 고조에 이른다. 염칠선은 집사 서진표와 장주 탁문표를 보고 웃는가 하면 번길재와는 손을 맞잡기도 한다. 여흥이 모두 끝나자 돌아가는 염칠선을 손수 바래다주는 사범 번길재.

창으로는 햇살이 비춰온다. 눈을 뜬 염칠선은 천정과 벽면을 둘러본다. 잘 꾸며져 있는 방에 글귀가 들어있는 그림이 운치를 더한다. 어제 많이도 마셨다. 여흥이 끝나도록 온화한 웃음을 보여주던 집사 서진표, 기품과 품위가 있어 보이는 장주, 나를 오래된 벗처럼 대해주는 번길재.

모두 나의 마음에 드는 인물들이다. 나에 대해 만족한 모습을 보여주는 탁문표가 이곳 서원장에서 편히 지내라던 그의 말은 나의 부담감을 덜어주지 않는가? 객지에서 이만한 사람들을 만날 수 있는 것도 그리 흔치 않는 일이 아닌가. 내 이 사람들이라면 함께 해도 좋을 것이다.

그러나 이곳에서 오래 머물 순 없다. 기다리고 있을 홍매와 두원이 있지 않은가. 내 이곳에서 한 밑천 잡아 나의 고향이랄 수 있는 봉화촌으로 빨리 돌아가야 할 것이다. 어디선가 힘찬 구령 소리가 들린다. 이어 일치되어 크게 내지르는 기합 소리. 어젯밤 보았던 연무장에서 들려오는 소리라 짐작해 본다. 참으로 오랜만에 들어

보는 소리에 청풍채와 단원들의 모습이 떠오른다. 죽음을 앞두고 지난날의 과오를 크게 후회하며 눈물짓던 노도천의 모습은 아직도 나의 기억에 생생히 남아 있다.

또다시 들려오는 함성. 내 연무장으로 한번 가보아야 할 것이다. 방을 나와 함성이 들려오는 연무장으로 몇 걸음을 걸었을까 별채로 보이는 곳에 한 여인의 모습이 눈에 들어온다. 차림새로 보아 지체가 높은 여인임을 알 수 있다. 시선을 돌려 연무장 향하던 염칠선은 어젯밤 번길재와 함께 처소를 찾아갈 때 들려오던 애절한 곡소리가 생각난다. 흐느끼며 울고 있는 여인의 울음소리가 틀림없이 들려왔다. 그렇다면 조금 전 보았던 그 여인이 아닌가? 누굴까 누구길래 야밤에 우는 걸까.

연무장에 들어서자 멀리 사범으로 보이는 번길재의 모습이 보인다. 조금 더 그에게 다가가자 자신을 향해 가까이 오라고 하는 번길재. 이를 본 염칠선 역시 손을 들어 화답을 하고 단상 뒤로 물러서서 동작을 펼치는 무리를 주의 깊게 살펴본다. 구령에 맞춰 많은 인원들이 일사분란하게 혼연일치된 모습을 보여준다.

자신이 생각했던 대로 단련이 잘 되어 있는 조직이라는 것을 말해주고 있다. 잠시 후 권법 훈련이 끝난 것 같다. 모두 헤쳐모여 연무장을 떠난다. 단상에서 내려와 염칠선을 반기는 번길재.

"하, 이거 아침 일찍부터 연무장을 다 찾아 주시고 역시 장형은 무인답군요. 어떻게 간밤에는 잘 주무셨습니까."

"아, 예 번 사범의 염려 덕분에 잘 보냈습니다."

"아, 그래요. 장형 권법을 수련중인 서원장 단원들의 훈련 모습 잘 보셨는지요?"

"아, 예 잘 보았습니다. 변 사범의 구령에 맞춰 절도 있게 펼쳐지는 권법 어디 하나 부족한 것이 없는 것 같습니다."

하하하하 만족한 웃음을 보여주는 번길재. 염칠선을 보며,

"권법의 고수께서 그리 말씀해 주시니 이 사람 몸 둘 바를 모르겠군요. 아무튼 고맙소 장형."

잠시 모습을 감추었던 단원들이 이번에는 검을 들고 연무장에 다시 모여든다. 이를 본 염칠선이 어느새 흥분된 모습으로 검을 들고 있는 이들을 주의 깊게 바라본다. 번길재가 단상에 오르고 그의 구령에 맞춰 검술이 시작되고 동작 하나하나를 주시하던 염칠선은 시간이 흐를수록 점차 흥미를 잃어가는 모습을 보인다. 어느 순간에 이르러 자신도 모르게 고개를 젓는다. 나무랄 데 없는 권술을 보아서일까. 지금 자신의 눈앞에서 펼쳐지는 검술은 마음에 차지 않는다. 검술이 끝나고 모두 연무장을 떠나자 번길재가 염칠선에게 다가와 묻는다.

"장형, 서원장 단원들의 검술 잘 보셨는지요?"

"아, 예 모두 열심히 하는군요."

짧은 말 한 마디 남기고 더는 말 없는 염칠선의 얼굴을 옆에서 보고 있던 번길재가 염칠선의 의중을 알아차린다. 그리고 그가 권법뿐 아니라 검술에도 능통한 달인이라는 것을 알 수 있었다. 비어 있는 연무장을 바라보는 두 사람, 잠시 후 번길재가 입을 연다. 장형께서 제대로 보았소. 지금 우리 서원장에는 검술 사범의 자리가 비어 있소. 번길재의 뜻밖의 말에 당황하는 염칠선. '아, 내가 실수를 한 것일까.' 염칠선이 급히 두 손을 모아 번길재를 향해,

"번 형제께 무슨 실수라도 한 것 같습니다. 제가 번형께 실언을

했다면 사과를 드리겠습니다."

"아, 아니오."

염칠선에게 손사래를 치던 번길재가 말을 이어간다.

"난 장형을 처음 보는 순간부터 평범한 사람이 아니라는 것을 알 수 있었소. 또한 나와는 비교할 수 없는 무예의 고수임을 확인할 수 있었지요."

번길재의 말에 또다시 당황한 모습을 보이는 염칠선, 이를 보며 웃음을 보이는 번길재.

"장형 내 진정으로 하는 말이오. 내게 감출게 뭐가 있겠소."

염칠선을 보며 진지한 모습을 보이는 번길재. 이를 보고 있던 염칠선이 번길재에게 더 이상의 말은 필요치 않다고 생각해 말없이 나란히 걸으며 연무장을 떠났다. 어디론가 향하는 두 사람, 이들이 연무장을 떠나자 뒤이어 연무장으로 들어서는 이들의 입가에는 만족스러운 웃음이 떠나질 않는다. 잠시 걸음을 멈추고 연무장을 둘러보는 탁문표가 무언가 생각을 한다. 이를 말없이 한참을 지켜보던 서진표가 입을 연다.

"장주님 무슨 생각을 그리 오래하고 계십니까? 혹시 장칠선에 대해서…."

"그렇소. 집사께서 잘 보았소. 볼수록 마음에 드는 사람이오."

"그러시다면 제가 장주님의 뜻을 장칠선에게 전할까요?"

"아니요. 그리해서는 안 되는 일이요. 이 일은 내가 직접 나서야 할 것이요."

탁문표의 말에 두 손을 모아 예를 올리는 서진표가 탁문표를 향해 말한다.

"예 역시 장주님의 판단이 옳습니다. 그리하시지요?"

서진표의 말이 끝나자 다시 무언가 깊이 고민을 하는 탁문표. 만난지 얼마 안 되는 장철선과는 무척 사이가 좋아 보인다. 역시 인간미 좋은 번 사범이란 것을 알 수 있다. 번길재의 말로는 보기 드문 권법의 달인이라고 했다. 권법이라면 번 사범 하나만으로도 족할 일이 아닌가? 장철선 그가 검을 다룬다면 더 좋았을 텐데, 아쉬움을 나타내는 탁문표. 이를 놓치지 않는 서진표가 탁문표가 고민하는 것은 분명히 장철선이라 단정을 짓는다.

"아니 장주님께서 나선다면 장철선을 얻는 것은 그리 어려운 일은 아일 터인데 어찌…."

"아, 아니오. 내 아무 생각도 안 했으니 개의치 마시오."

침실에서 일어난 마천웅 오랜만에 정신이 맑아오는 것만 같다. 탁자 앞에 앉자 생각에 잠기는 마천웅은 믿어지지 않는다. 얼마 전 전풍이 청풍장 형제들을 모두 배신하고 도주를 하다 들켜서 스스로 목숨을 끊었다는 장문원의 말을 믿을 수가 없다. 나에게는 충실한 전풍이 아니었던가. 내가 알면 크게 실망할 것 같아 말하지 못했다는 장문원이 나를 가로채 장주 자리에 앉히지 못한 죄책감에서일까. 이제는 전처럼 나를 자주 찾지 않는다.

그동안 황주성 장도감한테 수많은 금전이 올라가지 않았는가. 그럼에도 불구하고 아직까지 황주성에서는 소식이 없다. 전에 전풍이 내게 하던 말을 내가 너무 가볍게만 생각을 한 것은 아닌지. 장문원과 전풍, 내게는 그 동안 충성을 다하지 않았는가. 나 또한 그들을 형제로서 예우하지 않았나. 전풍이 나를 배신할 만큼 불만을 품지 않았을 터인데. 사심이 없는 장문원 그와 전풍 간에는 내가 모르고 있는 알력이 있었던 것이 아닐까. 아니면 장문원 그를 내가 너무 믿은 것은 아니었는지.

전풍은 장문원에 비할 수 없다. 하나 젊은 나이에도 총명함이 남다르지 않는가. 자신이 나서 진상을 한번 파악해 보는 것도 청풍장의 모든 형제들을 위한 일이라고 애원을 하듯 말하던 전풍. 내게 후사가 없는 것이 안타깝다던 모습을 보이던 그가 염칠선과 함께 나의 곁을 떠난 것이 너무도 아쉽다. 막내딸 초희가 아들이었다면 나의 말년이 이렇게까지 초라한 마음이 들지는 않았을 텐데. 또한 청풍장의 후계자는 누가 될 것인지 걱정을 하지 않을 수도 없는 일로 생각을 하면 할수록 청풍장의 앞날이 어둡기만 할 뿐이다.

의화당 단상 앞을 거니는 장문원. 그의 얼굴에는 만면에 웃음이 가득 차 있다. 모든 것을 손에 쥐었다는 듯이 회심의 미소마저 지으며 그가 중얼거린다. '전풍 쥐새끼 같은 놈을 제거했으니 이제 곧 나의 세상이 올 것이다.' 장문원의 야심에 찬 눈빛에서는 오늘도 독기를 뿜어내며 그가 또다시 중얼거린다. '마천웅은 이제 신경 쓸 것 없는 일, 조원진을 허수아비로 만들어 놓고 초연각을 중심으로 세력을 확장해 나가야 할 것이다. 비류강을 활용하면 멀리까지 사업을 이어 갈 수 있을 것이다. 그리고 문호를 수소문하여 불러들여야 할 것이다. 지금까지 많은 고생을 하고 있을 것이다.'

저녁 시간이 지나고 밤이 되자 열화당 안팎으로는 등불이 모두 켜진다. 장주 탁문표를 중심으로 의논하는 서진표와 번길재 모두 한결같이 장철선의 인품을 칭송한다. 번길재가 나서 장철선의 인품과 함께 무술 실력이 탁월하다는 말에 아무런 대꾸가 없는 두 사람, 한참 말이 없던 탁문표가 조용히 그리고 무언가 아쉽다는 듯이 내뱉는다.

"장칠선 그가 인품이 좋고 권법이 뛰어나 우리 서원장에 필요한 인재라 하나 우리 번 사범이 어디 그만 못하겠오. 검술이라면 모르지만."

탁문표의 말에 고개를 끄덕이는 서진표. 오늘 연무장에서 보여준 장주 탁문표의 모습을 이제야 알았다. 더는 말없이 침묵을 지키는 두 사람과는 달리 만면에 웃음을 띠는 번길재가 두 사람을 번갈아 쳐다보며 조금 전보다 더 큰 웃음을 지으며 탁문표를 향해 두 손을 받들어,

"장주님. 그 점이라면 염려하지 않으셔도 됩니다."

번길재의 뜻박의 말에 놀라는 표정을 짓는 탁문표.

"아니 번 사범, 염려하지 않아도 된다니. 아니 그렇다면 장칠선이?"

"네. 장주님."

다시 한번 손을 모아 올리는 번길재가 자신 있다는 모습을 탁문표에게 역력히 보여준다. 번길재의 말을 믿지 못한다는 듯이 탁문표가 재차 나서

"아니 번 사범, 염칠선 그가 검술을 잘하는지 어찌 알고 있는거요"

"아 예 장주님. 오늘 그가 우리 서원장 단원들의 무술 훈련 모습을 모두 보았습니다."

번길재의 말에 흥분된 모습을 보이는 탁문표가 몹시 궁금하다는 듯이,

"번 사범 염칠선이 검술에 능한 사람이라는 것을 확실하게 알 수 있는 것이오."

"예, 장주님. 우리 무인들은 상대방의 행동과 모습만 보아도 그를

알 수가 있지요. 결코 장주님을 실망시켜드리지 않을 것입니다."

자신에 찬 모습을 보이는 번길재, 이를 보고 있던 탁문표와 서진표가 서로를 마주보며 흥분을 감추지 못한다. 잠시 후 등을 들고 있는 하인을 따라 염칠선의 처소를 찾아가는 탁문표. 방문을 두드리는 소리에 자리에서 일어난 염칠선이 탁문표가 방으로 들어서자 놀라는 모습으로 예를 갖춘다.

"아니 장주님께서 이 밤에 저를 다 찾아주시고 소인 몸 둘 바를 모르겠습니다."

"내 장 선생과 긴히 나눌 말이 있어서 이렇게 불쑥 찾아와서 장 선생께 폐가 되는 것은 아닌지요."

"아닙니다. 장주님. 아랫사람을 시켜 소인을 부르시면 되는 일을 장주님께서 이렇게 찾아주시니 소인 민망할 따름입니다."

염칠선이 탁문표에게 자리에 앉기를 권한다. 염칠선과 마주 앉은 탁문표가 먼저 입을 연다.

"그래 내 집에서 지내는데 있어 어디 불편한데는 없으신지요."

"불편하다니요 장주어른 당치 않습니다. 하는 일 없이 이렇게 매일 같이 신세를 지기만하니 미안할 따름입니다."

"하하하하 장 선생도 별 말씀을 다 하십니다. 장 선생이 어디 보통 분이십니까. 내게는 귀하고도 귀한 손님이시지요. 암, 그렇고 말고요. 내 오늘 장 선생을 찾아뵙고 청을 드리려 이렇게 불쑥 찾아오게 되었습니다."

"장주어른 제게 청이라니요. 무슨 말씀이시온지 이 사람 도대체 영문을 모르겠습니다."

염칠선의 말이 끝나자 자리에서 일어나는 탁문표가 염칠선을 향해 두 손을 받들어 예를 표한다. 얼떨결에 탁문표를 따라 일어나는 염칠선.

"장형이 사람 좀 도와주시오. 지금 우리 서원장은 매우 어려운 처지에 놓여있소. 지금 이대로라면 나는 부친이 이루어 놓은 가업을 이어가지 못할 수도 있소. 장형 나뿐만이 아니라 서원장 식구 모두들 장형을 원하고 있소."

염칠선은 탁문표의 예상 밖의 행동에 당황하는 모습을 보인다. 이를 보던 탁문표가 재차 염칠선에게 애원을 한다.

"내 진심으로 장형에게 청을 하는거요. 우리 같이 하나 되어 서원장의 일원이 되는 것이 어떻겠소."

정중하게 나를 대해주는 이들을 마다할 이유가 있겠는가. 나 역시 바라던 바가 아니었나. 미룰 일이 아니라 판단하는 염칠선.

"소인. 미흡하오나 서원장과 장주님을 힘껏 돕겠습니다."

탁문표는 염칠선의 말에 감격하는 모습을 보인다.

"고맙소 장형, 서원장 식구들 모두 기뻐할꺼요."

탁문표가 염칠선과 함께 열화당으로 들어서자 기다리고 있던 두 사람 모두 탁문표와 염칠선의 얼굴을 주시해본다. 표정이 없는 염칠선과 달리 탁문표의 웃음진 얼굴을 확인하고 일이 잘 되었음을 짐작하는 두 사람이 염칠선을 반긴다. 모두 자리에 앉아 화기애애한 분위기 속에 탁문표가 입을 연다.

"우리 장 선생께서 나의 간곡한 청을 들어주시었소. 이제 장 선생은 서원장에 일원이 되어 우리와 생사고락을 함께 할 것이오."

탁문표의 말이 끝나자 서진표와 번길재가 일어나 손뼉을 친다. 이어 번길재가 염칠선에 다가가 손을 내민다. 염칠선 역시 이에 화답의 손을 내밀며 두 사람 약속이나 한 듯 두 손을 굳게 맞잡는다. 이를 보는 탁문표가 몹시 만족해 하는 모습을 보인다. 술상이 차려지고 술이 몇 순배 돌아올까 탁문표가 궁금하다는 듯이 염칠선에게 묻는다.

"우리 장형께서는 권법뿐 아니라 검술에도 능통하다는 말을 우리 번 사범에게 들었소. 그 말이 사실인지요."

탁문표의 말에 주위를 한 번 둘러 본 염칠선이 술 한 잔을 들어 마신 후 탁문표와 두 사람을 향해 두 손을 포개 올리며,

"장주님 제가 서원장에 몸담은 한 사람으로서 지금 무엇을 숨기겠습니까. 다른 건 몰라도 검술 하나만은 자신 있습니다."

탁문표는 염칠선이 검술에 자신이 있다고 하자 크게 기뻐하는 모습을 보인다.

"아니 장형. 지금 그 말이 참말이오?"

탁문표의 말에 말없이 고개를 끄덕이는 염칠선이 자신에 찬 모습을 탁문표에게 보여준다. 이를 보던 탁문표가 곁에 있던 서진표의 손을 잡는다.

"서 집사. 하늘이 우리를 돕는 것만 같소."

서진표 역시 기쁜 모습을 보이며 한마디 거든다.

"장주님, 장주님께서 장 선생을 얻은 것은 장주님의 홍복이옵니다. 암요."

"서 집사 그렇고 말고요. 한 고조가 장량, 한신을 얻은 기쁨을 어찌 나에게 비하겠소."

일동은 술잔을 높이 들어올린다. 그리고 탁문표를 따라 모두 크게 웃어본다.

처소에 누워있던 염칠선이 일어나 방안을 서성이며 생각을 해본다. 내가 검술에 자신 있다면 나에게 검술 사범을 맡겨야 하는 것이 아닌가. 오히려 번길재와 상반된 직책을 맡고 있지 않은가. 이상하다 참으로 이해가 가지 않는다. 답답한 마음에 밖으로 나서는 염칠선이다.

쌀쌀한 날씨는 밤이 되자 추위를 느낄 정도다. 머지않아 이곳에도 겨울이 찾아올 것이다. 환한 달빛 아래 후원을 거니는 염칠선이 또다시 들려오는 여인의 애처로운 곡소리에 별채의 불빛을 바라본다. 처량하고도 애처로운 목소리는 들려올수록 안타까운 마음이 든다. 도대체 누구이며 무슨 사연이 있길래. 한 마리 외로운 새가 되어 저토록 슬피 울고 있는 것일까. 그때 등불이 비춰온다. 정수 아범이라 불리는 중년의 하인이 다가와 장주께서 찾는다고 한다. 정수 아범을 따라 열화당을 거쳐 안채로 들어서자 집사 서진표와 함께한 탁문표가 자리를 권한다. 염칠선이 자리에 앉자 탁문표가 입을 연다.

"장 선생, 사범 일은 할만 합니까."

탁문표의 말에 떨떠름한 표정을 짓는 염칠선.

"아, 예." 마지못해 대답을 하는 염칠선을 보고 서진표와 함께 웃음을 보이는 탁문표가 입을 연다.

"장 선생. 그럴만도 하겠지요. 사실은 저희 서원장의 큰 계획이 있어서지요. 내 오늘 서 집사와 함께 그동안 저희 서원장에서 있었던 일들을 사실대로 장 선생에게 말씀을 드리려고 합니다."

차를 내오고 모두들 차 한 모금을 마시고 나자 조용히 말을 이어가는 탁문표.

"우리 서원장은 이곳 융성촌에 대대로 뿌리를 내리면서 융성촌 치안을 담당하며 관아에서도 인정을 받는 단체로서 많은 사업을 하고 있지요. 이태 전만 해도 청초림에서 큰 도박장을 운영하기도 했지요. 허나 청초림 도박장과 난전을 모두 잃고 나서 우리 서원장은 큰 타격을 입었지요. 금전적인 수입도 문제라지만 우리 서원장의 명예가 땅에 떨어졌지요. 이태가 지났다 하나 나는 지금도 얼굴을 똑바로 들고 다닐 수가 없습니다."

잠시 말을 끊은 탁문표가 긴 한숨을 내쉰다. 그리고 더 이상 말을 이어가지 못한다. 서진표가 나서 염칠선을 바라보며 탁문표를 대신하여 말을 잇는다.

"우리 서원장은 서인림의 간교에 빠져 청초림의 모든 것을 잃고 말았지요. 장주님 또한 매제를 잃고 꽃다운 새색시 같은 누이의 가슴에는 한이 맺히게 되었지요. 이후 서원장 검술사범에 맥이 끊어진 것은 한이 되었지요. 이후 서원장에 검술사범의 맥이 끊어진 것이지요. 이제 다행히 서원장을 위해 장 선생께서 오셨으니 우리 서원장의 오랜 숙원을 이루어 주시리라 믿고 있을 뿐입니다."

말을 끝낸 서진표가 탁문표와 함께 침묵을 한다. 이를 한참 주시하던 염칠선이 입을 연다.

"서장원에 그런 일이 있었군요. 그럼 하루 빨리 청초림을 되찾고 서원장의 명예를 회복해야 될 일이 아닙니까."

잠시 말을 끊고 생각을 하던 염칠선이 다시 입을 연다.

"장주님, 제게 검술 사범을 맡기지 않으시고 큰 계획이 있으시다는 것이 무엇인지 궁금할 따름입니다."

염칠선의 말에 서진표를 쳐다보며 웃음 짓는 탁문표가 이에 화답이라도 하듯이 웃음을 보여주자 서진표가 염칠선과 탁문표를 번갈아 보고 난 후, 진지한 모습으로 말한다.

"장 선생, 이 모든 것이 장주님의 뜻이지요. 간교한 서인림을 속이기 위한 장주님의 계략이지요."

서진표의 말이 끝나자 탁문표가 나서,

"내 별호가 만수라 하나 이 모두 서 집사가 있기에 가능한 일이지요. 우리 서원장에 없어서는 안 될 분이지요."

탁문표의 말을 극구 사양하는 서진표다. 순간 탁문표가 자리에서 일어난다. 이를 본 서진표 역시 탁문표를 따른다. 조금 전보다도 신중한 모습을 보이는 탁문표의 행동에 앉아 있을 수만은 없다고 생각하는 염칠선이 일어난다.

"장 선생 위험한 일이라 하나 우리 서원장을 도와주실 수 있겠습니까? 성공을 한다면 장 선생이 원하는 것 무엇이든지 다 들어주겠소."

탁문표의 진심어린 마음의 청이라고 판단을 하는 염칠선이 답한다.

"장주어른 그동안 베풀어주신 은혜 제가 이제야 갚을 기회가 온 것 같습니다. 서원장의 오랜 숙원을 제가 꼭 해결해 드리겠습니다."

염칠선의 말에 크게 기뻐하는 모습을 보이는 탁문표. 정수 아범을 부른다. 그가 다가오자 보검을 내오라고 한다. 잠시 후 보검을 염칠선 앞에 내놓는 탁문표. 검을 받아든 염칠선에게,

"장 선생 우리 집안에 가보라 할 수 있는 청명검이지요. 장 선생에게 잘 어울릴 것이오."

청명검을 빼어보는 염칠선은 순간적으로 감탄을 금치 못한다. 등불에 비춰지는 푸르른 광채, 그리 커 보이지 않는 칼, 두꺼워 보

이지도 않는 검날에도 중량감이 실리는 검은 보검이라는 것을 말해주는 것이다. '아, 내 이렇게 좋은 검은 처음으로 본다.' 감탄을 하는 염칠선은 입을 다물지 못한다. 이를 보던 탁문표가 염칠선을 향해,

"역시 좋은 검을 알아보는 장 선생이야말로 당대 제일 가는 무인이랄 수 있소이다."

탁문표의 말에 청명검을 들어올려 화답을 하는 염칠선이 잠시 후 청명검을 들고 처소로 돌아가던 중 애처로운 여인의 울음소리에 잠시 걸음을 멈추고 작은 등 불빛이 새어 나오는 별채를 바라본다. 그리고 생각을 해본다.

지금 저 별채 안에서 슬피 울고 있는 여인의 가슴 속처럼 탁문표 역시 마음이 편하지 못할 것이다. 서인림의 간계에 빠져 이곳 서원장이 퇴락의 길로 들어섰다는 장주 탁문표. 간절한 마음으로 내게 애원을 하던 그도 애처로운 동생 못지 않게 가슴앓이를 했을 것이다. 서인림 그가 대단하다 하나 내 여인과 서원장주의 위상을 다시 세워주리라. 내 꼭 그리하리라.

다음 날 열화당에서 염칠선과 번길재를 불러 모은 서진표가 장주의 훈련을 전한다. 권법은 장칠선, 검술은 번길재로 전과 같이 이 모든 일들은 태화장을 치기 위한 위계라고 말하는 서진표의 말에 흔쾌히 동의를 하는 염칠선과 번길재. 내년 봄이면 태화장을 상대로 거사를 도모할 것이라는 장주의 뜻을 전하는 서진표다. 두 사람이 서로 합심을 한다면 어려운 일이 아닐 것이라는 말을 끝으로 열화당에 회의를 끝낸다.

돌아오지 못할 강

"허 올해는 눈이 대풍년일세. 봉화산 산신령께서 우리 봉화촌의 풍년을 기원해 주시는 것만 같구만. 안 그런가 묵철."

눈을 맞으며 앞서 걷던 묵철이 대꾸를 한다.

"암 그렇고 말고. 봉화산 산신령께서 우리들에게 복을 주시는구먼. 어서 가자고. 중모가 만두를 해놓고 우리를 기다리고 있을 것이네. 중모 안사람 만두 요리 모두가 알아주고 있지. 가히 천하 일미라 할 수 있지."

"그래 묵철 자네의 말이 맞네. 참으로 맛이 있는 음식이지."

눈을 맞으며 대문 안으로 들어서자 안채에서 이들을 기다리고 있던 중모 내외가 나와 반긴다.

"어서들 오셔. 눈맞고 오느라 고생들이 많으시구면."

중모의 말이 끝나자 앞서 있던 향근이 두 손을 모아 올리며,

"유대인, 고맙소. 뭐 고생이랄 게 있겠소. 우리들을 이렇게 초대해 주셔서 소인들은 그저 유대인에게 고마울 따름입니다."

중모의 옆에 서 있던 그의 처가 웃음을 지으며 손님들에게 고개를 숙인다. 방으로 들어서 모두 자리에 앉고 나자 뜨거운 물에 튀겨 내온 물만두를 가득 담은 접시를 들여오는 여인을 보며 묵철이

입을 연다.

"덕진 어머니 참으로 고맙습니다. 저희들을 위해 이렇게 수고를 해주시고⋯."

묵철의 말에 대답 대신 웃음으로 답하는 여인이 뒤돌아나가자 모두 잔을 들어 건배를 하고 나자 이번에 향근이 나서서

'우리 모두 집주인과 그의 가족의 건강을 위하여'

건배를 크게 외치고 들었던 잔을 모두 내려놓자 유중모가 기다렸다는 듯이 말을 내뱉는다.

"야, 우리 정향근 참 말 잘한다. 역시 장사꾼이다. 세상 돌아다니면서 말솜씨가 많이도 늘었구만."

이를 보며 재미있다는 듯 안주를 들고난 묵철이 나서,

"우리 유대인 집 물만두는 언제 먹어봐도 천하일품이구만."

"암 그렇고 말고."

향근 역시 한마디 거든다. 묵철과 향근을 바라보던 중모가 기가 차다는 듯 이들을 다시 한 번 바라보며,

"하, 이 사람들 누가 장사꾼들 아니랄까봐. 둘이 짝짜꿍 되어 말들을 아주 잘 하는구먼. 아 그런 사람들이 어떻게 작년에는 재미를 못봤어."

묵철이 유중모에게 술을 따르며,

"이 사람 중모, 남는 것이 장사라 하지만 때로는 밑지는 것 또한 장사라네. 우리들 마음 먹는 대로 쉽게만 되는 것이 아니라네."

"암 그렇고 말고. 묵철 자네의 말이 맞네. 모든 것이 다 운대가 맞아야 하네."

말이 끝나자 잔을 들어올리는 향근과 이에 동의를 하는 두 사람

이 함께 잔을 비운다. 그리고 몇 번을 더 잔을 부딪쳐 가며 화기애애한 분위기는 이어가고 자연스레 동네 이야기로 꽃을 피운다. 이곳 봉화촌 만큼 아름답고 살기 좋은 곳은 없는 것 같다는 묵철과 향근의 말에 유중모 역시 맞는 말이라고 응수를 한다.

묵철이 술과 음식이 어느 정도 되자 몸을 뒤로 젖힌다. 이어 아쉽다는 듯이 말을 내뱉는다.

"이 살기 좋은 봉화촌과 소중한 가족들을 두고 돌아오지 않는 이가 참으로 이해가 되지 않는구만."

안타까운 일이라며 푸념을 하는 묵철을 보며 고개를 끄덕이는 향근 또한 일치된 마음을 보여준다.

"이보게들 같이 장사를 갔으면 올 때도 같이 와야지. 아니 그래 두원 애비를 왜 떨쳐내고 돌아온 게야."

유중모의 말에 어이없다는 듯 향근이 나서,

"어허 우리가 칠선이를 떨쳐낸 건가. 세상 구경도 하고 돈도 벌어 오겠다고 지가 나선 거지. 우리가 짐승처럼 목을 매고 끌고 올 수도 없는 일 아닌가. 안 그런가 묵철."

"암 그렇고 말고. 염칠선 그 사람을 우리 힘으로 어찌 막을 수 있겠는가. 기왕지사 이렇게 된 일 칠선이 그가 돈이나 많이 벌어 봉화촌으로 돌아오는 걸 기다릴 수밖에. 내 며칠 전에도 영산포구로 가는 신작로에서 홀로 서 있던 두원 애미를 보니 내 마음이 다 안 좋더만. 몸도 성하지 않은 여자의 기다리는 마음을 생각해서라도 칠선이 그가 이제는 돌아와야 할 때가 되었건만 참으로 야속한 사람. 너무 하는구면."

듣고 있던 유중모가 어느 누구보다도 신중한 모습을 보이며 홀로 잔을 비워내자 묵철이 자세를 바로잡으며 비어있던 중모의 잔에 술을 채워준다. 술병을 내려놓는 묵철이 유중모를 향해,

"이 사람 중모 내 얘기 한번 들어보세. 우리가 가는 곳마다 오래전 쌍봉협에서 있었던 도적떼들의 소행 모르는 사람들이 없더구만."

묵철의 말에 입을 다물고 있을 수만은 없다는 듯 향근이 나서,

"아 그러게 말이야. 봉화촌 사람들보다도 더 잘 알고 있더만."

묵철이 말을 이어받아 다시 입을 연다.

"무서운 놈들이었지. 사람과 배 모두 흔적을 남기지 않으려고 모두 태워버린 놈들. 송하강에 도적떼들 옛날부터 무서운 놈들이라고."

이번엔 듣고만 있던 유중모가 나서,

"맞는 말이네. 나도 어렸을 때 할아버지와 아버지로부터 송하강의 도적놈들이 무시무시한 놈들이라고 들은 적이 있네. 그러고 보니 칠선이가 이곳 봉화촌에 나타난 것이 그때 아닌가 싶네."

유중모의 말에 동의를 하듯이 향근이 나선다.

"그래 중모 자네의 말이 맞는 것 같구만. 그때 겨울에 지금처럼 많은 눈이 내렸지. 그해 벼농사가 아마 대풍이 들었지. 아니 칠선이가 왕 선생하고 친척지간이 아니라던데. 왕 선생께서는 왜 칠선내외를 위하는지 모르겠구만."

향근의 말에 묵철이 나서 당연하다는 듯이,

"아, 칠선이가 일을 열심히 하니깐 잘해주는 거겠지."

묵철의 말이 끝나자 바로 나서는 유중모.

"아 왕 선생이야 인정이 남다른 사람인데 그것이 뭐 대수로운 일인가."

말을 마치고 잔을 높이 들어 올린다. 이에 응하는 두 사람도 잔을

높이 든다.

　하염없이 내리는 눈은 밤으로 이어져 봉화촌을 모두 덮는다. 답답한 마음에 방문을 열어 밖을 바라본다. 소복소복 소리 없이 쌓이는 눈.

　어느 순간에 홍매는 소녀 시절의 마음이 되어 지난 날 초연각에서 꿈을 잠시 그려본다. 오늘처럼 눈이 많이 내리는 밤 공연이 모두 끝나고 아버지와도 같은 마천웅과 청풍단원들과 에둘러 행복하기만한 소녀. 가까이 마주한 염칠선이 눈길을 줄 때마다 부풀어오는 소녀의 가슴은 설레임으로 가득 찬다. 그가 하얀 눈을 맞으며 말 위에 올라 초연각을 떠나 보이지 않을 때까지 손을 흔들어주는 꿈 많은 소녀의 마음은 끝내 아쉬움으로 남는다.

　눈 내리는 깊은 밤 외롭고 슬픈 한 여인이 지난날을 회상하며 잠시 미소를 짓는다. 그리고 다시 슬픈 얼굴로 생각을 해본다. 기다리고 있는 그가 언제쯤이면 돌아올 것인가. 내일일까 아니면 모레일까? 눈이 많이도 오는구나. 내일은 눈이 많아서 신작로로 나갈 수 없다. 그가 보고 싶다. 너무도 보고 싶다. 나를 끝까지 지켜준다는 그의 약속을 믿고 기다릴 것이다.

　눈 내리는 깊은 밤 서원장 별채에서 들려오는 구슬픈 여인의 울음소리에 잠에서 깨어난 염칠선. 서인림과 전도수에 의해 무참히 죽음을 맞이한 서원장주의 매제 진홍렬 그의 아내의 한맺힌 곡소리, 참으로 기구한 일이다. 염칠선은 침실에서 일어나 청명검을 찾아 칼을 빼어본다. 볼수록 감탄을 자아내는 보검을 쳐다보며 굳은 마음을 다시 한번 되새긴다. 청초림의 결투 이후 강주제일검이란 칭호를 얻은 전도수 그를 내 반드시 물리쳐 한맺힌 별채 여인의 한을 풀어주리라. 내 이 청명검만 있다면 어느 누구도 자신 있다. 서원장주를 위해 내 꼭 전도수의 목을 벨 것이다. 청명검을 걸고 창을 열어 보는 염칠선은 그치지 않고 조금씩 쌓여가는 눈을 바라본다.

봉화촌이 생각난다. 겨울이 되면 유난히 눈이 많이 내리는 곳, 잠시 마음이 착잡해오는 염칠선은 홍매와 두원을 생각해본다. 지금 이 순간도 나를 기다리고 있을 것이다. 겨울이 되면 기침이 더 심해지는 홍매, 걱정이 아니 될 수 없다. 내 청초림의 일을 끝내고 바로 봉화촌으로 돌아가리라.

청초림 도박장 안쪽으로는 두 사람이 무언가 신중한 모습으로 의논을 한다. 풍채가 좋아 보이는 이가 붉은 두건의 사내에게 서원장의 현 상황에 대하여 묻는다. 마주한 이를 바라보며 자신에 찬 모습을 보이며 웃음을 짓는 붉은 두건의 사내가 입을 연다.

"예 장주님, 요즈음 서원장에는 새로운 무술 사범이 들어와 번길재가 검법과 봉술에만 전념한다 들었습니다. 그리고 권법 사범직은 새로 들어온 자가 맡았다 합니다. 그의 이름은 장칠선이라고 권법 실력이 아주 출중하다고 들려옵니다. 조만간 청초림의 도박장과 함께 난전을 되찾기 위해 이곳에서 실력행사를 할 것 같습니다."

"그렇다면 우리도 철저한 대비를 해야 할 것이 아닌가. 번길재에다 새로운 권법가를 상대한다는 것이 쉽지 않은 일이 될 수도 있을 터인데."

"장주님 크게 걱정하실 필요가 없습니다. 그들을 권법으로 상대할 일이 있습니까?"

"하 그렇지. 우리 태화장의 전도수, 세상 사람들이 모두 알아주는 강주제일검이 아닌가. 암 우리 태화장 전 사범이 있는데 내가 무슨 걱정이 있겠는가."

전도수의 말에 크게 웃어 보이는 서인림이 마음 한 편으로는 불안한 마음을 숨기지 못한다. 꾀가 많은 탁문표 그를 가볍게 보아서는 안 될 것이다. 이곳 청초림을 오랫동안 지배해 온 서원장 아닌가. 청초림을 절대 포기하지 않을 것이다. 단단한 대비가 있어야 할 것이다. 봄이 되면 반드시 청초림을 넘볼 것이다.

"장주님. 무슨 생각을 그리 오래하고 계십니까? 권법가 둘이 버티는 서원장이 어디 감히 우리 태화장의 상대나 되겠습니까?"

서인림한테 다시 한 번 힘을 실어주는 전도수는 또다시 서인림에게 자신 있는 모습을 보여준다.

백사장의 결투

봄비가 이틀째 이어지고 있다. 서원장의 열화당 안은 청초림에서의 거사를 위해 서원장 수뇌부들과 수하들에게 둘러앉아 있던 탁문표가 드디어 중요한 결정을 내린다. 비가 그치고 나면 청초림으로 향할 것이라고. 도박장과 난전에서는 무기를 소지할 수 없으며, 관아에 빌미를 주어서는 안 된다고 다시 한 번 주의를 준다. 수하들이 모두 돌아가고 안채로 들어선 탁문표가 탁자 앞에 앉자 결의에 찬 모습으로 드디어 기다리고 기다리던 때가 왔음을 인지한다.

'내 이 날이 오기를 얼마나 학수고대해 왔던가. 이번 거사에 꼭 성공을 해야할 것이다.'

모든 계획은 완벽하다. 그들이 원하는 대로 판은 짜여질 것이다. 서진표 역시 성공을 확신하지 않는가. 언제보아도 진지한 모습에 겸손함이 묻어나는 장칠선. 검범에는 자신 있다고 말하지 않았던가. 어느 누구보다도 믿을 사람들이 있어 청초림을 되찾는 것은 어렵지 않을 것이다. 이번 일이 잘 되어 외로움과 고독에 지쳐있는 월랑의 한을 풀어줄 것이리라. 그리고 장칠선에게 월랑을….

번길재와 헤어지고 처소로 돌아온 염칠선은 결전의 날이 다가오자 불안하고 초조함이 더해 온다. 간간이 창과 방문을 열고 내리는 비를 바라보며 무언가 깊은 생각을 한다. 그리고 어느 순간에 이르러 한숨을 내쉬며 강주로 온 것을 후회해본다.

아 잡곡 장사만 잘 되었다면 지금쯤 봉화촌에서 두원과 함께 홍매와 아무런 걱정 없이 살아가련만. 내 또다시 살수가 되어 인명을 해쳐야 하나. 아니 내가 죽을 수도 있는 일. 서원장 이들이 베푸는 호의와 진실해 보이는 마음에 이끌려 결정한 일이지만 내 너무 성급했다. 하나 사나이로서 이제 와 약속을 저버릴 수도 없는 일. 약속했던 당시에는 몰랐다. 결전의 날이 다 가오니 나의 마음이 이렇게까지 약해질 줄이야.

탁자 앞에 앉자 염칠선은 청풍단 사범 노도천이 생각난다. 거사날이 다가올수록 마음이 약해진다고 일을 치를수록 나이가 먹을수록 두려워진다고 그가 말하지 않았던가. 당시에는 이해하기 어려웠다. 또한 거사일이 다가오면 자신감을 키우고 두려움을 이기기 위해 자신의 분신과도 같은 검을 품고 잔다고 내게 말한 적이 있다.

많은 경험을 하고 숱한 고비를 넘기도 하던 노도천이 두렵다는 말이 청초림 결전을 앞둔 나의 마음을 두려움과 공포의 늪으로 밀어 넣는다. 자리에서 일어난 염칠선은 청명검을 찾아 검을 빼어든다. 진하고도 푸르른 광채가 예리하고도 단단해 보이는 검날, 조상께서 물려주신 보검이라며 탁문표는 내게 청명검을 아낌없이 주었다. 보면 볼수록 마음에 드는 보검을 높이 든다. 상대는 강주제일검이라 일컫는 전도수, 다시 한번 청명검을 살펴보는 염칠선은 결의를 다진다. 그동안 연습도 많이 해두지 않았는가.

나에게 청명검이 있는 한 그 무엇이 두려우랴. 내 청명검을 품어 검과 일치된 마음으로 두천제일검이 다시 되어 강주제일검 전도수를 맞으리. 따뜻한 볕이 좋기만 하다. 변복을 한 서원장 단원들이 모두 청초림으로 떠났다. 저택 문밖까지 탁문표를 배웅하는 미색의 여인은 끝내 눈물을 보이고 만다. 이를 보고 있던 염칠선은 그녀가 모습을 잘 드러내지 않는다는 탁문표의 처 여화랑이라 짐작해본다. 번길재가 말했다. 강주에서 제일 가는 두 미녀가 서원장에 있다고. 수하들과 함께 탁문표를 호위하여 융성촌을 벗어난 염칠선이 잠시 별채 여인을 생각해본다. 강주제일 가는 미녀 월랑은 어떤 모습일까?

별채의 월랑이 조금 전 보았던 여화랑과 어떻게 비교가 되는지 궁금하지 않을 수 없다. 늘상 밤이면 들려오던 월랑의 울음소리가 어제는 들려오지 않았다. 오늘 청초림에서 벌어질 엄청난 일을 알고 나에게 심적 부담을 주지 않으려는 듯이 어젯밤 월랑은 울지 않았다. 강주제일의 미녀라 하는 두 여인, 청초림에서 잠시 후 벌어질 일들에 어느 누구보다도 가슴을 졸이고 있을 것이다.

끝없이 보이는 장강과 함께 하얀 백사장이 넓게도 펴져 있다. 푸르른 소나무 숲으로 둘러싸인 청초림의 도박장과 객점이 제법 운치가 있어 보인다. 그리 멀지 않은 곳으로 보이는 포구에는 크고 작은 배들이 보이기도 한다. 머리에 하얀 띠를 동여맨 사내들이 무리를 지어 도박장으로 들이닥친다.

이를 제지하려는 이들을 가볍게 밀쳐내고 한창 열기가 가해지던 도박장 안으로 들어서 손에 잡히는 것은 무엇이든 가리지 않고 내던진다. 이들로 인해 도박장 안은 순식간에 아수라장이 되고 만다. 도박장 안에 모여 있던 사람 모두 혼비백산이 되어 아우성을 치며 도박장을 빠져나간다. 잠시 후 어디선가 나타나는 무리들.

모두 하나같이 머리에는 붉은 띠를 두르고 도박장 안으로 들어선다. 붉은 띠를 두른 무리 중 앞선 이가 큰소리를 내뱉는다.

"웬놈들이냐. 여기가 어딘지 모르고 감히 행패를 부리느냐. 썩 물러가지 못할까. 나는 태화장의 무술사범 모일청이니라."

이를 기다렸다는 듯이 번길재가 나서,

"허, 그래 모일청이라. 내 서원장의 번길재라고 나의 이름을 들어나 봤는지 모르겠구나."

번길재의 말에 지지 않으려는 듯 여유있는 모습을 보이려 하는 모일청이 보란 듯이 나서 번길재의 말에 크게 웃어 보이고 어깨에 단단히 힘을 주며,

"우리는 네놈들이 이곳 청초림을 되찾으려고 언젠가는 이곳에 나타날 것이라고 만반의 대비태세를 갖추었느니라."

모일청의 말이 끝나자 그의 등 뒤로 또 한 무리가 도박장 안으로 들어선다. 이를 본 탁문표가 서진표와 함께 전면에 나선다. 태화장 장주인 서인림이 탁문표와 마주하자 기선을 제압하려는 듯이 먼저 말을 걸어온다.

"탁 대인, 참으로 오랜만에 이렇게 뵙는구료."

기다렸다는 듯이 말을 내뱉는 서인림에게 응수를 하는 탁문표는 긴장감을 감추지 못하며,

"저 역시 서 대인을 오랜만에 뵙는구료. 대인의 신수가 아주 훤해 보입니다."

"하하하하 고맙소 탁 대인. 참말 고맙소."

탁문표의 말에 노익장을 과시하려는 모습이 훤히 들여다보이는 서인림 역시 자신의 진심을 감추지 못한다. 이번에는 탁문표가 나서 다

시 한번 예를 갖추며 서인림을 향해 강한 어조로 말을 내뱉는다.

"서 대인 제가 이 청초림을 찾아온 이유를 잘 아시겠지요?"

"아 예, 탁대인의 마음을 제가 어찌 모르겠습니까? 긴말 하지 않고 말씀 드리겠습니다. 탁 대인 지금 이 도박장 밖에는 많은 관원들이 나와 있소. 우리 모두 관아와 촌민들에게는 피해를 주지 않는 것이 좋겠습니다."

서인림의 말이 끝나기 무섭게 탁문표가 나서며,

"아 예, 서 대인의 말씀 백 번 들어도 지당하신 말씀이오. 내가 바라던 바요."

약속이라도 한 듯 두 사람이 앞서자 각자의 수하들이 그들의 뒤를 따라 백사장으로 향한다. 진영을 가르고 나자 탁문표가 번길재를 향해 수신호를 보내자 번길재가 자신 있는 모습을 보여주며 앞으로 나선다. 양 진영 중앙으로 번길재가 멈춰서자 태화장으로부터 다부진 체격에 붉은 띠를 두른 사나이가 번길재 앞으로 나선다.

통성명과 함께 예가 끝나자 맞닥뜨린 두 사나이. 붉은 띠의 사나이가 선공을 가하자 이를 여유 있게 막아내는 번길재가 연이은 상대의 공격이 잠시 헛점을 보이자 곧바로 일격을 가한다. 넘어졌다 일어나는 붉은띠 사내. 좀 전보다 더 거칠게 번길재를 위협해온다. 상대의 공격을 가볍게 막아내던 번길재가 상대의 숨소리가 가빠진 틈을 이용해 맹공을 가한다. 수차례 상대에게 타격을 입히던 번길재는 어느 순간에 이르러 상대를 향해 높이 뛰어올라 마지막 일격을 가한다.

번길재의 공격에 뒤로 크게 드러눕는 사내는 좀처럼 일어나질 못한다. 겨우겨우 몸을 일으키는가 싶더니 다시 길게 누워 일어나지를 못한다. 서원장 진영에서는 환호성이 크게 들려온다. 누워있던 패자가 끌려 나가자 서원장으로부터 무술 사범 모일청이 모습을 드러낸다. 이를 본 탁문표가 염칠선에게 눈짓을 보낸다. 이를 알아챈 염칠선이 고개를 끄덕인다. 그리고 모일청을 맞으러 전면으로 나선다. 모일청은 다가온 염칠선을 향해 먼저 입을 연다.

"서원장의 권법을 한 자가 새로이 나타났다는데 그자가 바로 네놈인 듯 싶구나. 나 모일청이 오늘 네놈에게 권법이라는 것이 무엇인지 똑똑히 가르쳐주마. 네 자신이 있거든 한 번 덤벼 보아라."

기고만장한 모일청의 말에 개의치 않는 염칠선 바로 공격 자세를 취한다. 앞으로 나가며 상대를 위협하자 뒤로 물러나며 방어 자세를 취한다. 이를 주의 깊게 살펴보던 모일청이 놀란다. 큰 키에도 날렵한 모습을 보여주는 상대의 보폭, 모일청은 만만치 않은 상대라는 것을 직감할 수 있다.

아 엄청난 고수다. 섣불리 공격을 해서는 안 될 일이다. 염칠선의 기세에 압도당한 모일청은 어느새 수비에 신중을 기한다. 모일청이 수비에 중점을 두자 상대를 밀어붙이기로 마음먹는 염칠선이 모일청에게 연속적으로 공격을 가한다. 자신의 세찬 공격에 당황하는 모습을 보이는 모일청을 향해 더욱 세찬 공격을 퍼붓던 염칠선이 헛점을 보이는 상대의 하체를 향해 일격을 가한다. 주저앉는 모일청을 향해 연이어 상체 공격을 가하는 염칠선에 의해 흐트러지는 모일청, 이를 놓치지 않고 몸을 돌려 힘껏 내차는 염칠선의 발길질에 모일청이 전신이 허공을 가르며 모래밭으로 떨어진다.

이를 본 태화장으로부터 신음섞인 비명 소리가 들려오고 연이은 승리에 서원장에서는 함성 소리를 크게 내지른다. 이에 기세가 오른 염칠선은 태화장을 향해 큰소리를 질러댄다.

"나 장칠선과 맞설 자 또 있느냐 있다면 내 얼마든지 상대해주마."

비호 같은 솜씨에 야수의 모습을 보이는 염칠선을 보며 태화장으로부터 누구 하나 쉽게 나서지 못한다. 태화장으로부터 아무런 기색을 보이지 않자 염칠선이 다시 나서,

"태화장에 나와 맞설 자가 이리도 없단 말이냐. 둘도 좋고 셋도 좋으니 어서 나와 보거라."

염칠선의 말이 끝나자 태화장에서 두 사내가 나선다. 이를 기다렸다는 듯이 자신을 향해 다가오는 이들이 자세를 잡기도 전에 선공을 펼치는 염칠선이 상대편들을 향해 달려들어 뛰어오른다. 사내 하나를 발을 이용해 상체에 일격을 가한다. 또 한 사내 역시 숨쉴 틈 주지 않고 공격을 가해 모래 밭에 눕혀버린다. 포효하는 염칠선을 보며 환호성을 질러대는 서원장과는 달리 태화장 진영으로부터는 놀라움과 함께 한탄 소리가 들려온다. 이를 보던 서인림역시 크게 놀라는 모습을 보인다.

아 참으로 대단한 권법가다. 염칠선을 바라보며 감탄을 금치 못하는 서인림 이를 곁에서 보고 있던 전도수가 서인림을 쳐다보며 웃음을 보인다. 서인림이 전도수를 따라 웃어본다. 그리고 잠시 흐트러져 있던 마음을 가다듬어본다. 안정을 되찾은 서인림이 전도수의 손을 굳게 잡는다. 이에 화답을 하듯 다시 한번 웃어 보이는 전도수. 그가 염칠선을 향해 걸어 나간다. 양손으로 팔짱을 끼고 검을 품고 있는 전도수는 마주한 염칠선을 향해,

"네 참으로 대단한 권법을 자랑하는구나. 너의 능력을 보여주었다 하나 오늘 네가 상대할 사람은 바로 이 몸 전도수이니라."

전도수의 말이 끝나자 그를 노려보던 염칠선이 내뱉는다.

"하 그래, 그럼 네가 바로 강주제일검이라 일컫는 태화장의 전도수로구나. 오늘은 네가 상대를 잘못 골랐다. 오늘 이곳 청초림의 백사장이 너의 무덤이 될 것이다. 그래도 자신이 있다면 칼을 버리고 당당히 나와 맞서보거라."

"난 원래 권법을 배우지 못했다. 네가 강주제일검과 맞설 자신이 있다면 검을 들어라. 내 너에게 진다면 이곳 청초림을 떠날 것이다."

염칠선이 서진표의 지시에 따라 아무 말을 하지 않으며 주위를 돌아보기만 하자 이를 주시하고 있던 서인림이 나선다. 그가 서원장을 향해 크게 외친다.

"서원장 사람들은 모두 들으시오. 어느 누구든 천하제일검 전도수를 꺾는 자가 있다면 내 청초림의 모든 사업장을 서원장주 탁문표에게 넘길 것이오. 그리고 인명 살상이 발생할 시 서로에게 책임을 묻지 않는다는 약조를 하시오."

서인림의 말이 끝나자 이때를 기다렸다는 듯이 탁문표가 나선다.

"서 장주의 말씀 고맙소이다. 내가 원하던 바요. 우리가 진다면 말없이 이곳 청초림을 떠날 것이오. 또한 인명사고가 발생 시 나 또한 그대들에게 책임을 묻지 않을 것이오."

탁문표가 말을 마치자 번길재로부터 청명검을 받아든 염칠선이 조금 전에 보여준 모습과는 달리 자신에 찬 모습으로 청명검을 빼어든다. 지금까지 모든 일이 서진표의 계획대로 되었다. 이제 내 이 청명검으로 끝을 낼 때가 되었다. 염칠선이 검집을 번길재에게 던져준다. 이를 받아든 번길재가 검집을 높이 들어올리며 서원장 진영을 향해 기합소리 크게 질러댄다. 이에 크게 호응하는 서원장의 단원들, 이에 질세라 전도수가 검을 높이 들자 태화장에서 손뼉 소리와 함께 우렁찬 함성이 청초림 백사장으로 넓게 퍼져나 간다. 소문을 들은 것이리라. 수많은 사람들이 모여들어 백사장은 그야말로 구경꾼으로 인산인해를 이룬다.

한참 동안 검무를 추던 두 사내가 붉게 노을진 백사장 위에 마 주선다. 불타는 노을은 청초림을 태우려는 듯 그 절정에 이른다. 드디어 결전의 순간이 다가오자 이들을 지켜보던 이들 모두 약속 이라도 한 듯이 숨을 죽인다.

전도수의 주위를 돌며 그의 보폭을 주의 깊게 들여다보던 염칠 선, 어느 순간 상대의 명성이 헛되지 않았다고 판단한 염칠선과 다르지 않게 상대를 살피던 전도수도 생각지 않았던 뜻밖의 고수 라 짐작을 해 본다. 지금 이자는 권법만이 능한 것이 아닐 것이다. 검을 많이 다루지 않고서야 나올 수 없는 자세와 보폭. 그렇다면 지금껏 자신을 감추고 있었던 것이 아닐까. 일단은 한 번 겨뤄 봐 야 할 것이다.

몇 합을 겨루었을까? 전도수의 예상했던 대로 상대가 엄청난 고 수라는 것을 확실히 알 수 있다. 다시 몇 합을 맞닥뜨렸을까? 상 대의 힘이 실린 검에서는 중압감이 느껴진다. 아 정상적인 검법과 정면승부로는 지금 이자를 당해낼 수 없다. 합이 거듭될수록 힘이 실리는 상대의 검은 내가 지금껏 상대해왔던 이들과는 전혀 다른 강적임이 틀림없다. 어느 순간에 발을 조금 뒤로 빼는 전도수, 이 를 놓치지 않고 지켜보는 염칠선이 전도수의 술수를 조심하라는 서진표의 말을 떠올린다. 전도수 지금 이자는 나에게 밀리고 있 다. 정상적인 대결로는 나를 이길 수 없다는 걸 그는 알고 있을 것이다. 그렇다면 전도수의 다음 행동을 조심해야 할 것이다.

다시 합을 겨루려는 순간 모랫바닥을 걷어 올리는 전도수의 발, 이를 본 염칠선이 기다렸다는 듯 청명검을 뻗어 눈을 감으며 상대의 복부만을 생각하며 몸을 날리는 찰나에 순간 검날 끝으로 둔탁한 느낌이 조금 더 이어지고 이어서 들려오는 함성과 함께 처절한 비명 소리. 모래밭에 엎드려 있던 염칠선은 모든 것이 끝났다고 생각하고 이를 보던 탁문표와 서진표가 서로 끌어안으며 좋아한다.

결전 내내 백사장에 서서 마음을 졸이던 서인림은 전도수의 죽음에 오열을 하며 그대로 주저않고 만다. 엎드려 있던 염칠선이 상체를 일으켜 무릎을 꿇은 채 피투성이 된 전도수의 주검을 바라보다. 고개를 떨구고 만다. 이를 보던 번길재가 다가와 염칠선을 일으켜 세운다.

서원장 탁문표의 저택 안과 밖으로는 등불이 대낮같이 환하게 켜져 있다. 저택 안은 축제 분위기로 한층 달아올랐다. 시종일관 웃음을 보이는 탁문표 그의 곁을 한시도 떠나지 않은 집사 서진표와 함께 청초림을 되찾은 것을 크게 기뻐한다. 모습을 잘 드러내지 않는 안채의 주인이랄 수 있는 여화랑이 모습을 나타낸다. 서진표가 나서 강주제일검을 물리친 천하제일검이라며 여화랑에게 염칠선을 소개한다. 염칠선이 여화랑에게 고개를 숙인다. 여화랑 역시 고개를 숙이며,

"장 사범님께서 저희 서원장의 오랜 숙원을 풀어주셨습니다. 너무나도 큰일을 하셨습니다. 정말 고맙습니다."

"소인 듣기 민망할 따름입니다. 그동안 장주님께서 베풀어주신 은혜에 조금 보답했을 뿐입니다."

염칠선의 준수한 용모와 인품을 보고 크게 만족한 모습을 보이는 여화랑은 탁문표의 곁으로 가서 탁문표와 귓속말을 주고받는다. 번길재와 더불어 서로 격려와 함께 무용담을 꽃피우는 염칠선. 끊이지 않는 탁문표와 서진표의 칭찬에 번길재와 많은 술을 마신다. 어느덧 취기가 오른 염칠선이 자리에서 일어나 처소로 향한다. 별채에서는 평소와 달리 환한 불빛이 비춰온다. 잠시 별채를 바라보던 염칠선은 옆모습만 조금 보았던 월랑의 모습을 상상해본다.

오늘 보았던 소문 속의 여인 여화랑의 얼굴은 강주제일 가는 미녀로서 손색이 없었다. 또 하나의 소문의 미녀 월랑, 별채 안에 있을 그녀의 모습이 궁금해진다. 염칠선이 다시 처소로 발걸음을 옮긴다.

방으로 들어서자 곧바로 침상에 오르는 염칠선은 얼마나 잤을까 목이 탄다. 침상에서 일어나려는 순간 무언가 인기척에 놀라는 염칠선, 방 가운데 놓여있는 탁자 위로는 작은 등불이 켜져 있다. 누군가 자신의 옆에서 함께 하고 있다. 분 내음과 함께 여인의 체취와 부드러운 느낌의 살결이 닿아 있다.

아니 대체 이게 어찌 된 일일까? 아닌 밤중에 여인이라니 등불빛에 비춰지는 여인의 얼굴, '아 참으로 예쁘다. 이렇게 고울 수가. 분명 별채의 여인일 것이다.' 염칠선이 살며시 이불을 들춰본다. 아, 이럴 수가. 실오라기 하나 걸치지 않은 성숙한 여인의 몸이 모두 드러나 있다. 순간 숨을 죽이는 염칠선, 흥분을 감추지 못하여 침실에서 일어나 탁자에 있던 물병을 들어 마신다. 그리고 자신의 침실에 누워있는 월랑을 생각해본다. 전도수에 의해 남편을 잃고 수많은 나날을 외로움과 고독에 지쳐있는 한맺힌 별채의 여인 월랑. 지금 이 여인은 나를 진심으로 원하고 있는 것이리라.

내 사내로서 어찌 미인을 마다하리. 다시 물병을 들어 마시고 난 염칠선이 침실로 돌아와 이불을 들추고 잠들어 있는 월랑의 곁에 눕는다. 한참이나 월랑의 어깨를 매만지던 염칠선이 그녀를 바로 누인다. 힘들지 않게 눕혀지는 월랑을 감싸안는 염칠선, 가는 허리에도 월랑의 풍만한 젖가슴을 느끼고도 남음이 있다. 월랑의 모든 것을 가지려는 듯이 손닿는 곳 모두 주물러대는 염칠선은 점점 거친 숨을 내쉰다. 염칠선의 손이 월랑의 깊은 그곳에 닿자 움찔하며 파르르 떨리는 그녀의 몸에 흥분이 되어 조금 전보다도 더 거친 숨을 내쉬는 염칠선. 더는 참을 수 없다는 듯 월랑을 덮쳐 오른다. 성숙한 여체에 포개지는 염칠선. 어느 순간에 이르러 여인의 짧은 신음소리가 이어지자 한 마리 짐승이 되어 먹이를 향해 거칠게 달려든다. 세찬 파도에 월랑은 절정에 이르러 긴 숨과 함께 잔잔해지며 사랑만을 남긴다. 생각하지도 않았던 여인과의 정사, 자신의 모든 것을 주는 절세미녀, 짜릿한 쾌감, 이보다도 더 좋은 것이 있으랴.

염칠선은 자신에게 순종을 다한 여인을 감싸안는다. 아무런 말이 없는 월랑이 사랑스럽기만하다. 염칠선은 욕심을 내어본다. 내 이 여인과 끝까지 함께 할 수 있다면 무엇을 더 바라겠는가. 어느덧 시간이 흘러갈수록 월랑을 갖고 싶다는 마음은 의욕으로 이어져 흥분이 되어가는 염칠선이 말없이 누워 있는 여인을 또다시 탐한다.

밤의 역사가 다시 이루어지고 주섬주섬 옷을 걸쳐대는 월랑. 옷을 다 입었을까? 이때 내 것이라는 듯이 월랑을 뒤에서 꼬옥 끌어안는 염칠선. 잠시 침묵이 지나고 나서 입을 여는 염칠선.

"여인이시여, 나의 무례한 행동을 용서하시오."

염칠선의 말이 끝나고 조금 지나지 않아 월랑이 입을 연다.

"아닙니다 사범님. 갑작스런 저의 행동에 미천한 계집이라고 욕을 해도 좋습니다."

잠시 말을 끊은 월랑이 눈물을 보인다. 이를 보고 있는 염칠선이 말없이 그녀를 바라볼 뿐, 긴 시간이 지나지 않아 다시 입을 여는 월랑.

"저는 남편을 잃고 나서 원한에 사무쳐 나의 원한을 풀어주는 분이라면 저의 모든 것을 바치리라 마음먹었습니다. 이제 저는 죽어도 여한이 없습니다."

월랑의 말이 끝나자 그녀를 더욱 세게 끌어안는 염칠선.

이루지 못할 길을 걷다

융성촌 유지들과 인근지역에 명망있는 많은 인사들이 서원장을 찾아든다. 모두 하나같이 탁문표를 보며 청초림을 되찾아 융성촌에 큰 경사가 났다고 기뻐하는 모습들을 보여준다. 모습을 드러내지 않던 여화랑 역시 탁문표의 곁에서 손님들을 맞이한다. 춤과 노랫소리가 끊이지 않는 연무장은 찾아온 손님들로 발 디딜 틈이 없을 정도로 꽉 차 있다.

방문객들에 의해 불려나가는 염칠선은 찾아온 손님들로부터 많은 환대를 받는다. 모든 이들의 주목을 받고 있는 잔칫상에 주인공이 된 염칠선은 몸이 날아갈 것만 같은 기분에 취했다. 이렇게 좋은 날은 또다시 찾아오지 않을 것이라고 바쁜 와중에도 잠시 여유를 갖는다. 염칠선은 어젯밤 월랑과 함께 보냈던 꿈 같은 일을 생각해본다.

월랑, 너무도 좋았다. 강주의 두 미인, 하나도 틀리지 않은 말이다. 여화랑을 바라보는 염칠선의 마음은 월랑의 모습으로 가득 차 있다. 길지 않았던 밤 월랑은 돌아가고 혼자만이 남아있는 방안은 허전하기 그지없었다. 그녀는 오늘 밤 다시 나를 찾아올 것이다. 어느 날보다도 바쁘고도 바빴던 낮의 일들이 모두 끝나고 처소로 돌아온 염칠선은 밤이 깊어지자 월랑이 오기만을 기다린다. 기다리기를 한참만에 달이 밝아온다. 이제는 월랑이 찾아올 때가 되었다고 생각하는 염칠선. 그러나 기대와 달리 시간이 흐를수록 모습을 나타내지 않는 월랑. 타는 가슴속에 달은 기울고 월랑이 오기만을 기다리던 염칠선은 오늘은 다 틀린 일이라고 포기를 하기에 이른다. 월랑 내일은 오려나 오직 월랑만을 생각하는 염칠선. 내일도 모레도 아닌 그 어느 날에도 월랑은 오지 않을 것이다. 쉽게만 생각했던 내 자신이 부끄러울 뿐이다. 그녀가 누군가. 강주에 이름난 두 미인 중 하나가 아닌가.

새벽녘이 지나서야 잠시 눈을 붙였을까? 연무장을 둘러보는 염칠선은 단원들의 모습이 그리 많아 보이지 않는다고 생각한다. 번길재와 서진표의 모습 또한 보이지 않는다. 청초림으로 갔을 것이라고 생각하는 염칠선. 서원장의 모든 곳을 두루두루 돌아본다. 넓은 연무장과 병기고 그리고 숙소와 높은 담장들을 보자 전에 몸 담았던 청풍장이 생각난다.

석양빛에 노을이 져가는 비류강과 운치 있어 보이는 초원객잔, 그 누구보다도 초원각의 부엉이는 잘 있는지. 세상 하나 밖에 없는 친구랄 수 있는 전풍. 당연포에 가지 못해 안절부절 못하는 나를 보며 대장부답지 못하다면서 허세를 부리며 크게 꾸짖던 모습이 지금도 나의 눈앞에 선하게 보이는 것만 같다.

명석한 두뇌와 빠른 판단으로 적은 나이에도 세상을 폭넓게 보며 대인의 모습을 보여주며 천하의 모사꾼 장문원에게 뒤지지 않는다고 장담을 하던 전풍은 나와는 비교할 수 없는 모습을 보여주었다. 그를 언제쯤이면 만날 수 있을까? 나를 보며 용기가 부족하다던 전풍. 언젠가는 한번쯤 꼭 다시 만날 수 있을 것이다. 내 오늘은 용기를 내어 탁문표를 만나리라. 정수 아범을 따라 저택 안으로 들어서자 탁문표와 여화랑이 자리에 함께 하고 있다. 염칠선을 반기는 내외.

"어서오시오. 장 사범 그렇지 않아도 장 사범을 막 부르려던 참이요. 앉으시오."

탁문표는 염칠선에게 자리를 마련해주고 비단으로 만들어진 주머니 하나를 염칠선 앞에 내놓는다. 이를 본 염칠선이 의아하다는 듯,

"아니 장주님, 대체 이것이 무엇이옵니까?"

"내 청초림을 되찾게 해준 장 사범을 위해 조그마한 성의를 마련했소. 약소하지만 받아주시오. 내 장 사범께서 적다고 하시면 더 드리겠소."

탁문표에게서 받아든 비단주머니는 엄청 무겁다. 순간 염칠선이 생각을 한다. '설마 이것이 모두 다…' 긴장 속에 풀어진 비단주머니 안에는 누렇게 빛나는 금덩이가 가득하다. 탁문표를 보며 놀라는 모습을 보이는 염칠선이 자리에서 일어나 탁문표에게 무릎을 꿇고 두 손을 받들어 고한다.

"장주님 제게 금덩이 따위는 필요 없소. 대신 청이 하나 있사옵니다. 별채의 여인 월랑을 제게 주십시오. 평생을 함께 하겠습니다."

뜻하지 않은 염칠선의 행동에 당황하는 탁문표가 염칠선의 손을 잡아 그를 급히 일으켜 세운다.

"아니 장 사범 이게 무슨 짓이오. 이러시면 내가 다 민망할 뿐이오. 장형 어서 자리에 앉으시오."

염칠선을 자리에 앉이는 탁문표가 생각을 한다. 내 누이동생을

장칠선에게 주는 것이 무엇이 아까우랴. 그와 무슨 말이 더 필요하랴. 염칠선이 자리에 앉자 탁문표가 묻는다.

"장 사범 조금 전에 제게 하신 말씀이 진정으로 하시는 말씀이오?"

흥분한 모습을 보이던 염칠선이 당연하다는 듯이 말을 내뱉는다.

"대장부 말에 일구이언이 있겠소."

염칠선의 짧은 말이 끝나자 그의 진심어린 마음이라 의심치 않는다는 듯이 탁문표가 자리에서 일어나 염칠선의 손을 굳게 잡으며 자신의 뜻을 밝힌다.

"내 장 사범의 진정어린 말씀을 어이 거스를 수 있단 말이오."

고맙다는 말을 연신 내뱉는 염칠선이 탁문표가 내놓는 비단 주머니를 끝내 거절한다. 다시 한번 두 손을 받드는 염칠선이 청명검을 받은 것만으로도 만족하다며 자리를 뜬다. 염칠선이 돌아가자 여화랑을 쳐다보는 탁문표. 묘한 웃음을 짓는 아내. 이를 보며 여화랑 역시 나와 같은 생각일 것이라며 미소를 보인다.

잠시 허리를 펴본다. 그리고 봉화산을 바라보며 한탄을 해본다. 그렇게 빌고 또 빌었건만 돌아오지를 않는다. 얼마를 더 빌어야 그이가 돌아온단 말인가? 나의 정성이 부족하단 말인가. 내 봉화산 신령님께 빌고 더 빌 것이다.

"두원 엄마, 뭘 그렇게 생각해. 빨리하고 들어가자고."

"네 형님, 알았어요."

홍매를 바라보던 심홍. 언제나 그렇듯이 오늘도 안쓰러워하는 모습을 보여준다. 심성도 착하지 몸이라도 성했으면 좋으련만. 멀리 남편과 함께 밭일을 하고 있는 두원을 본다. 이제는 제 몫을 단단히 하고 있는 두원이 있어 홍매가 그나마 다행이다. 심홍이 잠시 염칠선을 생각해본다. 쉽게 돌아오지 않을 염칠선이다. 봉화촌 시골구석에서 파묻혀 살아갈 사람이 아니라고 그의 친구인 묵철과 향근이 말하지 않았나. 병든 아내와 어린 아들을 생각한다면 그가 빨리도 돌아올 성도 싶으련만. 다시 한번 멀리 두원을 바라보는 심홍. 두원이 참으로 대견스럽다.

점심상을 물린지 오래, 깊은 생각에 잠기는 왕옥겸은 돌아오지 않는 염칠선이 참으로 안타까운 사람이라고 생각한다. 세월이 지나고 나면 후회할 일을 모르고 있다는 것이 너무도 아쉽다. 이곳 봉화촌이 살기에는 너무도 좋은 곳이라는 것을 알만도 할텐데. 안타까운 마음에 눈을 감는 왕옥겸. 그리고 지난 과거로 잠시 되돌아본다.

유채꽃이 만발한 넓은 들판. 나를 무척이나 좋아하는 정혼녀 연홍, 무엇이 그리도 좋은지 쉴새없이 웃음을 짓는다. 유채밭에 날아드는 새들을 보며 손을 흔들고 발을 헛디뎌 넘어지면서도 나를 보며 웃어주던 연홍. 나의 외면에도 나를 향한 일편단심의 마음은 너무도 순수하기만 했다. 더 넓은 세상을 보기에는 작게만 보이는 고향이 싫었다. 연홍과의 혼례로 고향땅에 묻힐 것을 생각하니 답답한 마음뿐. 보다 더 넓은 세상이 보고 싶어 무거운 짐을 훌훌벗어던지 듯이 홀가분한 마음으로 새 세상을 꿈꾸며 끝내 모두 잠든 야밤에 부모님과 형 동생 모르게 고향을 등지고 말았던 젊은 날의 청춘을 다시 한번 더 후회해보는 왕옥겸. 당시에는 전혀 몰랐다.

송하강 뱃길을 따라 무작정 더 넓은 세상을 꿈꾸며 고향을 떠나 객지 생활을 하는 고초 끝에 많은 돈을 모아 돌아온 고향은 나를 반겨주지 않았다. 나를 기다리다 지친 연홍. 내가 떠난 연지 나루터에서 나를 기다리기를 수년 끝에 죽음을 맞이했다고 동생 옥진이 말해준다. 생각지도 않았던 큰일이 벌어졌다. 오래 전 나를 그냥 잊을 줄로만 알았던 연홍의 죽음. 연홍의 가족들 모두 안의촌을 떠나고 말았다고 옥진이 말을 덧붙인다. 당시 그 일은 나에겐 큰 충격이 아닐 수 없었다.

보다 더 큰 세상을 보려고 고향을 떠난 청춘시절의 일들이 크나큰 비극으로 이어질 줄이야. 객지에서의 성공으로 기쁜 마음으로 돌아온 고향, 형제들과 동네 사람들의 냉대와 외면을 견딜 수 없어 다시 떠나야만 했던 고향. 부모님이 살아 계셨더라면 떠나지 않아도 되었을 고향이 아닌가. 부모님 생전이 이렇게도 소중할 줄이야. 불효와 함께 비극으로 끝난 사랑은 나를 영원한 죄인의 나락으로 떨어트리고야 말았다.

지난날 안타까운 날들을 회상하던 왕옥겸. 눈을 감으며 명상 속으로 이어지는 따스한 봄날의 시간이 많이 지나고 나서야 잠든 모습에서 눈을 뜨는 왕옥겸은 자리에서 일어나 방을 나와 대청마루 끝에 서서 멀리 황혼 속에 노을을 바라본다. 붉게 물들어가는 노을은 오늘이 마지막이라는 듯 타들어간다. 지난날 젖은 옷에 지칠 대로 지쳐있는 젊은 청춘 남녀의 애련한 모습이 서려 있는 농로길을 바라보는 왕옥겸은 안타까운 마음으로 지난날의 기억을 더듬어본다.

지칠 대로 지쳐 농로길에 누워있는 청춘남녀. 간밤에 크나큰 사연이 있었을 것이리라. 밤새워 두지천을 거슬러 오르며 생과 사를 넘기도 했을 것이다. 지칠 대로 지쳐 시련을 겪고 있는 저들 남녀에게는 진정한 사랑이 서로를 감싸고 있을 것이다. 작금의 어려움에서 벗어나 후일 지난날을 되돌아본다면 더 없는 아름다운 시절이라고 생각지 아니할 수 없을 것이리라. 아직도 돌아오지 않는 염칠선. 그가 소중한 추억을 생각하며 약속을 지키기 위해 돌아와 준다면, 과거를 되돌아보며 후회하지 않는 보람 있는 생활을 할 수 있으련만.

방으로 되돌아 들어온 왕옥겸. 선 채로 다시 한번 염칠선을 생각해본다. 염칠선 그가 봉화촌으로 돌아오지 않는 것이 이해가 되지 않는다. 그가 이곳을 떠나기 전까지는 참으로 열심히 일하지 않았나. 혹시 그의 신변에 이상이 있는 것은 아닌지. 아니다. 그럴 리는 없다. 탄탄한 체격에 날렵한 모습, 힘 또한 장사가 따로 없을 정도라고 두영 아범이 늘 염칠선을 칭찬하지 않았나. 그랬다. 그는 나의 처음 예상과는 달리 너무도 열심히 일했다. 그는 젊은 나이에도 일찍이 나에게 믿음을 주는 모습을 보여주었다. 왕옥겸은 잊혀지지 않는 지난날의 일들을 생각하며 미어져오는 가슴과 지난날을 되돌릴 수 없음에 후회하는 일이 장칠선에게는 일어나지 않기를 간절히 바랄 뿐이다.

장칠선 그는 꼭 봉화촌으로 돌아올 것이다. 그리고 처음의 그 약속을 끝까지 지켜낼 것이다.

의화당 안실에서 마천웅의 안위를 논하는 조원진과 장문원의 앞으로 정표가 들어와 장문원에게 몽금포 상인들과의 일이 원만히 해결되었다고 보고를 한다. 수고를 했다고 격려를 하는 장문원에게 고개를 숙이고 정표가 되돌아 나가자 언제나 그렇듯이 조원진의 마음을 띄워놓는 장문원. 그의 감언이설에 조원진은 청풍장 장주가 된 기쁨을 만끽한다. 표정 하나 변하지 않고 장광설을 늘어놓는 장문원의 말에 한창 고무되어 몸을 주체 못하는 조원진이 장문원을 보며 마천웅이 늘 내뱉던 사심이 없다는 말을 인용해 그의 환심을 사려는 모습이 역력해 보인다.

장주를 뵈야 할 것이라며 자리를 뜨는 조원진이 열화당을 나서자 무엇인가 깊이 한참을 생각하던 장문원이 결심이라도 한 것일까? 고개를 내린다. 그리고 중얼거린다.

문호를 찾아야 할 것이다. 술만 절제한다면 나에게는 큰 힘이 될 것이다. 믿을 사람들이 많다하나 어디 피붙이와 비교할 수 있으리. 문호만 찾아온다면 나에게는 큰 힘이 되어 나의 꿈을 모두 이룰 수 있을 것이다. 문호가 보고도 싶다. 근 이십 년이 다 된 것 같다. 얼마나 변했을까? 학대만 받던 불쌍한 어머니, 서자의 설움을 안고 혹독한 시련을 나눈 형제. 아버지가 돌아가시고 난 후 어머니마저 세상을 떠난 후 더욱 더 혹독한 시련을 겪던 형제, 모두 끝내 각자의 길을 택하지 않았나. 헤어져야만 했던 동생들 지금도 고향 어디에선가 설움의 생활을 하고 있는 건 아닌지 꼭 찾아야 할 것이다.

조원진이 방으로 들어오자 누워있던 마천웅이 몸을 일으키려,

"아니 형님, 지금 이 시각에 누워 계시다니 뭐 어디 몸이라도 편찮으신지요."

힘을 들여서 일어나 앉는 마천웅에게 다그치기라도 하듯 말을 이어가는 조원진.

"아, 형님 집에만 계시지 말고 청풍채 훈련장에도 가보고 초연각과 비류강에도 좀 구경을 나가시고 그러시지."

조원진의 말에 시큰둥한 반응을 보이는 마천웅이 입을 연다.

"그래, 열화당에는 들러봤는가."

"아, 예 형님. 장 집사 아니 화룡 선생께서 우리 청풍장과 형님을 위해서 참으로 많은 일을 하고 계십니다. 이것이 다 형님의 홍복이 아니겠습니까?"

늘 틀에 박힌 말을 해대는 조원진의 말에 미간을 찡그리는 마천웅이 다시 입을 뗀다.

"그래 그건 그렇고 원진 내가 언제쯤이면 채주자리에 앉을 것 같은가."

"아 예, 형님 천하제일에 모사 화룡 선생께서 많은 공을 들이고 있으니 조만간 좋은 소식이 들려오겠지요. 아 청풍장과 초원객잔이 크게 번성한 지금 채주자리가 뭐 그리 중요합니까? 화룡 선생을 믿고 기다리다 보면 다 이루실 수 있을 겁니다."

조원진의 말을 더는 듣기 싫다는 듯 길게 드러눕는 마천웅. 그를 향해 편히 쉬라는 말을 남기고 부담 없이 마천웅의 처소를 나서는 조원진. 문을 닫는 소리가 들려오자 누워있던 몸을 다시 일으켜 세우는 마천웅은 화가 치밀어 오른다.

모두들 장문원을 치하하는 말들을 늘어놓는다. 이제는 아들 하나 낳지 못한 예편네마저 사업수완이 뛰어나다고 그를 감싸고 돈다. 장문원 내가 그를 너무 믿은 것은 아닌지. 전에 전풍이 하던 말이 사실이었을까? 사실이라면 이제는 늦은 것이 아닌가. 청풍장과 초연각의 모든 형제들이 이미 장문원의 편이 되었을 터인데 누가 나를 돕겠는가? 전 같지 않게 아둔한 모습을 보여주는 외조카. 청풍장의 후계자라고 생각하고 있을 것이다.

아, 그들이 지금 내 곁에 있었다면. 아들 같았던 전풍, 두천제일검이라 칭했던 염칠선. 그들만 있었어도 내 큰 걱정은 하지 않아도 되었을 일이다. 이제는 조원진과 장문원을 믿을 수밖에. 마천웅은 모든 마음을 비우듯이 눈을 감는다. 그리고 아련히 떠오르는 옛 추억이 서린 어린 시절을 떠올린다. 세찬 바람이 부는 비류강가에 허름한 나루터 산자락 밑에 자리 잡은 객줏집 굴뚝에서는 끊임없이 연기가 솟아오른다. 객잔 안으로는 많은 사람들이 들어 차 있다.

아버지와 어머니는 분주히 움직이고 있다. 나에게는 나가서 놀라는 말을 해대는 부모님. 누룽지를 얻어먹으려는 친구들. 부유하지는 않았으나 친구들과 달리 배를 곯지는 않았다. 나이 이십 전에 객점을 물려받아 크게 번창을 할 수 있었다. 돈이 되는 일이라면 멀리 나가 살인도 서슴지 않았다. 모두 죄가 된다는 것을 알면서도 내가 해야할 일처럼 행하지 않았나. 서슴지 않고 여럿이서 저지르는 일은 마음의 부담을 덜어주지 않았던가. 생사를 같이 했던 노도천 그가 죽음 직전에 하려 했던 말을 이제는 알 것 같다.

청풍단 수하들에게 글을 가르치려 애쓰던 노도천. 그가 참으로 좋은 사람이라는 것을 알았다. 그러나 그 역시 나와 같이 지은 죄를 모두 씻을 수는 없지 않은가. 더는 생각 없다는 듯 마천웅의 두 눈에서는 뜨거운 눈물만이 흐른다.

생각했던 것보다는 엄청난 모습을 보이는 청초림 객잔과 도박장 그리고 장이 크게 서기도 한다. 볼 때마다 웃음진 얼굴을 보이는 탁문표와 서진녕은 그동안 짓눌려 있던 그들의 시련의 시절을 알고도 남음이 있다.

청초림 백사장에 전도수와 결투 이후 나를 알아보는 사람들의 시

선이 따가울 정도다. 이를 피하려 애를 쓰기도 했다. 많은 날을 청초
림에서 보내는 탁문표. 나와 번길재는 순번을 정해 청초림과 융성
촌을 오가기도 한다. 전에 청풍단에 몸담았던 시절보다도 더 높아
진 나의 위상. 지금이 강주에서의 모든 것이 만족스럽기만 하다.

어느 무엇보다도 월랑과 벌이는 밤의 정사는 나의 모든 것을 구
름에 태워놓은 듯 환상에 젖곤한다. 번길재와의 우정은 언니 동생
으로 이어진 여심으로 더욱 두터워지고, 그 힘은 서원장과 탁문표
의 위상을 높여준다. 새로운 삶을 사는 것만 같다. 지난날은 의미없
는 사랑일랑 잊고 싶을 뿐이다. 나에게 모든 것을 주려하는 월랑의
적극적인 사랑에 내 어찌 그녀를 사랑하지 않을 수 있으리. 지금 이
순간이 나에겐 너무 좋을 뿐이다.

눈이 많이도 내린다. 꼬박 하루를 이어가는 눈이 많이도 쌓여간
다. 어머니의 기침 소리가 잦아졌다. 의원을 부르지 않아도 될 것
이다. 참으로 다행이다. 몸이 좋지 않은 어머니 이제는 밭일을 하
기에는 무리다. 더 이상 악화된다면 목숨이 위태로울 수 있다고
박 의원이 말하지 않았나. 내가 세상에 태어나면서부터 몸이 안
좋아졌다는 어머니. 밝게 웃는 모습은 거의 볼 수 없었던 어머니.
너무도 불쌍할 뿐이다. 더욱 거세지는 눈발을 바라보는 두원. 착
잡해오는 마음에 돌아오지 않는 아버지를 원망해본다.

어디로 간 것이며 무얼하고 계신지. 이곳 봉화촌을 잊으신 것이
아닌지. 몸이 안 좋으신 어머니를 생각한다면 돌아오지 않을 아버지
가 아니련만. 혹시라도 아버지의 신변에 무슨 이상이 생긴 것이 아
닌지 참으로 답답하지 않을 수 없다. 전에 정수 아버지가 말하지 않

았나. 아버지가 빨리 돌아오겠다고. 그때 정수 아버지가 하던 말이 이제 오년이 다 되지 않았나. 스승님께서도 말하지 않았나. 약속은 꼭 지켜져야 한다고. 스승님의 명성을 듣고 이제는 먼 곳에서도 많은 사람들이 학당을 찾아들고 있다.

기력이 많이 쇠약해진 스승님. 요즈음 들어 두영 형이 아버님을 따로 불러 학업을 이어가는 모습을 보여준다. 잠시 후 어머니 방에 불이 꺼진다. 이제 곧 어머니가 잠드실 거라 생각하는 두원. 내리는 눈을 바라보며 분례를 생각해본다. 어머니에게 늘 말동무가 되어주는 분례. 오늘은 쌓이는 눈 때문에 오지 못했다. 전 같지 않게 나와 마주치는 눈길을 피하곤 한다. 어머니는 늘 분례를 칭찬하곤 하신다. 심성이 곱고 착하다는 말을 수도 없이 늘어놓곤 하신다. 눈이 조금 잦아지면 분례가 올 수 있게 눈을 치워야 할 것이다.

덕승사

방노수가 돌아가고 나자 화롯가에 앉자 앞날을 예측해본다. 부족하다지만 조금 더 노력을 한다면 학당을 이끌어 나가기에는 그리 크지 않은 이곳 봉화촌이 더없이 좋을 것이다. 방노수 네가 참 좋은 제자를 두었다. 내 이곳 봉화촌으로 들어와 방노수를 거두어들이면서 그에게 글을 가르치며 시작하게 된 학당. 모든 일에 진지하게 임하는 열정적인 모습을 보이던 그였기에 오늘날 남들로부터 크게 존경받아가며 살고 있지 않은가.

씨는 뿌린 대로 거두어들인다고 나를 믿고 따라준 방노수가 고마울 뿐이다. 내 세상에 태어나 가장 보람 있는 일을 이곳 봉화촌에서 펼칠 수 있어 여한 없는 생을 끝낼 수 있지 않은가? 또한 내가 지은 죄를 조금이나마 씻을 수 있지 않겠나. 눈을 맞으며 집으로 돌아가는 박노수, 스승 왕옥겸을 잠시 생각해본다.

몸이 쇠약해지신 스승님. 자신이 학당을 이끌어갈 수 없다는 것을 잘 알고 계신 것 같다. 생각하지도 않았던 일이 벌써 한 달 넘게 이어졌다. 나는 독학을 이어가고 있다. 나에겐 너무 부담 가는 일이 아닐 수 없다. 전에 나에게 몇 번이나 말을 했다지만 걱정을 하지 않을 수 없다.

집으로 돌아온 남편을 반기며 눈을 털어주는 심홍이 방노수에게 왕옥겸의 안위를 묻는다. 아내의 말에 아쉬우면서도 당연하다는 듯이 말을 내뱉는 방노수.

"우리 스승님 아직 할 일이 너무 많으신데 몸은 따라 주지 않고 하기사 칠순을 바라보는 나이 돌아가시는 건 이미 약속된 일 이를 어찌 막는단 말이오. 저녁이나 차려오시오."

아내 심홍이 저녁상을 보러 방을 나가자 깊은 생각에 몰두하는 방노수. 내 스승을 대신해 선생으로서 학당 일을 어떻게 잘 이끌어 갈 수 있단 말인가. 내가 가지고 있는 학문으로는 부족한 일. 스승께서 조금만 더 건강하게 살아가신다면 좋으련만 배울수록 어렵다는 학문 나를 두고 하는 말이 아닐는지. 스승님이 어제는 돌아오지 않고 있는 염칠선을 입에 올리며 그는 꼭 돌아올 것이라고. 스승님의 말씀처럼 그리 된다면 두원이와 함께 홍매가 크게 기뻐할 텐데. 나 또한 염칠선이 내겐 큰 힘이 될 것이라 믿는다. 그러나 어느 누구도 모를 일. 흐르는 세월이 많이 지나야 답을 줄 것이다.

오늘은 다리가 많이 쑤신다. 이제는 아무도 나를 찾지 않는다. 막내 초희만이 가끔씩 나를 찾곤한다. 조원진이 참으로 좋아하겠다. 청풍장주, 안성촌 바닥에선 가장 높은 자리 아닌가? 지금쯤 목에 힘을 주며 장문원의 감언이설에 세월 가는 줄 모를 것이다. 배은망덕한 곽상도 놈. 천하에 무식한 놈에게 초연각의 보물을 주어 버리다니. 아마도 장문원을 지 애비처럼 받들 것이다.

지난 일만 문제 삼는 예편네, 이제는 코빼기도 비치지 않은지 오래다. 내 평생 소원이던 채주자리에 오르지 못한 것 또한 한이 된다. 관아에서 인정을 받는 벼슬에 오르려면 마누라가 똑똑해야 한다고 하지 않나. 수많은 재물을 쏟아붓고도 모든 일이 물거품처럼 되어버렸다. 이제는 나의 모든 것이 끝났다. 내 어찌 하늘로부터 복 받기를 바랄 수 있으리. 너무도 많은 죄를 지었다. 조용히 눈을 감는 마천웅. 지난날을 생각하며 또다시 눈물을 흘린다.

조원진이 열하당을 떠나자 또다시 동생들을 생각해보는 장문원. 문호를 보았다는 사람들이 있다 하나 아직도 찾지 못했다. 초연각의 정표가 많은 곳에 수소문을 해놔서 기다리다 보면 좋은 소식이 올 것이라고 한다. 문호가 살아있다면 나의 소식을 들었다면 틀림없이 나를 찾아올 것이다. 문호가 나를 찾아온다면 무엇이든지 해달라고 하는 것은 뭐든지 다 들어줄 것이다.

내 기회가 되어 조원진을 내친다면 청풍장의 모든 것은 내 것이 될 수 있다. 그리고 내가 채주에 오른다면 두천 관아도 두려울 게 없다. 이미 계획대로 진행된 일 나머지는 그리 어려울 일이 아니다. 곽상도를 양자 삼아 나의 꿈을 이루리라.

눈 내리는 강가를 내려다보는 염칠선. 좀처럼 보기 힘든 눈을 보자 잊혀져 있던 고향 같은 봉화촌이 생각난다. 나의 아들이랄 수 없는 두원. 애정없이 연민의 정만 남아있는 홍매. 지금 어떻게 지내고 있는지. 아마도 나를 원망하고 있지 않을까? 끝없이 이어지는 눈은 강물에 흔적도 없이 사라지고 만다. 이를 바라보는 염칠선의 마음은 허무함으로 언제부턴가 그리 오래되지 않은 것 같다.

잊혀져 있던 봉화촌이 생각나면서부터 의욕을 잃어가는 쓸쓸한 마음만이 가슴에 녹아내리듯 하다. 그 무엇인가를 잃어버린 것처럼 허전한 심정인 염칠선. 눈 내리는 강물에 지난날 자신의 모습을 비추어 본다. 절을 뛰쳐나와 고생 끝에 찾은 청풍장, 죽을 고비를 넘기며 찾아간 봉화촌, 그리고 더 넓은 세상을 찾아 이곳 강주에 이르기까지…. 점차 의욕을 잃어가는 이곳, 눈 내리는 강가를 한참 바라보며 생각을 하던 염칠선에게 가장 보람된 생활을 한곳은 봉화촌이리라. 겨울이면 눈이 많이도 내리는 곳. 대면할수록 더 어려워지는 왕옥겸. 그도 많이 늙었을 것이다. 배울수록 어렵다는 학문. 약속은 꼭 지켜야 한다는 철칙을 늘 강조하던 스승. 나와 홍매가 그의 배려와 온정이 없었다면 어찌 되었을까? 생각만 해도 아찔하기만 하다. 좋은 사람을 만났다. 참으로 좋은 사람. 내 다시 그를 만난다면 어찌 대해야 할지 두려운 마음이 다 든다. 인정이 많은 부부는 지금도 홍매와 두원이를 많이 도와주고 있을 것이다.

덕승사 주지가 관상을 잘 보니 한번 가보자고 번길재가 재촉한다. 사람은 누구나 다 자신의 앞날을 알 수 없는 것이라고 어제 또다시 번길재가 말했다. 전풍 이후 가장 진실한 벗. 그의 처와 아이들이 함께 할 때면 더할 나위 없이 좋아 보이는 번길재 그가 너무도 부러울 뿐이다.

드디어 반가운 소식이 날아들었다. 동생 문호를 찾으러 수하를 보냈다고 정표가 알려온다. 고향에서 그리 멀지 않은 곳에서 문호를 본 사람이 있다고 초연각의 정표가 말하지 않았나. 얼마나 기다렸던 동생이었던가. 욕심 같아선 금희마저 찾을 수 있다면…. 나이 많은 장사꾼 남편을 따라 나섰다는 여동생 금희는 너무도 이뻤다. 내 몸만 성했어도 불쌍한 형제들이 멀리 헤어지지 않아도 되었을 일. 아무도 우릴 도우려 하지 않는 험한 세상, 내 두 번 다시는 세상의 지배를 받지 않으리. 오늘도 장문원의 작은 눈에서는 독기가 뿜어져 나온다.

문이 열리며 조원진이 열화당 안실로 들어선다. 장문원이 자리에서 일어나 두 손을 모아 올리며 허리를 굽혀 장주에 대한 예의를 받든다. 조원진이 상석에 앉자 준비되었던 장부를 건넨다. 건네받은 장부를 대충 떠넘기는 조원진을 보며 장문원이 생각한다. 장부에 쓰여 있는 글자를 네놈이 몇 자나 알리. 이놈이나 그놈이나 잘나 봤자 머나먼 황도길, 도착 날은 오십보 백보일 것이다.

초연각에 다녀온다는 장문원이 열화당을 떠나자 조원진의 얼굴이 일그러진 모습으로 불만을 표출했다. 명색이 청풍장 장주인 내가 청풍장으로 들어오는 돈들을 내 마음대로 쓰지 못해서야 내 어찌 장주라 하겠는가. 형님을 대신해서 돈을 챙기고 그저 비단을 걸치고 볼품없는 늙은 얼굴에 처바르는 것만 좋아하는 형수. 장문원을 치켜세우기만 하는 곽상도 이놈의 새끼는 장문원이 지 애비라도 되는 것처럼 받들기만 한다. 천하에 무식한 놈. 두천제일검 염칠선의 반만 닮았어도. 노도천이 생각난다.

검술이 뛰어난 절친한 나의 친구, 강직한 마음에도 죽음을 눈앞에 두고서는 눈물을 흘리던 노도천. 글을 배워야만 세상을 넓게 바라볼 수 있다는 그의 말을 대수롭지 않게 여기며 오히려 그를 놀려대지 않았나. 내 그때 그의 말을 따라 글을 배웠다면 지금 이 순간 이렇게까지 처량한 모습을 보이지 않을 터인데. 노도천 그가 좋았다. 그와 함께 한 지난 시절이 너무 좋았다.

객잔을 들러 초연각 누각 위로 오른 장문원이 확 트인 비류강을 바라보며 선착장을 둘러본다. 모든 것이 이만하면 만족하다는 듯이 자신감을 보여준다. 공연장 무희들의 연기가 홍매와 심연이 있을 때만 못하다지만 홍매를 버리고 심연을 곽상도에게 내준 것이 아깝지 않다는 생각을 한다. 나에 대한 무조건적인 충성심. 이제는 그를 양자로 삼을 때가 되지 않았나.

그리 크지 않아 보이는 산 중턱에 움푹 들어간 곳에 자리하고 있는 암자는 한겨울인데도 따뜻해 보인다. 양지쪽에 작은 석상에 새겨진 절 이름이 암자와 함께 아담함을 보여준다. 젊은 승려가 우리를 반긴다. 번길재를 따라 예를 취한다. 그리고 법당을 거쳐 주지 스님이 계신 곳으로 인도한다. 앞선 번길재가 먼저 주지 스님 방으로 들어가고 한참 후에 나온 번길재는 만면에 웃음을 띠운다.

번길재에 이어 방으로 들어서자 주지의 탁상 앞으로 방석이 하나 놓여있다. 무릎을 꿇고 마주한 노승은 쪼그라들 대로 들어진 얼굴에선 고결함과 엄숙한 모습이 세월과 함께 묻어나 있는 것을 볼 수 있다. 나에게 아무것도 묻지 않는다. 물끄러미 나를 바라보던 노승이 어느 순간에 이르러 그의 눈이 커진다. 그것도 잠시 눈을 감은 노승의 모습에 숨죽이며 긴장을 하는 염칠선은 주지 스님의 다음 행동에 촉각을 곤두세운다. 초조함으로 이어지는 긴장감 속에 시간이 흐르고 노승이 입을 연다.

"역마살이 끼어 어느 한곳에 오래 머물지를 못하는구나. 하는 일마다 뜻하지 않게 큰 업을 쌓는구나. 이미 지은 죄는 빌 곳이 없구나. 아 이럴 수가."

노승의 말에 순간적으로 탄식을 하는 염칠선은 갑자기 숨이 멎는 것만 같다. 겨우 정신을 차려보는 염칠선, 아니 지금 내 앞에 앉아 있는 노승이 나의 모든 것을 알고 있듯이 말을 내뱉는 것이 아닌가. 두려움에 떨고 있는 염칠선을 향해 노승이 다시 말을 내뱉는다.

"더 이상의 업을 쌓는다면 제명을 다할 수 없을 것이리라."

처음의 그 약속을 지켜낸다면 남은 여생은 그나마 무난히 보낼 수 있을 것이라 말을 마친 것일까. 염주를 굴리며 불경을 외우는 노승의 점점 커져 오는 불경 소리에 혼이 다 나가는 것만 같다. 자리에서 일어나는 염칠선은 몸이 천근만근 무겁기만 하여 겨우겨우 일어나 방을 나선다. 염칠선을 마주한 번길재가 말을 걸어온다.

"주지 스님께서 나한테는 아들이 하나 더 있을 거라 했네. 그래 우리 장 사범한테는 무슨 좋은 소식을 말씀해 주셨나."

얼이 나간 표정의 염칠선이 아무런 대꾸를 않는다. 염칠선의 의중을 살피던 번길재, 아차 내가 괜한 걸 물었다. 순간 기질을 발휘하는 번길재,

"장 사범, 앞으로 좋은 소식이 있을걸세."

말을 몰아 앞으로 나가는 번길재와 이를 뒤따르는 염칠선. 무언가에 뒤통수를 크게 얻어 맞은 기분이랄까 정신을 추스르지 못한다. 한참 번길재를 뒤따르던 염칠선이 정신을 가다듬어 노승이 내뱉던 말을 생각해본다. 나의 모든 것을 들여다보듯이 들추어내는 그의 통찰력이 두렵다. 그의 뒷말이 사실에 가까울 수도 있을 것이다. 그렇다면 앞으로 내가 어떻게 처신을 해야 한단 말인가.

불타오르는 열정이 또다시 밤을 태웠다. 진심어린 애정으로 내게 다가와 내가 원하는 것은 무엇이든지 들어주는 적극적인 월랑의

사랑. 뜨겁게 달구어진 사랑을 식히려는 듯 나의 몸에 기대어 오는 육체. 나는 오늘도 그녀의 모든 것을 애정으로 보듬어 준다. 밤이 깊어간다. 월랑은 깊이 잠이 든 것 같다. 조용하기만한 방은 어느새 답답함이 몰려온다. 살며시 이불을 들춰내고 침실에서 내려오는 염칠선은 옷을 주섬주섬 거두어 몸에 걸치고 자신의 인기척에 행여 월랑이 깨지나 않을까 조심조심 방문을 열고 밖으로 나간다.

밤하늘을 수놓은 별빛을 보며 잠시 답답했던 마음을 비우고 슬며시 불어오는 찬바람에 시원하게 숨을 한번 크게 들이마시는 염칠선. 어제 암자에서 자신과 마주했던 노승의 말을 떠올린다. 하는 일마다 죄를 짓는 일이라고 그가 영험하다는 말을 들었다지만 조용하면서도 정곡을 칼날처럼 가슴속을 찌르는 듯한 음성, 생과 사를 넘나드는 순간에서조차 느껴보지 못한 공포, 오랫동안 나를 기다려 왔다는 듯이 내뱉는 노승의 말투는 생각하면 할수록 두렵기만 하다. 왠지 그의 말을 쉽게 떨쳐 버릴 수만은 없을 것 같다. 나를 보며 좋아하는 모습을 보이던 번길재가 다시 한 번 부러워만 보일 뿐이다.

조반을 들고 나서 배웅을 해주는 월랑을 뒤로 하고 수하들과 청초림으로 향하는 염칠선은 일행과 함께 백사장에 이르자 멀리 청초림의 경관을 바라본다. 오늘따라 모든 것이 힘없이 쓸쓸하게만 보인다. 겨울이 지났다 하나 강가에 불어오는 바람은 차갑기만 하다. 언제부터이던가 울창한 수림이 백사장과 함께 조화를 이루고 운치 있어 보이던 청초림, 그 무엇인가를 잃어버린 듯한 모습을 보여주곤 한다. 수하들을 한번 뒤돌아본 염칠선은 더는 생각 없다는 듯 청초림을 향해 나아갈 뿐이다.

탁문표와 번길재가 서원장으로 돌아가고 나자 수하 변금호와 함께 난전을 둘러보는 염칠선. 처음 만난 객점에서 시비 끝에 나에게 호되게 당했던 변금호, 당시의 일을 미안하게 생각하는 나의 마음을 그도 알고 있을 것이다. 변금호는 나의 권법과 검술을 모두 배우려는 열의가 대단하다. 단원들 중 실력이 으뜸이랄 수 있다. 이제는 남을 가르치고도 남는 실력을 자랑한다.

도박장과 객점 다음으로 탁문표가 공을 많이 들이는 난전. 전보다도 많은 사람들이 들끓고 있는 것을 볼 수 있다. 탁문표와 서진표 그들의 장사수완이 남다르다는 것을 알 수 있다. 변금호와 함께 난전을 돌아보고 도박장 안채로 들어선 염칠선이 탁상 앞에 앉자 며칠 전 암자에서 만났던 노승의 말이 심상치 않음을 알았다.

한곳에 머물지 못하며 하는 일마다 업을 쌓는다. 염칠선은 고개를 들어 허공을 쳐다보며 탄식을 한다. 내 그리할 수밖에 없지 않은가. 세상천지에 아는 이 없고 누가 있어 내가 의지할 곳이 없지 않은가. 살기 좋은 봉화촌이라 하나 살아갈수록 의욕이 떨어지는 것뿐, 이곳 강주가 내게는 성공을 하여 자리를 잡고 살아가는 곳이라 생각했지만 무섭기만 한 덕승사 노승의 말이 아직도 귓전에 생생히 들리는 듯하다. 이를 가볍게 흘려들을 말이 아니라는 생각이 든다.

청초림과 서원장, 언제 어디서든 목숨을 건 생사의 결투가 벌어질 것이다. 지금까지 지은 죄는 용서받지 못한다는 노승의 말을 내가 어디까지 믿어야 한단 말인가. 수년간 이어져온 달콤한 사랑은 결실을 맺지 못하고 또다시 잃어가는 삶의 의욕, 내 어찌해야 참다운 삶을 살 것인가.

임종을 앞둔 왕옥겸에게 마지막으로 아버님이라 부르던 방노수, 끝내 눈물을 흘리고 만다. 왕옥겸 그가 마침내 세상을 떠났다. 슬픔에 잠기는 방노수, 스승과 함께했던 지난날을 떠올리며 눈물을 거두지 못한다.

봉화촌과 인근지역으로부터 많은 조문객들이 문전성시를 이룬다. 상주가 되어 왕옥겸의 빈소를 지키는 방노수. 바쁜 와중에도 잠시 틈이나 주위를 한번 둘러본다. 술 좋아하는 묵철과 향근의 모습이 먼저 들어오고 알만한 이들이 모두 찾아왔다. 그리고 병든 어미를 대신이라도 하듯이 분주히 움직이는 두원. 돌아오지 않는 염칠선의 뒤를 이어 집안을 이끌어가는 두원이 참으로 대견한 모습을 보여주고 있다. 스승의 말이 다시 생각난다. 염칠선 그는 봉화촌으로 꼭 돌아 올 것이라고. 두원을 다시 살펴보는 방노수. 병든 홍매를 생각하며 염칠선 그가 참으로 무심한 사람이라고 생각한다.

염칠선을 끝까지 믿고 싶어 하는 스승님의 마음이 스승님의 죽음과 함께 안타까울 뿐이라 생각하는 방노수. 깊은 밤 잠자리에서 일어나 앉는 홍매. 아들 두원이 말하지 않았나. 오늘 아침에 선생님께서 돌아가셨다고. 내가 은혜도 아직 다 갚지 못했는데 이렇게도 빨리 돌아가시다니 지난날 송화강에서 구사일생으로 생명을 구하고 비몽사몽 간에 두지천을 거슬러 올라 봉화촌으로 들어서서 다시 죽기 직전에 선생님에 도움을 받아 겨우겨우 목숨을 부지할 수 있었던 시절, 내 어떻게 선생님의 큰 은혜를 다 갚지 못한 채 이리도 빨리 선생님이 세상을 떠날 줄이야!

한참 눈물을 흘리던 홍매. 왕옥겸 그는 참으로 좋은 사람이었고 그렇게 좋은 사람은 세상 어느 곳에도 없을 거라고…. 잠시 눈물

닦고 난 홍매는 전에 당연포에서 있었던 일들을 떠올린다. 나에게 속아 전 재산을 날리고 목숨까지 빼앗긴 진원산. 그 역시도 왕옥겸 못지 않은 좋은 사람이었다. 노익장에도 불구하고 의협심이 남달랐던 그도 참으로 좋은 사람이지 않나.

사내 몇 사람만 홀리면 되는 일이라며 나를 끌어들인 장문원 그에게 속았다. 하나 막대한 보상이 있을 거라는 말에 내 스스로 자원을 하지 않았나. 심연에게 미루지 못한 것을 뒤늦게 후회하며 살아온 인생이 어언 십년이 다 되지 않나 싶다. 이 못난 애미를 위해 고생을 마다하지 않는 두원이 너무도 고마울 뿐이다. 앞으로 내가 얼마 살지 못할 것이다. 이제는 아련한 옛일이 되어버린 봉선사의 추억. 칠선 씨 그가 너무 좋았다. 어디 나 뿐이랴. 초연각 소녀들 모두 선망의 대상이 되었음을. 다리를 다친 나를 업어주며 새털처럼 가볍고 그리고 나를 끝까지 지켜줄 수 있다고 말하지 않았는가. 뒤를 돌아보지 않고 봉화촌을 떠났던 그가 돌아온다는 약속을 지금도 아니 끝까지 믿고 싶을 뿐이다. 나는 지금도 봉선사에 가는 꿈을 꾸지 않는가. 너무도 아름다운 곳이다.

한참 아이들 자랑을 하던 번길재의 처가 돌아가고 나자 여화랑과 마주한 월랑이 평소와 달리 의기소침한 모습을 보인다. 이를 놓칠리 없는 여화랑이 입을 연다.

"동생 이대로 살아갈 순 없잖아. 어디 가까운 절에라도 가서 불공이라도 한번 드려보지. 지성이면 감천이라는 말도 있잖아."

"말이나마 고마워요 언니. 아이를 갖는 것이 어디 사람의 마음만 갖고 되는 것이 아니잖아요. 하늘에서 점지해 주는 일 어찌 사람의 힘으로….”

“동생 이대로 손을 놓고 하늘만을 바라보고 있을 수도 없는 일 내 말대로 절이라도 한번 가보지 그래.”

“아니에요. 저를 생각해주는 언니의 마음 제가 왜 모르겠어요. 언니 그만 가볼께요.”

처소로 돌아온 월랑이 침실에 앉자 깊은 시름에 빠져든다. 이제는 연화랑과 올케 언니를 하며 마주하는 것이 불편함으로 이어지는 것은 참을 수 있다. 하지만 만약에 칠선 씨와 서운해진다면 어찌 해야 할까? 난감한 일이 아닐 수 없지 않은가. 요즈음 들어 한밤중이면 밖에서 서성이는 모습을 보여주곤 한다. 어제 역시도 칠선 씨가 아직까지는 나를 보듬어 준다지만 앞일은 알 수 없는 것이다.

아! 아이 없는 여자의 심정이 이렇게까지 고통스러울 줄이야. 그가 전처에게 돌아가게 된다면 빼앗을 명분마저 사라지고 마는 것은 아닐는지. 만약에 그가 나를 멀리한다면 아니 나를 두고 떠나거나 아니면 누구에게 빼앗기게 된다면 나는 어떻게 살아야 할까? 오늘 아침 청초림으로 떠난 칠선 씨 그가 오직 나만을 사랑하기를 바랄 뿐이다.

새벽이 되어서야 도박장이 문을 닫는다. 도박장 후당에 앉아 있던 염칠선이 변금호가 자리에 앉자 수하에게 술을 가져오라고 한다. 마주한 변금호가 술이 두어 순배에 이르자 염칠선에게 묻는다.

“사범님께 제가 궁금한 게 있습니다.”

“어 그래. 말해 보시게나.”

“네 사범님. 사범님께서는 무예를 어디서 익히셨는지 궁금하지 않을 수 없습니다. 글 또한 많이 알고 계시고 그야말로 문무를 겸

비한 분이라고 생각됩니다."

하하하하, 변금호의 말이 끝나자 소리 내어 크게 웃는 염칠선.

"이 사람 변금호, 자네가 날 무안케 하는구만."

술 한잔을 들어 마시는 염칠선. 변금호 기다렸다는 듯이 염칠선의 빈잔에다 술을 부어 놓는다.

"금호 자네가 그것이 궁금하다면 내 말을 해주지."

변금호는 염칠선의 말이 기대된다는 표정으로 의자를 바짝 당겨 앉는다. 염칠선 몸을 조금 뒤로 젖히며 말문을 연다.

"내 어릴 적 스님을 따라 절로 들어가 그분으로부터 권법을 배울 수 있었지. 그때 글도 조금 배울 수 있었지. 그 뒤 절을 나오게 되어 방황 끝에 한 사범을 만나게 되어 검술을 배우게 되고 그의 가르침을 받았네. 까막눈을 겨우 면했을 뿐이지. 그것이 뭐 그리 궁금한 일이라구. 금호 자네도 전보다는 무술 실력이 늘었네. 조금만 더 노력한다면 나를 능가하는 무인으로 성장할 수 있을 거네."

염칠선의 말에 크게 고무된 모습을 보이는 변금호가 두 손을 받들어 염칠선을 향해,

"사범님은 저의 스승이나 진배없습니다. 많은 가르침을 받겠습니다."

변금호의 말에 다시 크게 웃는 염칠선이 변금호가 처소로 돌아가고 나자 자신도 조금 있으면 스승이라 불릴 것이라고 생각한다. 스승이란 때로는 아버지와 같은 위상이랄 수 있지 않은가. 그 이상은 높다 하나 이곳 서원장은 남들로부터 크게 인정받지 못하는 곳이다. 염칠선은 봉화촌의 학당, 왕옥겸을 생각해본다.

봉화촌과 인근에 사는 사람들로부터 존경을 받는 선생님, 방노

수는 그를 서슴없이 스승이라고 부르지 않는가. 내 만일 이곳 서원장에서 단원들로부터 스승이라 불리어도 떳떳하지 못한 일이 아닐까? 염칠선은 술 한 잔을 따라 마시고 다시 생각을 한다. 내가 청초림 백사장에 뒹굴던 전도수의 죽음을 생각한다면 어찌 마음이 편할 수 있단 말인가? 나보다 강한 자는 존재하기 마련. 다시 한 잔 술을 마시는 염칠선은 암자에서 만났던 노승의 말을 다시 한번 생각해본다.

역마살 때문에 한곳에 머물 수 없고 뜻하지 않게 큰 죄를 짓고 만다고, 그의 말을 믿고 안 믿고 간에 죄는 짓지 말아야 한다. 죽음을 앞둔 나의 스승이랄 수 있는 노도천, 죄는 짓지 말아야 한다. 청풍장에서 지내 온 지난날들을 크게 후회하며 너무도 많은 죄를 지었다고 괴로워하던 그가 단원들 모두에게 글을 가르치려는 모습이 지금도 눈에 선하다.

모두들 봉선사 등축제에 가기 위해 분주히 움직이는 모습이 보인다. 초연각 무희들의 예쁜 얼굴이 보인다. 심연의 모습이 보이고 그 앞으로는 홍매의 붉은 옷이 눈에 들어온다. 봉선사로 가는 길은 참으로 아름답기만 하다. 협곡 건너로는 노송과 함께 수림이 울창하고 맑은 물이 흐르는 계곡 사이로 이따금씩 모습을 드러내는 산길, 말로만 듣던 무릉도원 같지 않은가.

붉은 옷에 홍매를 따라잡으려 걸음을 재촉한다. 잡을 듯 잡을 듯하면서도 잡혀지지 않는다. 조금 더 걸음을 재촉해보지만 발걸음과 몸이 무거워 온다. 홍매는 보이지 않는다. 답답하고 급한 마음에 발걸음을 더욱 재촉하는 순간 땅이 꺼지며 웅덩이에 빠져든다. 발버둥치며 웅덩이에 빠져나오려 애를 써도 소용이 없다. 전풍과 노도천이 지나친다. 그들을 부르려 해도 말이 나오지 않는다. 도원 스님이 다가온다. 나를 보며 말이 없다. 이내 돌아서가는 도원 스님. 아! 이제 내가 이대로 죽는구나. 힘을 다해 힘을 쓰는 순간 의자에서 굴러 떨어진다. 아악, 크게 놀라며 소리를 지르자 염칠선의 비명소리를 듣고 수하들이 달려와 사태를 진정시킨다.

수하들이 돌아가고 나자 물 한 모금 마시는 염칠선이 몸을 추스리고 정신을 가다듬어 생각을 해본다. 잠시 꿈이라지만 웅덩이에 빠져 죽게 된 나를 아무도 도와주지 않았다. 만일 꿈이 현실이었다면 내가 천벌을 받는 것이 아닌가? 나로 인해 죽어간 사람들, 나로 인해 모든 것을 빼앗긴 이들이 부지기수이지 않는가. 그들이 흘린 선혈과 원망을 하늘이 모를 리 없다. 꿈이 두렵다. 또다시 찾아올지 모를 꿈이 두렵기만 하다.

여인의 눈물

엊그제 내린 봄비에 산소에 잔디가 제법 자랐다. 두원 어머니 묘소에 갖고 온 꽃들을 꽂아 놓는다. 묘비 하나 없다지만 모든 일이 무사히 끝났다. 이 모든 것이 선생님이 있었기에 하늘에 계신 어머니도 고마워하셨을 것이다. 돌아오지 않고 있는 아버지. 피치 못 할 사정이 있는 거라 믿고 싶다. 나에게 늘 사랑과 웃음으로 대해주시며 화 한번 내지 않던 아버지. 정의를 위하고 나를 보호하기 위해서만 써야 한다며 무술을 가르치던 아버지. 정녕 우리를 외면할 분이 아니라고 믿고 싶을 뿐이다. 아버지는 어머니가 돌아가신 것을 모르고 계실 것이다. 만일 아버지가 돌아온다면 어머니가 돌아가신 지금 무슨 의미가 있겠는가?

전에 내가 아버지를 찾을 때마다 곧 돌아오신다고 말하던 어머니 역시 나만큼 아버지를 기다렸을 것이다. 몸이 조금이라도 나은 날은 동구밖에서 아버지가 떠났던 길을 바라보며 기다리시던 어머니. 밤늦도록 삯바느질을 마다하지 않았던 어머니, 기침이 심하던 날은 나 역시 잠을 이루지 못하지 않았는가. 평생 고생만을 하시다가 돌아가신 어머니, 어머니는 어쩌다가 몸이 안 좋아지신 것인지. 나를 키워주시느라 갖은 고생을 하신 어머니가 불쌍할 뿐이다. 절을 올리고 돌아서는 두원은 다시 한 번 아버지를 원망해본다. 산을 내려와 동네로 들어서 병철의 집 앞에 이르자 집안으로는 술 사발을 들이키는 묵철의 모습이 보인다. 들고난 잔을 내려놓으며 두원과 마주친 묵철이,

"두원아, 네 어디 갔다오냐."

"아 예, 안녕하세요 아저씨."

두원이 그냥 지나칠 수 없어 안으로 들어서며,

"병철이 있어요?"

"어 정수가 찾아와서 같이 나갔다. 두원아 네 글재주가 아주 뛰어나다면서."

"네, 별거 아니예요. 병철이도 아주 열심히 하는 걸요."

"하 인물났다. 봉화촌에 경사로다. 네 겸손도 다 할 줄 알고 학당에 방 선생께서 널 침이 마르도록 칭찬을 하더구나. 이제 봉화촌에서도 현감이 하나 나오는 건 따논 당상일 것이다."

때마침 부엌에서 나오는 묵철의 아내가 한소리 내뱉는다.

"아이구 잘났수. 누가 장사꾼 아니랄까 말은 청산유수지. 선생이 따로 없수."

"암 내 말이라면 학당에 선생만 못할까."

묵철의 말이 끝나자 이에 지지 않으려는 듯이 그의 아내가 다시 나서,

"참 잘났수. 그 잘난 사람이 돈은 왜 크게 못 벌어 오는 거요."

"아 돈이야 먹고 살 만큼 벌어오면 되는 거지 이 예편네가 왜 이리 말이 많아."

이를 보며 말없이 웃던 두원이 돌아서려는 순간,

"두원아 네 아버지를 한번 찾아봐야 되는 거 아니냐. 이거야 원 죽었는지 살아 있는지 도대체 알 수 없으니."

"아니 아저씨, 이 넓은 세상천지에 어딜 가서 아버지를 찾는단 말입니까?"

술 한 잔을 더 들이키고 난 묵철이 자신 있다는 표정을 지으며 두원을 향해,

"아 왜 장강을 따라 내려가다 큰 도회지에 내려 찾으면 되지."

묵철의 말에 어이없다는 표정을 짓는 두원이 인사를 하고 돌아선다. 병철이 아버지와 우리 아버지가 함께 돌아왔다면 좋았을 일, 손해를 보았다 하나 돈은 다음에 벌 수도 있는 일, 돌아오지 않는 아버지가 다시 한 번 야속하지만 나를 싫어하는 것은 아니다. 나는 그를 믿고 있다. 그의 마음을 채워주지 못하는 나 자신이 부끄러울 뿐이다.

화랑 언니의 말대로 불공을 드리는 모습을 보여주어야 할까. 밤이면 잠 못 드는 그가 안쓰러울 뿐이다. 늦은 밤 처소에 홀로 남은 월랑이 저녁을 거른지 오래도록 깊은 시련에 빠져있다. 칠선 씨 그가 나를 두고 떠나게 된다면 나는 어찌 처신을 해야 하는 걸까. 눈물로 호소하는 것은 한계가 있을 것이리라. 애원하며 붙잡을 수도 없다. 홀몸으로 왔다. 툭툭 털고 부담 없이 돌아설 수 있지 않은가. 만일 그가 말없이 나 모르게 떠난다면 웃음거리가 되어버린 나의 모습을 어떻게 남들에게 비출 수 있단 말인가. 한숨을 내쉰 월랑이 지난날 염칠선과의 첫날밤을 떠올려본다.

전도수를 물리치고 나의 원한을 갚아준 그에게 스스로 안기던

날 밤 화랑 언니의 마음이 아니었더라도 남편의 복수를 해주는 사람이라면 그에게 안길 것이라고 마음먹지 않았는가? 너무도 좋았던 첫날밤의 사랑은 지금까지도 이어지지 않는가. 내 만일 그와 헤어진다 해도 내 스스로 추한 모습을 그에게 보이지 않으리라.

　장사꾼들을 상대로 행패를 부리던 무뢰배들을 몰아내고 돌아온 변금호가 도박장 후당에서 염칠선과 마주한다. 변금호의 노고를 치하하는 염칠선. 난전이 나날이 커져간다고 변금호 역시 장날이면 발 디딜 틈 없다고 청초림 난전의 번창을 화제 삼는다. 저잣거리, 상점과 달리 장세를 내면 누구나 쉽게 물건을 팔 수 있는 난전은 상점과 달리 이문을 많이 남기지 않는다. 난전에 질서만 잡아준다면 손님이 들끓기 마련이라 난전은 번창할 수밖에 없다. 도박장역시 장날이 되면 대낮부터 투전꾼들이 모여든다. 때에 따라 싸움이 벌어지기도 한다. 도박이 벌어지는 동안은 한순간도 도박장의판세를 놓쳐서는 안 될 일. 순번을 정해 단원들이 판을 주시한다.

　변금호에게 모든 것을 맡기고 난 염칠선이 도박장을 벗어나 백사장을 가로질러 강가로 가서 장강을 한참 올려다본 뒤 몸을 돌려끝없이 이어지는 강줄기를 내려다본다. 넓고도 끝이 안 보이는 장강의 크고도 웅장한 모습 앞에 자신을 생각해보는 염칠선. 어느 순간 자신의 모습이 초라하다는 생각에 마음이 착잡해 진다. 내가 행복하고 나의 뜻을 모두 펼친다 해도 업을 쌓을 수밖에 없는 처지. 나의 인생 말로에는 스승 노도천처럼 자신을 좋아했던 여인을 물리치고 초라하고도 비참한 최후를 맛볼 것이라고 더는 생각지 못하는 염칠선은 온몸에 힘이 빠지는 것만 같다. 처음과 달리 이곳 청초림과 서원장이 싫어진다. 처음의 약속을 지킬 수만 있다면 남은 인생은 편히살 수 있다던 노승의 말을 생각한다면 더는 죄를 지어서는 안 될 일 그렇다면…. 한참 무언가 생각하던 염칠선이 고개를 들어 하늘을 보며 탄식을 한다.

'아! 내가 몹쓸 짓을 하였구나. 몸이 안 좋은 홍매와 두원은 어떻게 살아가고 있는지.'

방노수와 그의 아내가 많이 도와 줄 것이라 하나 매우 어려운 생활을 하고 있을 것이다. 돌아오지 않는 나를 무척이나 원망할 것이다. 내 더 이상 업을 쌓지 않기 위해 홍매와 처음 약속을 지키러 봉하촌으로 돌아갈 것이다. 내 이곳 강주 땅을 떠나는 것이 무엇이 어려울 것인가. 내 이 한 몸 떠나면 그만일 것을. 그렇다고 아무 말 없이 도망을 치듯이 떠날 순 없다. 월랑에게 지금 나의 모든 심정을 진실하게 밝힌다면 나를 보내 줄 것이다.

학당에서 돌아온 두원은 자신도 모르게 어머니에 방문을 열어 본다. 텅 비어 있는 방 어느 누가 있겠는가. 무언가 막막해 오는 마음에 도로 방문을 닫는 두원. 혼자만이 남아있는 집은 쓸쓸하다 못해 처량해 보일 뿐이다. 이번엔 자신의 방문을 열어 보는 두원의 방 안으로는 삶은 고구마와 감자를 담은 작은 소쿠리가 보인다. 오늘도 분례가 찾아 왔다는 것을 알 수 있다. 잠시 막막했던 마음이 걷어진다. 분례가 나를 좋아하는 것을 알 수 있다. 나에게 소꿉친구이자 언제나 나의 각시가 되어주던 분례. 다 큰 처녀가 되어서도 우리 집을 찾아 어머니의 말동무가 되어주는 분례. 고구마 하나를 입에 물고 자신의 각시가 되어 있는 분례를 상상해 본다. 잠시 웃음을 보이던 두원이 다시 막막해오는 답답한 마음에 어머니 없이 이곳에서 이렇게 살아야만 하는 것일까 생각해본다.

삶의 목표를 잃어버린 듯이 허전하고도 무의미한 생활로 점철된 일상. 병철이 아버지가 술 취해 하던 말이 생각난다. 장강을 내려가 아버지를 한번 찾아보라는 말이…. 나 어릴 적 아버지를 닮지 않았다고 장에서 주워 왔다고 놀려대던 병철이 아버지. 봉화촌에 어느 누구보다도 세상을 두루 돌아다니시던 분 묵철의 말을 떠올리던 두원. 어느 순간 자신도 한번 넓은 세상을 보아야겠다고 생각한다. 아버지의 행방도 찾을 겸, 큰 나무에서 그늘을 벗어난다는 것은 어려운 일이라 하나 조금만 더 노력을 한다면 학당을 이끌어가는 것은 그리 어렵지 않을 것이다. 아버지와도 같은 스승님께서 이루어 놓으신 업적. 나에게 모든 것을 물려주고 맡기신 스승님. 학문은 배울수록 어렵다고, 약속은 꼭 지켜야한다고 우리에게 학업을 독려하던 스승님의 모습이 지금도 눈앞에 아련하다.

부모 모두 곁을 떠난 두원이 조금만 더 학문에 정진을 한다면 크게 성공을 하련만. 닮지 않은 닮은꼴이 아비의 뒤를 이어 세상을 넓게 보겠다고 봉화촌을 떠나려는 젊은 청춘. 마음을 내어 이를 모를 리 있으리. 두원에게 무술을 가르치던 염칠선 그가 예사로운 사람이 아니었다는 것을 나는 처음부터 알고 있었다. 송하강 방화 살인사건, 거부 진원산의 이야기를 송하강에 사는 사람들은 모르는 이가 없다. 온몸을 적셔가며 두지천을 거슬러온 청춘 남녀의 모습이 지금도 나의 기억에는 생생할 뿐이다. 그들이 송하강 사건에 연류되었을 거라는 의심을 떨치지 못할 것이다.

그들에게 아무것도 묻지 말라던 스승님 또한 이를 모를 리 없다. 홍매와 염칠선 그들은 지난날 송하강 살인사건에 어디까지 개입을 한 것인지 왜 도적패들과 함께 떠나지 못한 것인지. 준수한 용모, 과묵한 인상, 그리고 너무도 고왔던 앳된 소녀의 모습. 그동안 소문이 무성했던 송하강 삼봉협에서 벌어졌던 일들을 그들은 알고 있을 것이다. 병든 아내를 끝까지 지켜주지 못한 무정한 사나이. 연정으로 이들을 배려했던 스승님, 염칠선 그는 꼭 돌아올 것이라는 말씀하지 않았는가.

세월과 함께 잊혀져 갈 것이라는 것이 안타깝기만. 초연각 점주 정표가 열화당으로 들어서 장문원에게 급보를 전한다. 문호를 찾았다는 정표의 소식에 크게 기뻐하는 장문원, 모든 것을 정리하고 두천으로 가겠다고 하고 형님의 소식을 들은 문호가 눈물을 흘리며 꼭 형님 곁으로 가겠다고 한다. 동생 금희는 소식이 두절된 지 오래 되었다고 한다. 정표가 돌아가자 열화당 안실에서 눈시울을 붉히는 장문원이 가슴이 북받쳐온다. 그동안 얼마나 그리던 동생들이었던가. 너무도 보고 싶었던 동생들… 욕심 같아선 금희마저 찾아올 수 있다면. 동생들이 이곳 두천에서 성공한 나를 보면 무척이나 기뻐했을 텐데. 기다려 보기로 하자. 기회는 또다시 찾아올 것이다.
나의 예상대로 나의 양자가 되어준 곽상도가 문호와 함께 나한테는 큰 힘이 되어줄 것이다. 어느 누구보다도 믿을 수 있지 않은가. 내가 시키는 일은 무조건 다할 것이다. 내 꼭 채주자리에 올라 두천 땅을 호령하리라.

오늘은 떠나기로 마음을 굳혔다. 번길재가 올 시간이 되었다. 그에게 어떻게 작별을 고할까. 뭐라고 말을 해야 할까. 서원장을 떠 난다면 나를 막아설 것이다. 한참을 서성이던 염칠선은 고민이 깊 어진다. 한참을 생각하던 끝에 서신을 남기고 떠나는 것이 나을 것이다. 그가 지금 나의 심정을 어찌 다 알겠는가? 내가 남긴 글을 읽고 난 후에는 나의 마음을 조금은 이해하지 않을까?

한참 후 탁문표와 번길재를 청초림에 남겨두고 말 위에 오르는 염칠선은 그들이 또다시 만날 수 없는 좋은 사람들이었고 오랫동 안 잊혀지지 않을 거라는 생각을 한다. 청초림을 뒤로 하고 서원 장으로 향해 염칠선이 얼마나 달렸을까, 오늘 마지막이라고 보았 던 번길재의 모습이 떠오른다. 처음 마주하던 번길재, 큰 키에 다 부진 몸매, 침착한 행동, 나는 그날 그가 엄청난 고수라는 것을 알 수 있었다.

서원장 연무장에서의 배려와 호의로서 진심을 다해주던 벗 번 길재, 그와 같은 사람을 또다시 만난다는 것은 결코 쉬운 일이 아 닐 것이다. 서원장으로 돌아와 수하들과 헤어져 처소로 들어서는 염칠선. 방안에는 아무런 인기척이 없다. 월랑은 여화랑과 함께 있을 것이라 짐작해본다. 준비해 두었던 것을 품에서 꺼내 탁자 위에 내려놓는다. 청명검을 찾아 밖으로 나온 염칠선은 열화당으 로 정수 아범을 찾아 청명검을 건넨다. 검을 받아 들고 뜻을 몰라 하는 정수 아범을 두고 돌아서는 염칠선은 포구로 향한다.

수하와 함께 객점을 둘러보고 난 번길재가 아침나절에 보았던 염칠선의 모습이 조금은 이상하다고 생각된다. 늘 상대하던 그의 모습 답지 않게 나를 뚫어져라 쳐다보던 얼굴이 예사롭지 않아 보 였다. 마치 나에게 무슨 미안한 일이라도 있는듯한 표정을 보여주던 염칠선, 덕승사의 일이 있은 후 나는 그에게 말을 조심하지 않았는가. 스스럼없이 내가 한 말에 심적인 부담을 느끼지 않았을까 걱정을 한 것이 나의 진심이 아니었던가. 마음이 넓고 과묵한 사람이라 하지만 자식이 없는 그에게는 치명적인 아픔이 아니겠는가. 부부 사이는 원만하였다고 아내가 말하지 않았는가. 수년이 지난 사랑 속에서도 결실을 보지 못한 부부의 다음 일은 아무도 모를 일일 것이다.

탁문표와 번길재가 마주한 도박장 안실로 서원장으로부터 급보가 날아든다. 숨이 턱 밑까지 차오른 변금호가 입을 연다.

"장주님 장 사범께서 청명검을 반납하고 서원장을 나가 종적을 감추었습니다. 아무래도 심상치 않은 일인 듯하옵니다."

뜻하지 않은 급보에 놀란 두 사람 서로 얼굴을 마주한다. 그리고 번길재가 조심스레 입을 연다.

"아니 장주님, 장 사범이 청명검을 반납했다면 그가 떠난 것이 아닐런지요?"

번길재의 말에 당황하는 모습을 보이는 탁문표.

"번 사범 그럴 리가. 우리 매제가 그렇게 말없이 떠날 사람이 아니오. 어허 이게 대체 어떻게 된 일인가. 이게 사실이라면 내 이렇게 앉아만 있을 수 없는 일."

"장주님 제가 한번 가보겠습니다."

번길재의 말에 다급히 손사래를 치는 탁문표.

"아니오 번 사범은 이곳 청초림을 지켜야할 사람이오."

급히 말을 몰아가는 탁문표는 서원장을 향해 질주를 한다. 탁문표가 청초림을 떠나고 변금호와 마주앉은 번길재는 염칠선이 떠났다는 생각을 지울 수 없다. 만일 그가 떠나고 영영 돌아오지 않는다면 이곳 청초림을 내 어찌 혼자 힘으로…. 그때 후당에서 나오는 수하가 번길재에게,

"사범님, 장 사범님 거처에 이것이 놓여져 있었습니다."

순간 아찔해오는 마음. 서신을 펼친 번길재는 갑자기 온몸에 힘이 빠진다. 끝내 눈을 감고 마는 번길재는 염칠선이 남기고 간 글을 읽고 난 후 월랑이 우려했던 일이 눈앞에 펼쳐져 있다고 생각한다.

오고야 말았다. 결실 없는 사랑의 종말이 어느 정도는 예상을 했다지만 너무도 빨리 온 것만 같았다. 괴로웠던 그의 심정을 잠 못드는 모습에서 알 수 있었지 않은가. 진정으로 사랑했다고, 내가 싫지 않았다고, 나와 불태운 사랑은 정열적이고도 고귀한 사랑이었노라고, 슬픈 추억으로 가슴 속에 남아 있을 거라고. 더 이상 업을 쌓을 수 없다는 칠선씨, 내 기꺼이 그를 보낼 것이다. 우리에게 사랑은 더 이상의 슬픔이 없을 것이다. 굳은 마음을 먹는 월랑, 지난 날 염칠선과의 뜨거웠던 사랑의 기억을 하나하나씩 더듬어본다.

서원장 가택으로 들어선 탁문표 탁자 위에 놓여진 청명검을 보고 탄식을 한다. 아, 장칠선 그가 떠난 것이 틀림없다. 언제 보아도 과묵한 성격의 살수. 한번 마음먹은 그의 결심은 다시 돌이킬 수 없을 것이다. 탁문표는 청명검을 빼어본다. 푸르른 광채, 엷은 칼날, 할아버지께서 많은 돈을 들여 사들인 검이다. 내 강주 성주를 꿈꾸어 보았건만 나의 꿈이 모두 무너져 내리는 것만 같다. 떠난 그를 막을 순 없다지만 내 그를 빈손으로 보낼 순 없지 않은가. 내 그에게 나의 성의를 보여야 할 것이다.

뱃전에 누워 하늘을 바라보는 염칠선, 지난날 강주땅을 처음 밟

았을 때를 생각해본다. 마음먹었던 것과 달리 뜻대로 되지 않던 일. 세상이 순탄치만은 않다는 것을 알았다. 그것도 잠시 변금호를 혼내고, 번길재와 탁문표, 서진표을 만나 전도수와 목숨을 건 일전을 치르고, 월랑을 얻어 꿈같은 세월을 보낸 이곳 강주에서 있었던 일을 오랫동안 기억할 것이다. 당연포행 소금배가 돛을 올린다. 포구를 나서는 돛단배, 떠나는 아쉬움에서일까 강주땅을 뒤돌아보는 염칠선. 그때 멀리 백마를 필두로 적갈색 말 두 필이 눈에 들어온다.

앞선 이는 탁문표가 분명하다. 붉은 옷은 월랑이라 짐작해보는 염칠선이다. 말에서 내려 선착장으로 뛰어드는 탁문표가 돛단배를 향해 소리를 지른다.

"이보시오 장 사범, 잠시 배를 돌리시오. 내 할 말이 있소이다. 내 장 사범을 그냥은 보낼 수 없소이다."

연속적으로 들려오는 탁문표의 외침. 이를 보고도 외면하려는 듯이 말없이 뱃전에 서 있는 염칠선. 이를 멀리서 보며 하얀 손수건을 흔들어 대는 월랑. 아무런 모습을 보이지 않는 염칠선을 보며 야속한 사람이라고, 어느 순간 그녀의 눈가엔 서글픔이 가득해진다. 한참을 말없이 뱃전에 서있는 염칠선은 애타는 월랑의 마음을 알기라도 한 것일까 월랑을 향해 손을 높이 들어 흔들어준다. 이를 본 월랑의 두 눈가에 참았던 눈물이 흘러내린다.

강주를 떠난 지 엿새 만에 도착한 당연포. 움푹 들어선 포구의 수려한 산세를 배경으로 빼어난 경관을 자랑한다. 전에 홍매를 찾아 이곳에 온 것이 벌써 이십 년이 다 되어가지 않는가. 다시 찾은 당연포구 곳곳을 들러보던 염칠선은 세상에 이보다 더 아름다운 포구는 없을 것이라 생각한다. 포구를 빠져나와 객점에 여장을 풀고 다시 포구로 영산포행 배편을 알아보았으나 끝내 영산포로 가는 배편을 구하지 못했다. 날은 저물어가고 포구를 나와 저잣거리 반점으로 향하는 염칠선, 이를 멀리서 지켜보던 사나이의 큰 눈이 번뜩인다.

반점으로 들어간 염칠선은 저녁 요깃 거리와 술 한 병을 시킨다. 주문을 받으러 온 꼽추 사내는 주문을 받고서도 염칠선을 한참 들여다본다. 음식과 술을 가져다 놓으면서도 염칠선의 모습을 유심히 살피는 꼽추 사내. 염칠선은 꼽추의 행동이 거슬린다 하나 달리 도리가 없다. 술이 한 병 비워지자 가족들 생각이 난다. 근 오년만에 돌아온 나를 반겨줄 것인지 아니면 나를 원망의 눈초리로 바라볼 것인지 걱정이 들지 않을 수 없다. 남은 술을 비운 염칠선은 술 한 병을 더 시켜 한잔 또 한잔을 마시고 잔을 내려놓는다. 염칠선은 가족들 볼 면목이 없다 하나 자신이 돌아가야 할 곳이 아닌가. 걱정은 뒷전 아까 보았던 상점의 신발, 두원과 홍매의 것 하나씩 사야겠다고 마음먹는다. 계산을 하고 반점을 나서자 날이 많이 어두워졌다.

객점으로 향하는 염칠선은 십자로를 벗어나 조금 걸었을까 마주 오는 사내의 어깨에 그물을 둘러메고 있다. 어부라 생각해보는 염칠선. 마주 오는 사내를 지나쳐서 서너 걸음 걸었을까 난데없이 덮쳐오는 그물에 이어 오랏줄이 엮어진다. 순식간에 그물에 포박된 장칠선이 크게 놀란다. 아니 대체 왠 놈들이길래 나를 이리 묶어 놓는단 말인가. 무리 중 덩치가 커 보이는 자가 나서며,

"네 이놈, 네 나를 알아보겠느냐. 나는 왕눈이라 불리는 석호진이

니라."

아, 왕눈이 이곳은 당연포 그렇다면 그때 그가 아닌가. 석호진에
이어 이번에는 깡마른 사내가 나와 외친다.

"네 이놈 장칠선 나 수달이를 모른다 하지는 못할 것이다. 이 도
적놈, 네가 감히 이곳 당연포에 다시 나타나다니 간땡이가 단단히
부은 놈이로구나."

수달의 말에 크게 당황하는 염칠선. 아 내가 방심을 했다. 이곳
당연포는 왕눈이와 수달의 고향이 아닌가. 내가 조심했어야 할 일
때는 늦었다. 왕눈이 다시 나서 염칠선을 꾸짖는다.

"장칠선 네 이놈, 네가 이 당연포에서 우리들의 눈을 피할 줄 알
았더냐. 내 너를 관아에 끌고가 죄를 묻게 할 것이다. 네놈 역시
지난날 삼봉협에서 진원산을 불태워 죽인 도적떼들과 한 패일 것
이다."

석호진의 말에 또다시 당황하는 염칠선은 자신의 가명까지 기
억하고 있는 이들을 쉽게 벗어날 수 없을 것이리라. 아, 이십 년이
지난 일이 아닌가. 왕눈과 수달은 마치 나를 오랫동안 기다렸다는
듯이 행동을 하고 있다. 이럴 수가, 생각하지도 않은 일이 벌어지
고 있다. 지금 이대로 관가에 끌려간다면 나는 죽은 목숨이 아닌
가. 이를 어찌 해야 한단 말인가. 왕눈과 수달의 무리들에 이끌려
광속에 갇히고 마는 염칠선. 광문을 닫고 돌아서는 무리를 기다렸
다는 듯이 막아서는 곱추 사내. 이를 본 왕눈이 나서 의아한 표정
을 짓는다.

"아니 반점 영감님께서는 웬일이슈."

"이보시게 왕눈이, 대체 무슨 일이길래 그물을 씌어 사람을 다

묶어 놓나."

꼽추의 말에 어이없다는 듯 대꾸를 하는 왕눈이.

"아니 지금 영감님께서는 그 일이 궁금해서 여기까지 따라온 것이오. 내 오늘 큰 도적놈을 하나 잡았소. 내일 날이 밝으면 도적놈을 관아로 끌고 갈 것이오."

왕눈의 말이 끝나자 수달과 함께 그를 따라 불러 세워 무언가 이야기를 하던 꼽추 사내. 잠시 후 두 사람과 함께 자신의 반점으로 향한다. 반점으로 들어선 꼽추는 점원에게 문을 닫아걸라고 지시를 한다. 술상이 차려지고 술잔이 몇 번 오르내리고 나서야 왕눈과 수달에게 무언가 제안을 하는 꼽추. 서로의 얼굴을 쳐다보던 왕눈과 수달은 어느 순간에 이르러 흔쾌히 꼽추의 제안을 받아들인다. 잠시 안채에 들어갔다 나온 꼽추 사내는 작은 주머니 하나를 왕눈과 수달 앞에 내어놓는다. 주머니를 열어 내용물을 확인한 두 사람이 염칠선이 갇혀있는 광문 열쇠를 꼽추에게 건넨다. 광문이 열린다. 등불을 들고 누군가 들어온다. 이어 광문을 닫는 꼽추다.

반점에서 보았던 그가 틀림없다. 꼽추 사내가 등불을 비춰 염칠선을 훑어본다. 등불 뒤로 무섭게만 보이는 꼽추의 얼굴에 긴장하는 염칠선. 왕눈과 수달은 보이지 않고 생각지 않은 꼽추의 출현. 도대체 이자가 나한테 무슨 짓을 하려는 걸까. 나를 산채로 제물로 삼으려는 듯한 얼굴이 무섭기만 하다.

들고 있던 등불을 내려놓고 칼을 꺼내들고 염칠선에게 다가가는 꼽추 사내를 본 염칠선이 기겁을 한다. 아, 저 꼽추놈이 나를 잡아 만두 속을 만들려고 하는 것이로구나. 아 내가 여기서 꼼짝없이 죽고 마는구나. 염칠선에게 다가온 꼽추는 그물을 찢어 염칠선의 얼굴을 드러내 놓았다. 되돌아선 그가 등불 옆에 있던 빈 궤짝에 걸터 앉아 잔뜩 굳어있는 얼굴의 염칠선을 향해 입을 연다.

"네 이놈 나를 모르겠느냐."

생각했던 것보다 위엄있는 말투, 아니 이 꼽추 놈이 대체 무엇이 길래 나에게 고자세를 취한단 말인가. 다시 이어지는 꼽추에 고함 소리,

"네 이놈 네가 정녕 나를 모른단 말이냐. 네 성을 바꾸었으면 이름도 바꾸어야지. 네 재주가 그것 밖에는 안 되느냐. 그러고도 네 놈이 두천제일검이라고."

'아니, 이럴 수가. 지금 저 꼽추 놈이 나를 알고 있지 않은가. 도 대체 저 꼽추 놈이 어디서 무얼 하던 놈이길래.' 자신을 감출 필요 가 없다 생각하는 염칠선이 입을 연다.

"아니 대체 누구길래 나를 알고 있는 거요."

"어허 이놈이 아직도 나를 모른다니."

"모르겠소. 나와는 일면식도 없는 것 같소."

고자세를 취하던 꼽추가 잠시 태도를 수구린다.

"꼴 좋다. 술 한 잔에 취해 그물을 다 뒤집어쓰고. 네 그러고도 영웅호걸이라 칭하며 양산박에 가겠다고."

꼽추의 말이 끝나자 귀가 번쩍 뜨이는 염칠선. 아 그가 틀림없 다. 거드름을 피며 내뱉는 말투 초연각의 부엉이가 틀림없다. 꼽 추를 쳐다보는 염칠선, 아 그렇다면 저 꼽추가 설마 전풍이란 말 인가. 어안이 벙벙한 모습의 염칠선을 보며 낄낄 웃는 곱사등 사 내는 염칠선을 향해 다시 말을 내뱉는다.

"이제야 네놈이 이 어르신을 알아보는구나."

전풍이 염칠선의 오랏줄을 풀어준다. 웃고 있는 전풍을 바라보는 염칠선은 이것이 꿈인가 생신가 분간이 안 된다. 마주한 염칠선의 두 손을 잡는 전풍.

"이보게 염칠선, 살아 있었구만. 다시는 못 볼 줄 알았던 자네가 지금 내 앞에 있다는 것이 꿈만 같구만. 용성촌 나루터를 떠나 당연포로 가던 자네와 이별이 이렇게까지 길어질 줄 뉘 알았겠는가."

전풍과 맞잡은 손을 놓지 못하는 염칠선이 고개를 떨구며 흐느낀다. 태연한 척 애를 쓰는 전풍이 또다시 낄낄거리며 거드름 피운다.

"어허 이 사람이 눈물이 흔해서야 어디 큰일을 하겠나."

그칠 줄 모르고 흐느끼는 염칠선의 눈물은 하염없이 흘러내린다. 이를 보고만 있던 전풍이 염칠선과 맞잡은 손을 놓는다. 그리고 돌아앉는다. 어느 순간엔가 우정 섞인 설움의 눈물을 쏟아낸다.

해가 중천에 이르러서야 잠에서 깨어난 염칠선은 어제의 일들을 생각해본다. 생각지도 않았던 왕눈과 수달, 모든 것을 잃었다 할 전풍의 몰골, 아니 만난 것만 못하지 않은가. 청풍단 시절 나의 유일한 친구라 할 전풍, 젊은 나이에도 세상을 꿰뚫어보는 통찰력은 천하제일의 모사라 할 장문원에게 뒤지지 않는다며 큰소리를 치던 모습이 지금도 나의 기억에는 생생히 남아 있지 않는가. 펼치지 못한 그의 재주가 참으로 아까울 뿐이다.

정표를 따라 안채로 들어선 염칠선에게 자리를 권하는 전풍 내외. 아침 겸 점심을 먹고 나자 전풍의 처가 차를 내오고 자리를 비켜준다. 잠시 집안을 훑어보던 염칠선이 감탄을 한다. 이를 놓치지 않은 전풍의 일그러진 얼굴에서는 웃음이 흐른다. 옆에 앉은 정표를 한번 쳐다 보고나서 염칠선을 향해,

"이보시게 강주제일검 대장부의 살림살이가 이 정도는 되야 하지 않을까."

전풍의 말에 놀라는 표정을 짓는 염칠선은 자신도 모르게 말을 내뱉는다.

"아니 내가 거기까지는 이야기를 하지 않았을 텐데. 어떻게 자네가…."

염칠선의 말에 낄낄 웃어대는 전풍과 정표 역시 당연하다는 듯이 웃음으로 동참을 한다. 굽은 허리를 들어 올리며 거들먹거리는 전풍이 다시 말한다.

"여기 이 몸이 누구인가. 초연각의 부엉이라고 들어 봤는가. 그리고 여기는 어딘가. 수많은 나그네들이 오가는 곳이야. 세상에서 벌어지는 일들을 모두 들을 수 있지. 장칠선 그대는 나의 눈을 피해 갈 수 없지."

듣고 있던 염칠선이 장칠선이란 말에 크게 웃는다. 이를 보고 더욱 낄낄대는 전풍을 보며 정표도 크게 웃는다. 전풍을 보며 두 손을 다 들었다는듯 허탈한 표정을 짓는 염칠선이 전풍을 향해,

"내 자네의 말에 탄복을 했네. 자네야말로 사나이 대장부로서 부족한 것 하나 없는 사람이라 생각하네. 곁에는 든든한 정표가 있고 나는 자네가 부러울 뿐이네."

엇갈린 여로(旅路)

염칠선이 떠난 선착장에 주저앉은 전풍은 염칠선의 도움을 받을 수 없다는 것이 안타까울 뿐이다. 더 이상 업보를 쌓아서는 아니 된다고 괴로워하던 그에게 어찌 나의 마음을 전하리. 기다리고 있을 홍매와 아들을 위해 봉화촌으로 꼭 돌아가야 한다는 염칠선. 몸이 안 좋아졌다는 홍매가 전의 모습은 찾아볼 수 없다고 한숨을 내쉬던 염칠선.

홍매, 참으로 고왔다. 초연각의 보물이라며 심연과 함께 늘 칭찬하던 마천웅이 공연이 있을 때마다 뭇 사내들의 넋을 빼놓던 미색의 소녀 홍매에겐 참으로 안 된 일이다. 연약한 소녀를 이용하고 끝내는 죽음으로 내몰려는 장문원과 청풍단. 나 역시 삼봉협에서 벌어진 일에 관여했다. 하나 이들의 행동은 용서할 수 없는 일이다. 염칠선의 도움을 받을 수 없다 하나 복수는 나의 일, 어차피 그가 없어도 행할 일이 아니었던가. 염칠선을 떠나보낸 전풍의 두 눈은 복수심에 불타오른다.

준비해 두었던 것을 모두 챙기고 영산포로 향하는 두원. 동구밖을 벗어나 뒤돌아본 고향집. 생각했던 대로 분례가 봉화촌을 떠나는 나를 못내 아쉬워한다. 되돌아볼수록 멀어지기만 하는 분례의 모습. 배에 오른 두원은 분례의 모습이 쉽게 잊혀지지 않는다. 참으로 좋은 아이라고 분례를 칭찬하던 어머니의 모습이 생각난다. 어느 누구보다도 분례의 말을 많이 하시던 어머니. 내게는 늘 분례를 칭찬하는 모습을 보이셨다.

부부로 보이는 이들이 배에 오른다. 여인의 손을 잡아 당겨주는 사내. 여인의 얼굴에는 웃음이 가득하고 사내 역시 웃는 모습으로 여인의 말을 모두 받아준다. 뱃전에 앉아서도 끊임없이 이어지는 부부간에 담소는 그침이 없다. 두원이 지난날 아버지와 어머니의 모습을 그려본다. 말수가 적은 아버지와 이를 어렵게만 대하던 어머니는 사소한 다툼 한 번 없었다. 부모님과 상반된 모습을 보여주는 부부가 무척이나 금슬이 좋아 보인다.

어머니의 죽음을 까맣게도 모르고 있을 아버지. 수도 없이 원망했지만 살아만 계신다면 좋으련만. 일단은 당연포에서 배를 갈아타고 장강으로 한번 내려가보는 것이 상책일 것이다. 객주집을 나와 배에 오른 두원. 이틀을 함께했던 부부가 보이지 않는다. 그들을 대신이라도 하듯이 부부 한 쌍이 아이와 함께 배에 오른다. 그들 역시 자신의 부모와 달라 보이는 행동에 갑자기 마음이 심란해 온다.

아버지가 집을 나갈 때까지 함께 웃는 부모님의 모습을 거의 보지 못하지 않았나. 어머니를 향해 큰 소리는커녕 작은 소리조차 잘 내지 않던 아버지. 밤낮으로 지겹다는 말을 수없이 해대는 병철 어머니의 모습을 어머니한테서는 조금도 찾을 수 없었다. 병철 아버지와 달리 아버지는 일을 열심히 하셨다. 동네 모든 사람들이 칭찬을 하지 않았나. 부부 사이를 오가며 마냥 즐거워하는 동심을 보던 두원, 무언가 허전한 마음이 드리운다.

남풍이 시원찮게 불어온다. 벌써 사흘째다. 지금 이대로라면 또 다시 사흘이나 걸릴 뱃길이 아닌가. 전풍을 생각해본다. 장문원에 쫓겨 황병산 낭떠러지로 떨어져 사냥꾼들의 도움을 받아 구사일생으로 살아난 초연각의 부엉이. 남과는 비교할 수 없는 처세술, 어느 누구보다도 세상을 넓게 멀리 내다보는 통찰력, 그가 비록 많은 것을 잃었다 하나 세상 살아가는 데 있어 아무런 장애가 없을 것이다. 믿음직스러운 의동생 정표를 그에게 얹어놓고 생각을 한다면 내 무엇을 걱정하리. 아니 그보다 지금 나의 처지가 걱정될 뿐이다. 내 이대로 봉화촌으로 들어선다면 동네 사람들이 예전처럼 나를 대해줄 것인가. 가족들은 그렇다 치더라도 선생님과 노수형을 볼 면목 또한 걱정하지 않을 수 없다.

　애정 없이 이어져온 가정생활이라지만 그 흔한 아이 하나 점지해 주지 않은 하늘의 뜻을 오늘날에야 알지 않았나. 나를 바라보지 못하던 불쌍한 홍매….

　그에게서 열정적인 사랑을 얻을 수 없다는 것은 너무도 당연한 일. 뜨거웠던 열정이라 하나 영원하지 않고 쾌락은 길지 않은 순간일 뿐이다. 번뇌의 고통은 길게 이어져 죽음으로서야 벗어날 수 있는 일. 내 노도천의 전철을 밟지 않을 것이다. 홍매와 처음에 한 약속을 꼭 지킬 것이다.

　멀리 송하강을 내려오는 돛배가 보인다. 배를 바라보던 염칠선은 심란한 마음을 드러내 보인다. 저마다 사연을 싣고 오가는 배들, 기쁘고 슬픈 이들의 마음과 심정을 말없이 흐르는 송하강만은 알고 있지 않을까. 내 다시는 배를 탈 일이 없을 것이다. 배가 다가온다. 사람들과 짐으로 가득 차 있다. 배가 지나치며 선미 쪽에서 누군가가 외쳐댄다.

"어데서 오는 배요."

"당연포요."

"그 배는 어디로 가는 거요."

이번에는 선미에 있던 사공이 답한다.

"예, 천하절경 당연포 포구로 갑니다."

사공의 말이 끝나자 모두들 좋아라 한다. 조용히 웃음 짓던 염칠선은 당연포에서 만났던 왕눈이 생각이 난다. 수달과 함께 청풍단원들에게 속아 배를 놓치고 떠나버린 진원산의 행방을 찾으려 허둥대던 모습. 진원산의 조카라며 접근을 하고 진원산을 쫓아 쌍봉협에 이르러 불타는 배에 올라 홍매를 끌어내고 이를 내치던 왕눈이를 전풍과 함께 다시 만난다는 것은 전혀 예상치 못한 일이 아닌가. 당연포로 떠난 나를 다시 만날 수 있지 않을까 하는 마음에 정표와 함께 당연포에 정착을 하였다는 전풍, 그를 만난 것이 지금도 꿈만 같다. 뱃전에 일어나 멀어져가는 배와 송하강을 내려다본다.

말로만 듣던 당연포는 소문 그대로 엄청난 경관을 자랑한다. 아늑하고 포근해 보이는 포구 뒤로는 웅장한 산세가 천하제일의 비경이라 배에서 내리는 사람들마다 모두 감탄을 한다. 그때 등짐을 지고 내리는 사내 장사치로 보이는 이가 나서 한마디 내뱉는다. 이곳 당연포가 아름답다 하나 어디 봉선사 등축제에 비하리오! 모두들 등짐 진 사내를 주시한다. 모든 이의 시선을 받던 사내가 다시 입을 연다.

"두천 봉선사를 보지 않은 이는 모를 것이오. 지금 이곳을 어디 봉선사에 비할 수 있다 말이오. 지금쯤 등축제가 시작되었을 것이오."

두원은 장광설을 늘어놓는 장사꾼의 말에 전에 어머니가 하던 말이 생각난다. 아니 지금 저 사람이 어머니가 가끔 말하던 봉선사 등축제를 말하는 것이 아닌가. 참으로 아름다운 곳이라는 어머니 말에 분례도 꼭 한번 가봐야겠다고 말하지 않았나. 몸이 좋지 않으셨던 어머니, 봉선사에 다시 가고픈 마음이 간절하였을 것이다. 나에게 효도 한번 제대로 받지 못하고 돌아가신 어머니…. 저세상에서나마 마음 편히 계시기를 바랄 뿐이다.

　이틀이나 기다렸으나 장강을 내려가는 배편을 구할 수 없다. 간혹 배편이 있다. 하나 밤에도 운항을 하는 화물선이 사람을 더 태울 수 없다고 거절하기 일쑤다. 일이 순조롭지 않다고 생각하는 두원은 앞으로의 일들을 생각해본다. 언제까지나 기다려야 하는 것일까. 병철이 아버지 말대로 내가 장강으로 내려가야만 하는 일일까. 다시 한번 포구를 돌아보는 두원, 출항을 앞둔 배 한 척이 눈에 들어온다. 그리 많은 짐이 실려 있지 않다. 여행객 또한 자리가 넉넉해 보인다. 물어나 보자 어디로 가는 배인지. 두원은 사공으로 보이는 이를 찾아 묻는다.

　"어디로 가는 뱁니까?"

　"두천이요."

　두원의 말에 짧은 한마디 말을 내뱉은 사공이 돛을 고정시킨다.

　순간 두천이라는 사공의 말에 두원은,

　'두천이라면 봉선사 등축제와 어머니 아버지의 고향이 아닌가. 혹시 아버지가 그곳에 계실지도 모른다. 내 굳이 배편도 없고 장강에 없을지도 모를 아버지를 찾으러 내려갈 필요가 있겠는가. 천하제일경이라는 봉선사 등축제도 확인해보리라.'

영산포라는 그리 크지 않은 포구가 멀리 보인다. 오늘밤 그리 늦지 않게 봉화촌에 들어설 수 있을 것이다. 그동안 홍매와 못다한 사랑, 이제부터는 내가 이끌어 가리라. 못해준 건 없다 하나 두원을 더욱 사랑하리라. 왕옥겸과 방노수를 만나면 고개를 숙일 것이다. 다시 기회가 된다면 학문에도 정진을 다하리. 영산포구를 한참 벗어나자 날이 저물어온다. 걸음을 재촉하는 염칠선, 영산촌을 벗어나자 달빛이 훤히 비쳐온다. 큰길을 벗어나 한참이나 들길을 걷고 농로 길로 접어들자 더욱 밝아오는 달빛, 봉화촌도 이제 멀지 않았다. 여유있는 발걸음으로 밤하늘에 밝은 달을 올려다보는 염칠선. 멀어져간 봉선사의 옛 추억을 더듬어본다.

봉선사 등축제를 구경하고 돌아가던 홍매는 뜻하지 않게 다리를 다쳐 걷지를 못한다. 초연각 무희들을 호위하던 내가 홍매를 업을 수밖에. 초연각 무희들에 뒤처져 한참이나 홍매를 업고 걷던 염칠선, 잠시 바위 위에 홍매를 내려놓는다. 환한 달빛에 비춰지는 소녀의 고운 얼굴, 세상에 이보다 더 아름다운 여인이 어디 있으랴. 어느 순간 고개를 돌려 자신을 바라보며 살며시 웃음을 보이는 여심에 마음을 모두 빼앗겨 버리는 염칠선은 넋을 잃고 만다.

봉선사의 여심 또한 베풀어주는 사내의 인정에 마음을 모두 열어 놓는다. 소녀의 고향은 향원. 어머니는 일찍 세상을 떠나고 어릴 때 떠난 고향이라지만 찾아갈 수 있고, 남은 식구들과 같이 놀던 동무들이 보고 싶다고 한다. 염칠선은 홍매를 다시 업는다. 달빛은 밝아오고 둘만이 걷고 있는 좁고도 험한 산길. 조금 걸어가자 홍매가 입을 연다. 무겁지 않냐고. 새털같이 가벼울 뿐이라고 말하는 염칠선. 이에 속삭이듯이 "고마워요." 라고 말하는 홍매.

좀전보다 밀착해오는 성숙된 여인의 가슴, 몸은 더욱 가벼워 온다. 가다가는 쉬어가고 초연각에 이르러 끝까지 지켜주겠노라 굳은 약속을 한다.

사립문을 열고 집안으로 들어서는 염칠선이 방안에서 아무런 인기척이 없자 안방문을 두드려본다. 방안에서는 아무 말이 없다. 다시 한번 방문을 두드린다. 이번에도 아무런 인기척이 들리지 않는다. 홍매가 잠이 든 것이라 생각하는 염칠선, 조심스럽게 방문을 열어본다. 아무도 없다. 자고 있을 거라 생각했던 홍매의 모습이 보이지 않는다. 텅 비워 있는 방에 놀라는 염칠선, '아니 이게 어찌 된 일일까.' 부랴부랴 두원의 방문을 열어본다. 두원 역시 보이지 않는다.

방은 별 이상이 없어 보인다. 다시 안방으로 간다. 비어 있는 방 창 너머로 달빛이 조금 들어올 뿐 어디에서도 홍매의 흔적을 찾을 수 없다. 갑자기 불길한 생각이 든다. 홍매의 신변에 이상이 생긴 것만 같다. 내가 늦은 것이 아닐까. 그렇다면 홍매와 약속을 지킬 수 없는 것이 아닌가. 온몸에 힘이 빠진다. 방바닥에 주저앉고마는 염칠선, 내 이제 어찌해야 옳은 일인가. 갑자기 눈앞이 캄캄해 온다. 한 치 앞도 내다보지 못하는 자신이 부끄러울 뿐이다.

내 두원이를 어떻게 보랴. 아무도 없는 곳에 숨고 싶을 뿐이다. 꼬박 밤을 세웠다. 두원은 돌아오지 않았다. 대체 두원은 어디에 있는 것일까. 집을 비운지 여러 날이 된 것 같다. 방노수의 집을 가봐야 할 것이다. 나를 탓한다 해도 내 무어라 할 말이 있겠는가. 두원의 행방을 그는 알 것이다. 멀리 밭을 갈고 있는 농부의 모습, 방노수 그가 틀림없다. 염칠선이 가까이 다가가자 박노수가 크게 놀란다.

"아니 이게 누구신가 칠선이 아닌가. 하 이 사람 돌아왔구만."

의외다. 나를 꾸짖을 줄로만 알았던 방노수 그가 지금 나를 반기고 있다. 하던 일을 멈춘 방노수는 염칠선의 손을 잡아 이끈다. 한참을 걸어 이름없는 묘지 앞에 당도한다. 홍매가 틀림없다 생각한 염칠선은 아무 말 없이 묘소에 절을 한다. 한참 동안 일어나지를 못하는 염칠선. 시간이 한참 지나고 나서야 일어서는 염칠선. 또다시 그의 손을 잡아 이끄는 방노수는 홍매가 잠든 곳에서 그리 멀지 않은 곳에 자리한 묘소 앞으로 간다. 그가 틀림없을 것이라 생각하는 염칠선. 예상했던 대로 왕옥겸이란 묘비가 서 있다. 방노수와 함께 스승에게 절을 올리는 염칠선은 지난날 왕옥겸이 베풀어준 은혜를 아직도 다 갚지 못한 생각을 하니 가슴이 메어온다.

그동안 봉화촌을 떠나 있었던 것이 후회 막심할 뿐이다. 또다시 자신이 부끄럽기만 하다고 생각하는 염칠선은 끝내 스승의 묘에 눈물을 흘리고 만다. 염칠선 곁에서 있던 방노수 역시 스승 앞에 눈물을 보이고 만다. 학당 안채에 염칠선과 마주한 방노수는 염칠선에게 차를 내어 준다. 말없는 침묵의 시간이 흐르고 나자 염칠선이 입을 연다.

"형님, 두원이 보이지 않습니다. 어찌 된 것인지 혹시 형님께서는 알고 계신 건지요."

염칠선의 말에 심각한 모습을 보이는 방노수,

"놀라지 말게나. 두원이는 나흘 전에 자네를 찾는다고 집을 나섰네."

"아니 형님 지금 그 말이 정말이란 말씀이십니까."

"그렇다네. 자네가 조금만 더 일찍 돌아왔다면 만날 수 있었을 터인데…."

아 이럴 수가. 방노수의 말에 온몸의 힘이 빠지는 염칠선은 쓰러질 것만 같다.

웅장한 물길을 바라보던 두원은 감탄을 금치 못한다. 말로만 듣던 장강은 송화강과는 비교가 되지 않는다. 많은 배들이 보인다. 지금껏 보았던 배들보다 큰 배들이 눈에 띤다. 세상이 크고 넓다는 말이 실감이 난다. 거짓이 아니었다. 내가 봉화촌을 나서기를 정말 잘했다. 사내라면 큰 세상을 한번쯤은 보아야 한다고 병철 아버지가 가끔씩 말하지 않았는가. 세상 많은 곳을 다녀본 병철이 아버지 자신은 세상을 반의 반도 다녀보지 못했다고 한다.

세상은 얼마나 큰 것일까. 그리고 그 끝은 어디일까. 또한 누가 살고 있는지 궁금하지 않을 수 없다. 저녁나절이 되어 당항포에 이르러 배에서 내리는 두원은 장강을 오르내리는 많은 배들이 쉬어 가는 넓은 포구에서 두천으로 가려면 이틀은 더 가야 한다고 사공에게 들었다. 포구를 조금 둘러보고 국수 한 그릇을 먹고 먹거리를 챙겨 배에 오르는 두원은 밤이 깊도록 잠이 오지 않는다. 앞으로 일들을 생각해 본다. 강주행을 포기하고 두천을 택한 것이 잘한 일인지. 두천 봉선사는 어떤 모습일까. 많은 사람들이 찾아간다는 등축제, 어머니가 생전에 늘 가고 싶다는 곳, 당연포에 비할 수 없다는 봉선사 등축제 내 꼭 한번 보아야 할 것이다.

이틀이 넘어 도착한 용성 나루터, 그리 커 보이지 않는 선착장으로는 많은 사람들이 짐을 나르고 있다. 장사꾼들과 여행객들에게 섞여 나루터를 빠져나가는 두원은 강가 위로 자리 잡은 객잔 누각 위에 걸려진 초연각 현판을 바라본다.

언덕길을 올러서자 객점 앞 큰 창고 앞으로는 많은 짐과 장사꾼들 속에 검은 옷에 붉은 요대를 두른 사내들의 모습이 보인다. 무작정 사람들을 따라 저잣거리에 이르자 갑자기 막막해 오는 마음이 든다. 내가 목표로 정한 곳으로 오지 않았나. 내가 살던 곳과는 전혀 달라 보이는 두천땅. 이제 나는 어디로 가야 하는 것일까. 봉선사가 천하절경이라 하나 일단은 두천현을 한번 돌아보는 것이 나을 것이다. 두원은 사람이 많은 곳을 찾아 많이도 돌아다녔다. 세상에 태어나 처음 보는 것들이 모두 신기하게만 보일 뿐이다. 이제는 힘이 부쳐 온다.

배도 고파오고 쉴 곳도 찾아야 할 것이다. 돈을 아껴야 된다는 생각에 가까운 객줏집을 찾아 여장을 푼다. 방은 넉넉하리만치 크게 보인다. 저녁밥을 먹고 난 두원은 방안에 기대어 앞으로 일들을 생각해본다.

돌아오지 않는 아버지를 찾아 바깥세상으로 나섰다 하나 아는 사람 하나 없는 객지가 아닌가. 이제 이곳에서 어떻게 처신을 해야 할 것인가. 내가 봉화촌을 나서는 것을 몹시 걱정하던 선생님. 객지에서 사람을 조심해야 한다고 온화한 모습을 보이시면서도 때로는 무서우리만치 엄격하게 꾸짖으시던 선생님은 동네 사람들과는 달리 나를 칭찬하는 말을 하지 않았다.

배울수록 터득할수록 학문은 어려워 항상 정진만을 해야 한다며 전의 선생님보다도 더 엄한 모습을 보여주었다. 험하고 쉽지 않은 객지 생활이라 하나 헤쳐나갈 방도가 있을 것이다. 내 오늘 넓은 두천땅을 보고 봉화촌이 너무도 작다고 느꼈다. 술 좋아하는 병철 아버지의 말이 틀림없는 말이었다.

누군가 방문을 여는 소리가 나고 이어 사내들이 등짐을 들고 벗

어놓은 신발을 챙겨 방으로 들어서는 중년의 사내들,

"어허 이거 안에 길손이 계셨구려."

등짐과 함께 신발을 구석으로 밀어놓고 방바닥에 앉아 담뱃대에 불을 붙여대는 사내들. 담배 두어 모금을 빨아 댔을까 오늘 있었던 일이 아쉽다며 하소연을 늘어놓는다. 잠시 후 세상인심 이전만 못하다는 말을 내뱉으며 말을 끝낸다. 장사꾼들이 틀림없다 단정 짓는 두원에게 사내 하나가 두원을 향해 묻는다.

"젊은 길손께서는 어디로 가는 길이요."

장사꾼에 물음에 몸을 일으켜 세운 두원이 아무런 생각 없이,

"내 친척을 찾아 이곳에 왔습니다. 날은 저물고 해서 하는 수 없이 객줏집으로 오게 되었습니다."

"아 그러시구려. 우리들은 건어물을 파는 장사꾼 올시다. 살기 좋은 세상이 되었다 하나 갈수록 세상인심이 더욱 박해만 갑니다. 이제는 이것도 그만두어야 할까 봅니다."

말을 끝낸 그는 재를 털어 담뱃대를 거둬들이고 등짐을 풀어 술과 안주를 내놓는다. 일행 중 한 사람이 잔을 찾아 방바닥에 펼쳐놓는다.

"이리 오시오 젊은 양반, 어디서 오셨는지 모르나 한 잔만 받으시오."

두원은 장사꾼들의 인정을 더는 외면할 수 없었다. 세상인심을 거론하며 심신이 지쳐있는 모습들, 내 저들을 경계할 필요가 있겠는가. 마지못해 다가가는 두원에게 잔을 내미는 장사꾼 사내는 술병을 들어 두원의 잔에 술을 붓는다. 순간 아니다 싶은 생각이 든 두원. 이것은 백주가 아닌가. 농주를 생각했던 두원은 잠시 당황

을 한다. 그러나 거절할 수 없는 상황인지라 이들의 인정을 어찌 외면할 수 없었다. 잔을 들어 동시에 들이킨다. 카 독하다. 처음 먹는 흰 술이 아니라 하나 큰 잔에 가득 부어진 술잔이다.

"이것 좀 들어 보시오 젊은 양반." 두원 앞에 수수전을 내놓는다.

"이곳 두천에 수수는 참 찰지지요. 맛 또한 일품이지요."

수수전 한 조각을 떼어먹는 두원은 참으로 좋은 사람들이라고 생각한다. 인정이 가득 담긴 정겨운 말은 이곳이 객지라는 것이 실감이 나지 않는다. 이번에는 조금 전 잔을 들고 온 이가 술병을 들어 올리며 두원을 향해,

"거 젊은 양반이 볼수록 귀티가 나는군요. 예사로운 분은 아닌 것 같습니다. 자 이번에는 내 술 한 잔 받으시오."

또다시 거절을 못하며 두원은 잔을 받고 만다. 다음날 늦게 눈을 뜬 두원은 방안을 둘러본다. 장사꾼들이 보이지 않는다. 방구석으로 놓여진 짐들이 보인다. 뒷간이나 세수를 하러 간 것이라 짐작하는 두원은 몸을 일으키려는 순간 허리춤이 허전함을 느낀다. '아 이럴 수가.' 허리에 차고 있던 전대가 보이지 않는다. 그렇다면 설마 그들이, 부리나케 밖으로 나서는 두원은 객줏집 반점 안으로 뛰어든다. 없다. 그들이 보이지 않는다. 다시 반점을 나와 사람이 있을 만한 곳은 모두 찾았으나 그들의 모습은 어디에도 보이질 않는다. 이럴 리가 없다. 그럴 사람들이 아니었는데. 다시 방으로 들어선 두원은 장사꾼들의 짐을 풀어본다. 안에는 건어물은커녕 마른 장작개비와 풀섶만이 들어있는 것이 아닌가.

'아 당했다.' 그들의 완벽한 연기에 내가 넘어가고 말았다. 이를 어찌 해야 하나. 가진 돈 모두 잃어버렸으니 이제 아는 이 하나 없

는 이 객지 바닥에서 내 어떻게 살 것인가. 객줏집 주인에게 하소연을 해봤으나 자신은 모르는 일이라며 오히려 신발을 잘 간수하라는 자신의 말을 못 들었냐며 큰소리를 내지른다.

허탈한 마음으로 객줏집을 나서는 두원은 방노수의 말이 생각난다. 객지에서는 모르는 사람들의 말에 주의하라던 선생님의 말을 내 너무나 가벼이 들었다. 이제는 엎질러진 물 후회해도 소용없는 일. 두원은 호주머니를 뒤져본다. 잔돈푼이 몇 개 남아있을 뿐이다. 속이 쓰려온다. 백주를 너무 마셨다. 처음 먹는 술은 아니라하나 백주는 역시 독하다. 내 이제는 어디로 가야 하는 것일까. 아버지와 봉선사를 생각하기에 앞서 내 처지를 생각해 보아야 할 것이 아니겠는가. 두원은 무작정 걸어갈 뿐이다. 정해진 곳 없이 자연스런 발길은 사람이 많은 곳으로 향한다. 수많은 인파와 크고 작은 상점들이 즐비하게 늘어서 있다. 또다시 세상에 도취되어 환희에 젖는 두원, 해는 어느덧 중천을 넘어서고 배가 고파온다.

두원은 노점 둘이 들어선 곳을 찾아 돈 되는 대로 요기를 하고 나서 일어나려 할 때 어디선가 '도둑이야' 하는 다급한 소리가 들려온다. 연속적으로 들려오는 여인의 외침, 급한 상황이라는 것을 알 수 있다. 소리가 나는 곳으로 눈을 돌리는 두원은 순간 자신 앞으로 달려오는 괴한을 보고 도둑이라 짐작하고 자신을 지나쳐가는 괴한의 발을 걸어 버린다. 억 하는 소리와 함께 굴러떨어지는 괴한은 손에 쥔 것을 떨어뜨리고 만다. 순식간에 일어난 괴한은 다시 도주를 한다. 오색으로 이루어진 탐낭을 줍는 두원은 주인을 찾아본다. 급하게 달려오는 여인의 뒤로 곱게 치장한 소녀의 모습이 두원의 눈에 들어온다. 잠시 후 두원 앞에 나서는 소녀는 지체

높은 집안의 규수라는 것을 알 수 있다. 들고 있던 탐낭 주머니를 건네주는 두원, 이를 받아든 소녀는 연신 고마움을 표한다. 돌아서는 두원은 또다시 목적없이 걸어만 간다. 이를 보던 소녀 역시 돌아서 간다.

　조금 걸어 뒤를 돌아보는 소녀, 한참을 걷던 중 두원은 잠시 걸음을 멈추고 생각을 해본다. 내가 이렇게 무작정 걸어갈 수 없는 일이 아닌가. 내 당장 오늘 밤에 잘 곳이 없지 않은가. 먹을 것은 또 어떻게 해결해야 할지. 그때 길 건너로 방이 하나 붙어있다. 지나는 사람들마다 한번 보고 이내 돌아선다. 무엇일까 혹시 인부를 구하는 것이 아닐까. 한번 보아야 할 것 같다.

　길을 건너 걸쳐있는 방을 들여다보는 두원은 청풍채 재주가 남다른 자를 구한다고 쓰여 있는 구인장을 확인한다. 청풍채라, 대체 무엇을 하는 곳인데 재주 있는 사람을 구한다고 하니 내가 갈 수도 있는 곳일까, 무얼 하는 곳인지 궁금하지 않을 수 없다. 고민하는 두원은 구인장을 읽고 돌아서 가는 사람에게 청풍채가 무얼 하는 곳이냐고 묻는다.

　"예에, 쌈질 잘하는 사람들이 모여있는 곳이지요."

　퉁명스러운 사내의 말투에 이어 이번에는 중년의 남자가 나서 두원의 아래위를 훑어보며,

　"왜 젊은이 관심이 있소. 뭐 무술이라도 잘한다면야 먹고 사는대는 아무 문제가 없을 것이오."

　더는 말없이 두원을 등지는 중년 사내. 두원은 청풍채라는 곳의 이미지가 그리 좋아 보이지가 않는다는 것을 알 수 있다. 무술만 잘하면 가도 된다는 중년 사내의 말, 그렇다면 내가 한번 찾아가

보는 것도 좋을 것 같다. 달리 갈 데도 없는 몸 한번 부딪혀보자.

물어물어 마을에서는 외진 곳에 자리 잡은 청풍채에 도착을 하자 굳게 닫혀있는 커다란 대문과 높은 담장은 청풍채가 큰 집단이라는 것을 말해 준다. 어느덧 해가 지고 땅거미가 드리운다. 늦은 것이 아닐까. 그렇다고 되돌아갈 곳도 없지 않은가. 하는 수 없다 싶어 대문을 두드리는 두원, 한참이나 대문을 두드리자 청풍채 안으로부터 호통 소리가 들려온다.

"웬 놈인데 지금 이 시각에 청풍채 대문을 두드리는 것이냐. 썩 물러가지 못 할까."

"내 이곳 청풍채에서 사람을 구한다기에 찾아온 것이오. 어서 대문을 여시오."

두원의 말에 청풍채 안으로부터 다시 큰소리가 들려온다.

"오늘은 늦었으니 내일 다시 찾아오시오."

두원이 다시 대꾸한다.

"아니되오. 나는 오늘 꼭 청풍채에 들어가야만 하오. 나는 먼 데서 온 사람이오. 갈 곳이 없소."

더는 물러서지 못한다는 듯이 막무가내로 청풍채 대문을 두드려 대자 드디어 청풍채의 문이 열리고 안으로부터 장정 두 사람이 두원 앞에 모습을 드러낸다. 어디선가 본 듯한 검은색 옷에 붉은 요대, 그들 중 한 사람이 나서 두원을 크게 꾸짖는다.

"네 이놈, 내일 오라면 순순히 물러갔다 내일 오면 되지 여기가 어디라고 떼를 쓰느냐. 청풍채에 들어오려면 시험을 치러야 하느니라. 이제 알았으면 썩 물러갔다 내일 아침에 다시 오거라."

이에 응하지 않고 급하다며 다시 나서는 두원은 청풍단원들을 상대로 통사정을 한다.

"이보시오, 내 객지라 갈 곳이 없다 하지 않소. 시험을 치른다면 지금 하면 될 것 아니오."

두원의 막무가내에 화가 잔뜩 난 또다른 청풍단원이 두원 앞으로 나선다.

"네 놈이 죽기를 작정한다면 내 너를 마다하지 않고 상대해 줄 것이다. 네 자신 있다면 한번 덤벼 보거라."

권법 자세를 취하는 상대를 보고 봇짐을 벗어던지는 두원 역시 대결 자세를 취한다. 일촉즉발의 순간,

"뭣들 하는 것이냐?"

건장한 체격의 사내가 말 위에 올라 큰소리를 내지른다. 험한 얼굴에다 우렁찬 거한의 목소리에 모두들 놀란다. 검은 옷의 사내들이 거한을 향해 예를 갖춘다.

"네 놈들이 지금 뭣들 하는 것이냐."

"네 총관님, 지금 이자가 청풍채에 들어오겠다고 난리를 쳤습니다. 늦었으니 내일 오라 해도 듣지를 않았습니다. 해서 이놈의 버르장머리를 가르치려는 것이 그만 일이 되었습니다. 용서하십시오 총관님."

"네 이놈 내일 오라면 올 것이지 이 무슨 행패냐."

두원은 자세를 바로잡아 거한에게 예를 올린다. 이어 거한을 보며 하소연을 늘어놓는다.

"나리 저는 먼 곳에서 온 사람으로 이곳 청풍채에서 인재를 구한다는 소식을 듣고 찾아온 사람입니다. 뜻하지 않게 가진 돈을 모두 도둑을 맞았습니다. 지금 제 수중에는 돈이 한 푼도 없습니

다. 나리 이 불쌍한 놈의 마음을 헤아려 주십시오."

말을 타고 있는 거한은 두원의 아래위를 훑어본다. 준수해 보이는 용모에 총기가 서려 있는 모습, 두원을 주의 깊게 바라보던 거한이 두원을 향해 묻는다.

"네 조금 전에 보니 네놈이 권법을 조금 아는 것 같구나. 네 진정 청풍단원과 맞서 보겠느냐."

"예, 나리께서 허락해 주신다면 단원을 상대로 한 수 배워 보겠습니다."

두원의 말이 끝나자 말에서 내리는 거한이 수하를 향해,

"어이 풍삼 네가 이자와 한 번 맞서 보거라."

자세를 잡는 두원이 절호의 기회라 생각한다. 상대를 꺾는다면 이곳의 총관으로부터 인정을 받을 것이다. 조금 전보다 흥분된 모습을 보이는 상대. 선제공격을 자제하고 틈을 보리라 마음먹는 두원이 일단 한 번 공격을 가한다. 이를 피한 상대는 두원을 맹공격한다. 만만치 않은 실력을 보여준다. 수년은 닦은 솜씨라는 것을 알 수 있다.

십수 합을 겨루었을까 공격적으로 발을 높이 든 상대. 이를 놓치지 않는 두원은 재빨리 자세를 낮추어 뒤돌아 상대에게 일격을 가한다. '억 소리'와 함께 크게 넘어지는 상대는 다시 일어나 공격 자세를 취한다. 이때 거한이 나선다.

"이제 그만들 두거라."

두원을 쳐다보는 거한이 또다시 입을 연다.

"네놈 솜씨가 제법이구나."

이어 물러서 있던 수하에게 이른다.

"이자에게 먹을 것과 숙소를 내주어라. 우리 청풍단에 쓸모가 있을 것이다."

약속

    모내기가 모두 끝났다. 학당 일로 밤낮으로 바쁜 노수 형 참으로 대단한 사람이다. 이곳 봉화촌에서는 없어서는 안 될 사람이라고 모두들 그를 칭송하지 않은가. 건강한 몸에다 전처럼 술을 들지 않고 모든 일에 솔선수범 하는 모습을 보여준다. 방노수는 모든 이들의 스승이 되기에 조금도 부족해 보이지 않는다.

    그가 다가와 곁에 앉는다. 한참 넓은 들을 바라보던 방노수가 입을 연다.

    "이보게 칠선이, 어떤가 이만하면 세상에서 가장 살기 좋은 곳이 아니겠는가? 조금만 노력을 한다면 무슨 걱정이 있겠는가? 땅은 기름지지 송하강 뱃길은 멀리 장강으로 이어져 세상 물품이 모두 손쉽게 들어올 수 있는 곳, 내 전에 살던 고향 강남땅보다도 이곳이 더 좋기만 하다네. 자네는 아직 젊고 더 넓은 세상을 보고 싶기도 하겠지. 그러나 그것도 잠시일 걸세. 칠선이 자네가 떠난 후 오랫동안 돌아오지 않자 우리 모두는 자네가 영영 돌아오지 않을 거라 생각했네. 그래도 자네 식구들과 선생님만이 당신을 기다렸지. 꼭 돌아올 것이라 말하셨지."

    방노수를 바라보던 염칠선이 굳게 담을 입을 연다.

"아니 형님 그 말씀이 참말이요?"

"내가 왜 자네에게 빈말을 하겠는가."

들고 있던 염칠선보다 더 진지한 표정으로 방노수에게 다시 묻는다.

"형님 제가 선생님께 궁금한 것이 하나 있습니다."

염칠선의 말에 고개를 돌려 염칠선을 쳐다보는 방노수는 궁금하다는 듯이,

"그래 그럼 어디 말을 해보시게나."

"형님 처음 보는 우리 부부에게 선생님께서는 그토록 잘해주셨는지 궁금하지 않을 수 없습니다. 남들은 우리를 선생님의 먼 친척 되는 걸로 알고 있습니다."

염칠선을 바라보던 박노수는 다시 고개를 돌려 먼 곳을 주시한다. 잠시 후 그가 차분히 말을 이어간다. 밤새워 두지천을 거슬러 온 청춘 남녀가 갈 데가 어디 있으리. 순간 방노수의 말에 놀라는 표정을 짓는 염칠선. 이를 본 방노수가 다시,

"이 사람 염칠선, 놀라기는 어디 그뿐인가. 쌍봉협, 방화살인사건, 자네가 연루된 것이라 나와 선생님께서는 짐작을 하고 있었지."

방노수의 말이 채 끝나기도 전에 염칠선이 내뱉는다.

"아니 그걸 어떻게…."

방노수를 바라보며 입을 다물지 못하는 염칠선을 쳐다보던 방노수가 웃음을 짓는다.

"아니라고는 말 못하는구만. 걱정 말게나. 선생님께서는 자네가 악행을 저지를 사람이 아니라 했지. 만약에 어쩔 수 없이 악행을 저지른다면 험한 세상에 의해 저지른 일일 것이라고."

놀란 표정으로 방노수한테 눈을 떼지 못하는 염칠선은 방노수

에게 다시 묻는다.

"형님, 선생님께서 진정으로 그리 말씀을 하셨습니까?"

"그렇다네. 스승님께서 자네가 봉화촌으로 돌아온다는 것과 함께 내게 말씀을 하셨네. 임종을 앞둔 스승님께서 약속은 꼭 지켜야 한다는 말씀을 남기셨지. 내 스승님에 관한 이야기를 하나 덧붙여서 애기해 주지. 스승님께서 돌아가신지 얼마 되지 않아 안의촌이라는 곳에서 친척이라는 분이 찾아오셨지. 나는 스승님을 찾아온 친척에게 물었지. 선생님께서 홀로 외롭게 사시다가 돌아가신 것이 이해할 수 없는 일이었다고 했다. 궁금해하는 나에게 스승님을 찾아온 친척은 뜻밖의 말을 들려주었지. 보다 넓은 세상만을 꿈꾸던 선생님, 어느 날 가족들과 정혼녀 모르게 고향을 떠났다고. 객지 생활의 성공으로 수년만에 돌아온 고향, 생각지 않았던 정혼녀의 비참한 죽음, 가족들과 동네 사람들의 외면과 냉대를 견디지 못해 죄책감으로 살아오신 선생님. 제자들한테는 꼭 약속을 지켜야 한다던 선생님의 고귀한 말씀을 그때 알 수 있었지."

더는 말 없는 두 사람은 멀리 보이는 사람들과 뛰노는 아이들을 바라볼 뿐이다.

청풍장에 불려온 두원은 장문원에게 두 손을 받들어 예를 올린다. 만족한 모습을 보이며 두원을 유심히 살피던 장문원이 입을 연다.

"장두원이라, 그래. 글을 좀 깨우쳤느냐."

"네, 집사 어른. 어려서부터 지금까지 꾸준히 학당을 다니고 있었습니다."

"허 그래. 우리 곽총관 말로는 네가 권법도 제법 한다고 들었다. 우리 청풍장은 초원객잔과 청풍채를 기반으로 세를 확장하고 있다. 해서 널리 인재를 모집하고 있다. 네가 우리 청풍장을 위해서 너의 모든 것을 바칠 준비가 되었느냐."

"네 집사 어른, 이 한 몸 다 바쳐 청풍장에 충성을 다하겠습니다."

"그렇다면 나와 약속을 해야 할 것이다."

말을 마친 장문원 두원 앞에 지필묵을 내어놓는다. 위엄을 보이는 장문원이 다시 입을 연다.

"네 약속이라는 두 글자를 써 보아라."

장문원의 말에 붓을 든 두원은 약속이란 글을 써 장문원에게 내어놓는다. 만족하다는 듯 고개를 끄덕이는 장문원.

"네 글솜씨가 제법이로구나. 우리 청풍채 총관이 장래가 총망 되는 유능한 인재를 추천했구나."

"네."

"검은 좀 들어봤느냐."

"아직 배우지 못했습니다. 봉술은 조금 할 뿐입니다."

"그래 그렇다면 검술은 천하제일검이라 할 곽 총관한테 배우면 될 것이고 오늘부터 너는 이곳 청풍장에서 일을 해야 할 것이다."

밝혀진 비밀

   당항포, 장강을 오르내리는 배들이라면 꼭 쉬어가는 곳. 형님께서는 이곳을 마다하고 당연포에 자리를 잡지 않았나. 혹시라도 그의 자취를 찾지 않을까 하는 생각이었을 것이다. 기다리기를 근 이십 년이 되어서 마침내 그를 만날 수 있지 않았는가. 그러나 반가움도 잠시 기대와 달리 그의 도움을 받을 수 없다는 것을 알고 크게 실망한 형님. 정표는 지난날 두 사람의 모습을 회상해본다.

   초연각에서 본 두 사람 너무나도 절친한 모습을 보여주었다. 전풍 형님이 염칠선 아니면 술자리에 앉는 것을 나는 거의 본 적이 없을 정도다. 초연각 무희 홍매를 찾아 당연포로 향하는 것이 염칠선의 마지막 모습. 그리고 얼마 전 근 이십 년 다 되어 그를 만나지 않았는가. 전풍 형님은 어찌 염칠선의 도움을 받을 수 없다고 하는 것인지. 그가 거절을 한 것일까. 그렇지 않고서야 전풍 형님의 일에 동참하지 않을 수 없는 일이 아닌가. 아니다. 그는 사랑하는 여인과 아들이 함께하는 가족이 있는 몸, 전풍 형님께서 차마 말을 못한 것이리라. 아니다. 그도 아닐 것이다. 이제는 강주제일검이라 일컫지 않은가. 녹슬지 않은 두천제일검. 정녕 그의 힘을 빌릴 수 없단 말인가. 복수에 대한 집념이 강한 전풍 형님.

배고파 초원 객잔을 배회하던 어린 나를 거두어 동생처럼 대해 주며 철없던 나를 훈계하며 세상살이의 이치를 깨닫게 해준 초연각의 부엉이. 불구의 몸에도 기세 높은 청풍장을 상대로 복수의 칼을 가는 형님을 돕지 않을 수가 있겠는가. 친형과도 같은 그가 있었기에 내 세상 살아가는 방법을 빨리 터득할 수 있지 않았나. 내 전풍 형님을 위해 목숨을 바친다 해도 무엇이 아까우랴. 등짐을 걸머지고 배에서 내리는 정표는 당항포구에 정박해있는 배를 찾아 다니며 두천행 배편을 알아본다. 한참 후 내일 새벽녘에 두천으로 향하는 배편을 예약한다. 등짐을 배에 맡겨두고 인근 반점으로 향하는 정표에게 얼마 걷지 않아 길가에서 실랑이 하는 부부가 눈에 들어온다.

아이들과 함께하는 부부인데, 남편으로 보이는 이가 술이 조금 된 것 같다. 이를 문제 삼아 다툼을 벌이는 것이라 짐작을 해본다. 이들을 지나쳐 가까운 반점으로 들어서는 정표는 만두와 전을 시키고 앞으로의 일들에 대해 생각을 해본다. 지금까지 네 번째로 두천을 찾아간다. 쉽지 않은 일로 나의 정체가 탄로 난다면 목숨을 부지할 수 없는 일이다. 오직 장문원에게만 목표가 정해진 일이라 하나 염칠선의 도움을 받는다면 어려운 일이 아닐 수도 있는 일이 아닌가?

만두와 전을 모두 먹은 정표는 값을 치루고 반점을 나서자 날이 어두워지기 시작한다. 서둘러 배로 향하는 정표가 뱃전으로 들어서자 조금 전 길에서 보았던 부부 내외와 아이들의 모습이 보인다. 술 취한 남편을 향해 연신 조용하라고 잔소리를 해대는 여인, 이에 지지 않으려는 사내, 사공으로부터 끝내 주의를 받고 나서야 잠잠해진다.

날이 훤히 밝았다 하나 해가 떠오르려면 아직 멀었다. 뱃전에서 내려온 정표는 강물에 세수를 하고 간단히 양치질을 한다. 엊저녁 밤에 떠들어 대던 그가 보이지 않는다. 그의 처로 보이는 여인이 아들에게 세수를 시킨다. 잠시 후 사람들이 모두 배에 오르자 배가 움직이기 시작한다. 한참 후 해가 떠오르자 눈을 부비며 몸을 일으켜 세우는 사내. 그 모습을 보고 아이들이 그의 곁으로 간다. 아이들을 어루만져주는 사내는 처로 보이는 여인에게 배가 고프다며 먹을 것을 요구한다. 아이들과 사내 앞에 준비해 두었던 음식을 풀어놓는 여인은 사내를 향해 잔소리를 해댄다. 아내의 잔소리에 웃어대는 사내는 어느 순간 여인을 향해 큰소리를 친다.

"이것 봐 내 두천에 당도하면 당신 하나쯤은 얼마든지 호강시켜줄 수 있는 사람이라는 걸 알아야 돼."

"아유 가봐야 알지. 당신을 어떻게 믿겠소. 다른 건 몰라도 형님 앞에서는 제발 술 좀 작작 드쇼."

"어허 이 사람, 내가 뭐 술을 얼마나 먹는다고. 내 형은 지금 두천 청풍장이란 곳에서 집사 노릇을 한다 하지 않았소. 아래 것들이 수십 명이 넘는다고 내 몇 번이나 말했수."

순간 정표에 귀가 번쩍 뜨인다. 아니 지금 저자가 청풍장 집사라고 말을 했다. 그렇다면 장문원이 아닌가. 이럴 수가 정말 저자의 말이 사실일까?

내 아버지를 찾아 봉화촌을 떠난 것이 채 열흘이 되지 않아 객지라 할 이곳 두천에서 안정적으로 자리를 잡았다 할 수 있다. 두천땅에 들어서 장사치로 위장한 도둑들한테 가진 돈 모두 잃을 때만 해도 객지에 나선 것을 후회하지 않았나. 초연각과 객점 모든 것을 관리하는 이곳 청풍장, 두천 관아 다음으로 가장 세력이 크다고 하지 않나. 청풍채는 용성촌과 안성촌의 치안을 맡고 있다고 장 집사가 말해주었다. 장 집사는 우리도 세력을 확장해 관청에서 인정받는 청풍채가 되는 것이 그리 어렵지 않는 일이라고도 말해주었다. 장 집사는 어제 내게 손수 말 타는 법을 가르쳐주었다. 청풍장의 모든 것을 관장하고 있는 장 집사를 청풍장 형제들 모두 장주보다 더 그를 신임한다고 청풍채 총관이 귀뜸을 해주지 않았는가. 장문원 그가 나를 각별히 총애하는 것을 알 수 있다.

내 그의 신임을 얻는다면 객지에 나와 단번에 출세길이 열린 것이라 할 수 있다. 이 모든 것이 어머니의 반대에도 불구하고 나에게 권법을 가르쳐 주신 아버님이 있었기에 가능했다. 단원들 모두 나의 무술 실력을 알고 있을 것이다.

검술은 가르쳐주지 않으신 아버지 지금 어디에 계신 것일까. 혹시라도 이곳 두천에 계신다면 만날 수도 있을 텐데. 어머니가 그토록 가고 싶어 하던 봉선사도 이곳에서 그리 멀지 않다고 하지 않는가. 내 때가 되면 봉선사도 한 번 찾아보리라.

이제는 아버지가 얼마 살지 못할 것이다. 요즈음 들어 죄를 많이 지었다며 혼자 말을 곱씹곤 하신다. 때로는 눈물을 흘리며 괴로워하시는 모습을 자주 보여주신다. 언니들도 모두 떠난 청풍장, 큰집은 쓸쓸하고도 때론 흉물 같은 모습을 보여주곤 한다. 장 집사와 외삼촌이 아버지를 찾은 것이 무척 오래된 것 같다. 아버지는 오늘 아침에도 장 집사 그는 믿을 사람 못 된다고 어머니와는 상

반된 말씀을 늘어놓으셨다. 염칠선과 전풍을 거론하며 자신에게
는 충성을 다한 사람이라고 했다. 노도천에게는 자신의 잘못이었
다고 아버지가 전부터 말해오던 청풍장 사람들을 이야기하며 눈
물을 흘리시는 걸 볼 때면 아버지가 정말로 죄를 많이 지으신 건
지 아버지와 어머니를 대하는 용성촌과 인근에 사는 사람들 모두
부모님을 대할 때면 언제나 허리를 굽혀가며 예를 다하지 않는가.
많은 사람들로부터 존경을 받는 아버님이 죄를 많이 지었다는 말
을 내가 어떻게 이해를 하겠는가?

아마도 돌아가실 때가 되어 마음이 약해지신 것이 아닐까. 아버지
를 걱정하던 초희가 떠나간 언니들을 생각하며 봉선사를 떠올린다.
앞서거니 뒤서거니 얼굴 가득히 웃음 지으며 언니들의 손을 잡고
걸어가던 산길, 형형색색 오색등과 함께 이름 모를 꽃들이 길가에
펼쳐져 저마다의 자태를 뽐내던 아름다운 봉선사길. 때로는 까마득
한 낭떠러지 길을 겁내며 조심조심 걷던 길. 깊은 계곡 너머로 붉은
노송이 즐비해 보이는 울창한 수림, 모두들 봉선사 등축제를 천하
제일경이라 하지 않는가.

조금 지나면 등축제도 끝날 것이다. 올해는 꼭 가보고 싶다. 그리
고 또 한 사람, 이름 모를 그가 보고 싶다. 단정한 몸, 부유해 보이지
않는 옷차림에도 귀공자와도 같은 얼굴 모습. 나에 탐낭을 돌려주
며 말없이 돌아서던 모습이 지금도 생각난다. 어디에 살고 있으며
무얼 하는 사낸지 그날 내가 돌아서 가는 그에게 답례를 하지 못한
것이 미안할 뿐이다. 다시 만날 수 있다면 내 용기를 한번 내보리라.

청풍장 열화당 안채, 오늘도 그의 작은 눈은 빛을 발한다. 마천
웅 이제 그도 얼마 살지 못 할 것이다. 이제 조원진만 내친다면 청

풍장의 모든 것이 내 것이 될 것이다. 새로운 인재들을 등용해 차분한 준비를 해두어야 할 것이다. 볼수록 총명한 모습을 더해가는 장두원 같은 놈들 두어 놈만 더 있어도 내 당장 채주에 오른다 해도 이 두천땅을 호령하는 데는 아무런 문제가 없을 것이다.

장두원은 어린 나이 답지 않게 학문이 뛰어나다. 내 두원을 더 가르친다면 머지않아 나를 능가하는 모습을 보여줄 것이다. 내가 가지고 있는 모든 재주를 모두 두원에게 전수할 것이다. 그리고 나의 가장 충실한 수하로 만들어 낼 것이다. 욕심 같아서는 그놈을 나의….

장문원을 들먹이며 기세등등한 사내를 향해 그의 환심을 사기 위해 주위 시선을 무시한 채 사내의 모든 말을 들어주는 소철, 때로는 감탄을 하는 모습을, 이에 힘을 실은 사내의 목소리는 점점 커져만 가고 이를 지켜보던 여행객들 몇몇이 고개를 돌려 웃는다. 사내의 일장연설이 끝나자 이를 기다렸다는 듯이 나서는 그의 아내가 똑같은 말을 되풀이한다.

"아이구 잘들 만났소. 그렇게 끼리끼리 만나기도 힘들 터인데 연분이오. 암 연분이구 말구. 참 잘들 만났소."

순간 아내의 말에 아무런 대꾸를 못 하는 소철의 모습이 안쓰러워서일까 큰소리로 자신의 아내를 질책하는 사내,

"어허, 이 사람이 사내대장부들 진지한 대화에 망발을 늘어놓다니…."

사내의 말이 끝나자 고개를 돌려 다시 웃는 여행객들, 저녁나절이 되어 배가 몽금포에 닿자 사내와 함께 배에서 내린 소철. 두 사람은

약속이나 한 듯이 반점으로 향한다. 이를 보고 있던 여인은 참으로 잘 만났다며 또다시 혀를 찬다.

반점 안으로 자리를 잡자 술과 안주를 시키고 소철에게 묻는다.

"그래 요즘 장사는 잘 되는지요."

"아 예, 십년 넘게 이 짓을 하고 있지만 먹고살 뿐 돈은 모으지 못했습니다. 장사를 하려면 많은 사람들과 교분을 쌓아야 하는데 술을 잘하지 못해 이 고생을 하고 있습니다."

소철의 말에 상체를 곧추세우는 사내는 보란 듯이 말을 한다.

"어허 사내대장부가 술을 못 해서야 객지에서 어떻게 벗을 사귈 수 있단 말이오. 술 없이 어떻게 대화가 이루어진단 말이오."

"아 예, 맞는 말씀입니다. 허나 원래 집안이 술을 잘못합니다. 그나마 제가 조금 먹는 편이지요. 오늘 선생님 말씀 듣고 보니 선생님께서는 성격이 호탕하신 분, 영웅호걸이 따라 없다는 것을 깨달았습니다."

"어허 별말씀을 다. 내 이놈의 술 때문에 다 망가진 사람올시다. 그런 사람을 영웅호걸이라니. 허기사 내 성격 하나 만큼은 시원시원한 사람이랄 수 있지요. 그나저나 우리 통성명이나 해둡시다. 나는 장문호라 하오. 올해 나이 마흔다섯이오."

"아 예, 저는 서수원이라 하지요. 나이 마흔이 되었습니다. 앞으로는 제가 형님으로 부르겠습니다."

"어허 이거 객지에서 뜻하지 않게 동생이 하나 생겼구려. 아무튼 만나서 반갑소."

술과 안주가 나오자 거푸 두 잔을 마셔대는 장문호가 안주하나를 집어 든다. 소철에게 술 한 잔을 따르고 난 장문호가 말을 이어간다.

"나처럼 술 좋아하는 사람도 드물지요. 동생도 보아서 알 거요. 볼 때마다 닦달하는 마누라. 내 이렇게 살아온 것이 십 년이 다 되었소. 늦게서야 만난 마누라인데 이게 다 술 때문이 아니겠소. 날 만나서 고생만 한 마누라, 제대로 먹이지 못한 아이들 나의 책임이 크지. 그러나 고생은 이제 끝이오. 나의 형님께서 두천이라는 곳에서 크게 성공하여 기반을 잡고 오랫동안 헤어져 있던 나를 부르게 된 거지. 동생도 장돌뱅이로 많은 고생을 하는 것 같소. 전에 나도 장사를 조금 해봤소. 이 역시 아는 사람들이 많아야 한다는 걸 알았소. 동생이 두천으로 나를 찾아온다면 내 모른 체 하지는 않을 것이오."

들고난 잔을 내려놓는 장문호는 소철을 보며,

"이거 내 말만해서 미안하구만."

"아, 아닙니다 형님. 형님의 말씀 일리 있는 말씀이 틀림없습니다. 나도 이번 기회에 인맥을 넓혀야 하겠습니다. 형님의 말씀 꼭 명심하겠습니다."

소철의 말에 몹시 만족한 모습을 보이는 장문호는 다시 술 한 잔을 들이키고 나자 침울한 모습을 보인다. 이를 놓치지 않는 소철이 장문호에게 묻는다.

"아니 형님 왜 갑자기…."

"아 아닐세. 내 잠시 옛 생각이 나서."

"아 예 형님. 난 형님께서 무슨 걱정이라도 있으신지…."

장문호는 소철을 보며 잔을 들라는 시늉을 한다. 들고난 잔을 동시에 내려놓는 두 사람. 장문호는 조금 전보다는 심각한 모습으로 말을 이어간다.

"내 형님께서는 어렸을 적 개에게 물려 큰 고생을 하셨지. 상처를 치료하려고 갖은 고생을 다 했으나 끝내 불구가 되어 고자가 되고 말았지."

순간 장문호의 말에 귀가 번뜻한 소철. 어딘가 모르게 자연스럽지 못한 그의 걸음걸이, 여자를 가까이 하면 큰 뜻을 이루지 못한다고 당당히 말하던 그가 고자일 줄이야. 장문호와 함께 반점을 나서는 소철은 장문원에게 속았다고 생각이 든다. 청풍장 시절 그가 보여준 행동과 말은 전부 거짓이라는 것이 아닌가. 우리 모두 그에게 속았다.

마천웅은 그를 가리켜 천하제일의 모사라 칭하며 사심이 없는 사람이라며 늘상 장문원을 칭송하지 않나. 그의 큰 뜻이란 목표는 전풍 형님이 말하던 야심가일 것이다. 청풍장의 모든 것이 장문원에게 넘어갈 것이라던 전풍 형님의 말이 결코 빈말이 아니었다는 것을 오늘에야 알았다. 후사가 없는 마천웅, 그와 별반 차이를 보이지 않는 조원진, 그가 청풍장을 이끌어 가기에는 역부족일 것이라던 전풍 형님. 자신을 믿어 주지 않는 마천웅을 원망하며 자신은 장문원에게 절대적으로 뒤지지 않는다고 호언장담을 하지 않았나.

참회의 눈물

　이제는 큰 어려움 없이 일을 해내고 있다. 청풍채와 초연각 모두 열하당 안채에 지시를 받는다. 나이가 어린 나에게도 고개를 숙이는 이들을 볼 수 있다.

　초연각 점주 정표가 돌아가고 장 집사 돌아올 시각이 아직 멀었다. 의욕이 없어 보이던 장주는 오늘 모습을 볼 수 없다. 열화당 안채 뒤로 마천웅의 처소로 이어지는 후원은 잘 가꾸어진 잔디와 꽃나무가 웅장한 저택과 함께 조화를 이룬다.

　가끔 들어와 보는 후원에는 사람들이 그리 많아 보이지는 않는다. 궁금하다. 이 큰집에 주인이라 할 청풍장의 장주 마천웅. 그는 어떠한 모습일까. 몸이 불편하다는 전 장주는 모두들 그가 오래 살지 못할 것이라고 말하지 않은가. 평상시보다도 정원 깊숙이 들어서는 두원 앞에 젊은 여인의 모습이 보인다. 물을 담은 병을 쟁반 위에 올려놓은 여인은 두원과 마주하자 놀라는 표정을 짓는다. 이를 본 두원 역시 놀란다. 여인은 다름 아닌 이곳 청풍장에 오기 전 난전에서 탐낭을 잃어버렸던 소녀가 아닌가. 두원을 향해 고개를 숙이는 여인은,

　"용서하십시오. 전에는 경황이 없어 고맙다는 말밖에 하지 못했

습니다.”

“아, 아니오 낭자. 사례를 받으려는 마음은 애초부터 갖지 않았소. 그런데 낭자께서는 이곳에 살고 계십니까.”

“네 소녀의 아비가 이곳 청풍장의 전 장주 이시옵니다. 소녀의 이름은 초희라 하옵니다.”

“아 그렇군요. 초희 낭자 몰라 뵈어서 송구스러울 뿐입니다. 용서하십시오. 저는 장 집사님을 보필하고 있는 장두원이라 하옵니다.”

두원에 말이 끝나자 또다시 두원 앞에 고개를 숙이는 초희. 이를 보던 두원이 초희에게 묻는다.

“초희 낭자, 제가 장주님께 인사를 올려도 되겠습니까?”

두원의 말이 끝나자 지체없이 고개를 끄덕이는 초희를 따라 마천웅의 처소로 들어선 두원은 방안 구석구석을 둘러본다. 호화로운 장식들로 꾸며진 방은 청풍장의 처소로써 어느 것 하나 부족해 보이지 않는다. 침실 옆에 걸쳐있는 검은 장주의 위엄을 보여 주는 듯하다. 큰 의자에 누워있던 마천웅이 몸을 일으킨다. 초희가 다가가 청풍장에 새로 들어온 인물이 인사를 드리러 왔다고 마천웅에게 말한다. 절을 올리는 두원. 이를 보던 마천웅은 두원을 향해 가까이 오라고 손짓을 한다. 두원에게 자리를 마련해주는 초희는 마천웅에 이어 두원에게도 차를 내어놓고 방안을 정리한다. 차 한 모금 마신 마천웅은 마주한 두원의 모습을 한참이나 들여다본다.

“네가 장 집사와 함께 열화당에서 일을 한다고 하였느냐?”

“네 장주어른. 소인 열하당에서 집사어른을 보필하고 있는 장두원이라 하옵니다.”

부리부리한 눈에 텁수룩한 수염 범 같은 모습의 마천웅. 또렷하면서도 굵직하게 들려오는 그의 목소리에는 위엄이 서려 있다. 건강에는 큰 문제가 없어 보인다. 마천웅이 두원에게 다시 묻는다.

"네 이름이 장두원이라 했지."

"네 장주 어른. 말씀하십시오."

두원의 모습을 다시 들여다보는 마천웅은,

"네 준수해 보이는 용모와 함께 공손한 말씨가 제법 마음에 드는구나. 네 스스로 나를 찾아와 인사를 하는 걸 보니 청풍장 패거리들과는 달라 보이는구나."

잠시 말을 끊는 마천웅은 두원에게 차를 들라고 한다. 두원이 찻잔을 비우고 나자 다시 말을 잇는 마천웅,

"자네는 어디에서 왔는가. 이곳 사람 같지는 않네 그려."

"네 장주어른. 덕천현에서 왔습니다. 이곳에서 뱃길로 팔백리가 조금 넘는 곳이옵니다. 혹시 장주님께서도 알고 계시는지요?"

"암, 알고 말고. 쌍봉협이 거기 있지."

"아니 장주님께서 어떻게 거기까지…."

놀랍다는 두원은 사람들의 말과는 달리 마천웅의 정신력은 이상이 없어 보인다. 두원을 향해 다시 말을 이어가는 마천웅,

"한 이십 년 전 그곳에서 큰 사건이 일어났다 들었지."

마천웅의 말에 다시 한번 놀랍다는 두원. 마천웅이 묻는다.

"부모님은 모두 덕천에서 살고 있겠구만 모두 건강하시고..."

"아 네, 장주어른. 아버님은 그곳에서 농사를 짓고 계십니다. 어머니는 돌아가신지 얼마 되지 않습니다."

"아 이거 안 됐구만. 어머니가 일찍 돌아가셔서 그래 부친의 존함은 어떻게 되는고."

"네 장주어른. 칠자 선자라 하옵니다."

"장칠선이라 거참 묘하구만. 전에 이곳 청풍장에서 두천제일검이라 불리던 사나이와 성만 틀리는구만. 살수로서 살아가기에는 참으로 아까운 사람이었지. 다른 단원들과는 달리 인정미 넘치며 과묵한 표정에 말없는 그는 내가 청풍장에서 가장 아끼는 사람 중 하나였지. 초연각에 보물이라 할 홍매와 심연보다도 내가 더 아끼던 사람인데 끝내는 말없이 이곳 청풍장을 떠났지. 초연각 부엉이와 두천제일검이 내곁에 있었다면 내 말로가 이렇게까지는 허무하지 않았을 터인데."

말을 마친 마천웅의 두 눈에는 눈시울이 붉어진다. 더 이상 말이 없는 마천웅을 뒤로 하고 처소를 나서는 두원을 초희가 문밖까지 따라나선다.

두천에서 돌아온 소철의 말에 놀라는 전풍. 모든 일에 빈틈이 없을 만큼 완벽한 처리를 하던 그가 고자일줄이야. 술과 여자를 멀리해야 대장부로서 큰 뜻을 이룰 수 있다며 큰소리치던 장문원. 지난 날 초연각 점주 시절을 생각하며 잠시 눈을 감았던 전풍, 그가 눈을 뜨며 내뱉는다.

그렇지. 그래야만 자신도 감추고 장주로부터는 두터운 신임을 얻을 수 있지 않은가. 그리고 수하로부터는 크게 존경을 받을 것이고.

"형님 장문호란 자를 이용한다면 장문원을 도모하는 것이 한층 수월해질 것 같았습니다. 그는 나의 감언이설에 푹 빠져있습니다. 다시 만난다 해도 나의 모든 것을 믿을 것입니다. 하하하하."

소철의 말에 크게 웃는 전풍, 객점생활 이십 년이 넘는 인생, 술 좋아하는 사람 하나 꾀는 것이 무엇이 어려우랴. 전풍의 말에 소철 역시 웃는다. 한참 생각에 몰두하는 전풍에게 소철이 묻는다.

"전풍 형님의 말대로 청풍장에 모든 것이 장문원의 손에 들어가는 것이 그리 멀지 않은 것 같습니다. 허수아비가 되어버린 조원진은 요즘 들어 청풍장에는 그전같이 모습을 잘 드러내지 않는다 합니다. 그는 장문원에게 제거될 것이 뻔한 일입니다. 장문원 그는 처음부터 자신을 감추고 있었습니다."

"맞는 말이네. 나의 말을 듣지 않은 마천웅. 그를 원망해야 아무 소용 없는 일. 내 한때는 그를 아버지라 생각하고 그를 의지하며 살아 오지 않았나. 마천웅, 참으로 오래사는구만."

긴 여행에 피곤해 보이는 소철에게 돌아가 쉬라는 전풍은 소철이 돌아가자 깊은 생각에 잠긴다. 수십년 몸담은 초원객잔을 떠나 불구의 몸이 되어 당연포에서 오 년이 넘도록 복수만을 꿈꾸며 살아온 세월. 이제 때가 왔다. 전보다 거대해진 세력이라 하나 목표는 오직 단 한 사람 장문원이다. 한치의 실수도 없이 실행해야 할 것이다. 염칠선의 도움을 받을 수 없다는 것이 아쉽다 하나 나는 목숨을 걸 수밖에….

관가에서 돌아온 장문원의 입가에는 웃음이 그치지 않는다. 역시 돈이면 안 되는 것이 없다. 내 이제 황주성 도감을 만난다면 채주 자리는 문제없다. 문제가 있다면 부족한 인재만이 있을 것이다. 두원이 같은 놈 두서 놈만 더 있어도 관가 못지않은 위용을 갖추련만 문무를 겸한 인재를 찾는 것이 이렇게도 힘들 줄이야. 글깨나 배웠다는 놈은 힘이 없다. 우리가 하는 일이 뻔한 일 아닌가?

지난날의 청풍단이 아니라 하나 우리가 하는 일이 때로는 완력을 보여야 하지 않은가?

초희는 두원에게 관심을 보이고 있다. 어느 하나 나무랄 데 없는 놈. 나의 아들이 되어 준다면, 아니야 순순히 따라줄 놈이 아니다. 정도를 논하며 고지식한 면을 보이기도 하는 놈이라 쉽지 않을 것이다. 믿을 수 있다 하나 문호는 써먹을 데가 마땅치 않다.

큰 기대를 하지 않았다 하나 너무도 실망스럽다. 야단을 쳐도 잠시뿐 또다시 이어지는 술타령. 문호에게 어느 하나 마음 놓고 무엇을 맡길 수 있단 말인가. 객지에 내버려 둘 수도 없고 그저 가정을 이룬 것이 용할 뿐이다. 잠시 무언가 생각하는 모습의 장문원은 어느 순간 결심을 굳힌다. 조원진, 이제 그를 내칠 때가 되었다. 그가 장주 자리를 순순히 물러나지는 않을 것이다. 일단은 넉넉하리만치 돈을 건네보는 것이 좋을 것이다.

'괘씸한 놈들, 이제 나는 안중에도 없는지 지들끼리 짝짜꿍 되어 나 보길 지나가는 개나 소처럼 쳐다보지 않나. 말로만 나를 위하는 집사 놈, 천하에 무식쟁이 곽상도, 이 말 대가리를 닮은 놈의 새끼 어디 지애비한테 얼마나 잘하나 두고 보자.'

청풍장에서 돌아온 조원진은 분을 삭이지 못한다. 장문원은 나를 바보 천치로 만들어놓고 말았다. 형님의 말이 맞았다. 내가 형님을 너무 소홀히 대했다. 이제는 장문원을 믿지 못하겠다던 형님, 그의 달콤한 말에 내가 넘어간 것이다. 내가 아둔한 탓이다. 앞날이 캄캄할 뿐이다. 형님이 돌아가시고 나면 나를 내치고도 남을 놈이 틀림없다. 막을 길이 없다.

내 편은 아무도 없지 않은가. 청풍장 모든 이들을 감싸 안으려는 그의 모습, 전에 전풍도 이야기하지 않았나. 내가 그때 전풍에게 화를 낸 것이 후회 막급할 뿐이다. 청풍장의 다음 장주는 내가 될 것이라는 장문원의 말에 현혹되어 전풍의 말은 안중에도 없지 않은가. 초연각의 부엉이 참으로 아까운 놈이었다. 전풍의 죽음이 석연치 않다. 장문원이 꾸민 흉계라고 볼 수 있다. 장문원을 유난히도 경계하던 전풍, 이를 모를 리 없는 장문원의 눈 밖에 나는 것은 너무나도 당연한 일이다.

초희 낭자도 볼수록 마음에 든다. 얼굴도 예쁘지만 아버지에 대한 효심이 정성스럽기만 하다. 내가 정원으로 들어설 때면 기다렸다는 듯이 다가오는 초희, 나는 그녀와 함께 마천웅의 방으로 가곤 한다. 마천웅은 언제나 그렇듯이 내게 했던 이야기들을 다시 들려주곤 한다. 나는 초희와 조금이라도 더 있고 싶은 마음에 그의 이야기를 모두 들어준다. 우연의 일치라 하나 염칠선 또는 홍매라 하며 아버지와 어머니 이름을 들먹일 때면 참으로 이상한 일이 아닐 수 없다고 생각된다. 그러나 그것도 잠시 성이 다르지 않은가. 마천웅은 어제 나와 초희를 보며 좋은 배필이 될 거라는 그의 말에 웃고 있는 나와 달리 초희는 얼굴을 붉히지 않았나. 이야기 끝에는 또다시 많은 죄를 지었다고 눈시울을 붉히던 마천웅. 지난날의 일을 후회하는 눈빛을 보여주었다.

도대체 그는 지난날 무슨 죄를 지었길래 황혼의 나이에 죽음을 앞두고 그리도 괴로워하는 것인지. 마천웅 그의 마음이 가벼이 보이지는 않는다. 이제는 시종을 제외하고선 나와 초희만이 그를 찾을 뿐이다. 기다렸다는 듯이 나를 반겨주는 마천웅, 초희가 보이지 않자 조금은 이상하다는 듯 나를 쳐다보며 그가 입을 연다.

"아 오늘은 혼자 왔구만."

"네 장주 어른, 몸은 편안하시구요."

"아, 형편 없어. 나야 뭐 이제 산송장이지. 어떻게 일은 바쁘지 않은가 보지."

"아 예, 장주 어른. 집사님께서는 두천 관아에 가셨습니다."

"그래, 황주성을 가서도 되지 못한 일이다. 두천 관아에는 안 가는 것이 나을 것이다."

"아니 어르신, 지금 무슨 말씀을 하시는지."

의아하다는 듯이 묻는 두원의 말에는 아랑곳하지 않고 마천웅은 말을 이어간다.

"돈이 남아돌면 차라리 용성촌 사람들에게 나누어 주는 것이 복된 일일 것이다. 암 그렇고 말고."

알 수 없는 말을 늘어놓는 마천웅은 장 집사와 조 장주의 말과 달리 이상이 없어 보인다. 그는 장 집사에게 불만이 많은 듯하다. 마천웅은 내게 차 한 잔을 달라고 한다. 탁자 위에 놓여있는 잔에 식어있던 찻물을 따라 마천웅에게 건네자 잠시 후 찻잔을 내려놓는 그가 다시 말을 이어간다.

"장문원 참으로 대단한 사람이야. 날 이렇게 허수아비로 만들어 놓고, 조원진을 아랫사람 취급하고 흐흐흐흐…."

허망한 듯 웃음 짓는 마천웅이 내게 말한다.

"장문원은 절대 믿을 사람이 못 되네. 나를 찾아오지 않는 것은 자신이 떳떳하지 못하다는 것이 아니고서야."

잠시 후 말없이 눈을 감는 마천웅, 이를 보며 조용히 방문을 닫고 그의 처소를 나서는 두원은 좀처럼 이해가 되지 않는다. 청풍장의 전 장주 마천웅, 지난날 젊은 시절 범 같은 장수였고 그의 큰 목소리에 놀란 상대들은 달아나기에 바빴다고 한다. 청풍재의 총관 곽상도가 말하지 않았나. 지난날 그들은 대체 무슨 일을 하였길래 전 장주였던 마천웅이 그리도 괴로워하는 것인지. 열화당에는 아무도 없다. 두천 관아로 떠났던 장문원은 돌아오지 않았다. 홀로 열화당 안채에 앉아있는 두원은 다시 마천웅을 생각해본다. 내가 알 수 없는 그들의 일이라 하나 지난날을 후회하며 참회의 눈물을 흘리고 있는 그를 생각하면 참으로 안타까운 마음이 든다. 마천웅 그의 참회의 눈물 속에는 씻을 수 없는 그 무엇인가 담겨있을 것이다. 내 이곳에서 후회 없는 떳떳한 삶을 살 것이다. 지난날을 후회하며 사는 이들의 전철을 밟지 않을 것이다. 스승님의 가르침대로 살 것이다. 지금쯤 성공한 나의 서신을 받아보셨을 것이다.

청풍채에서 조금 떨어져 있는 외딴집. 한참이나 집 주위를 맴돌던 사내, 날이 저물고서야 집주인으로 보이는 이가 집으로 들어서고 난 후 주위를 한 번 더 살핀 사내가 외딴집으로 들어선다. 그가 안으로 들어서자 집주인이 크게 반긴다.

"어허, 이게 누군가 이수원 아우가 아닌가. 반갑네, 참으로 반갑네."

방으로 들어서는 소철이 약간의 화장용품을 내어 놓는다. 이를 받아든 장문호의 처가 무척 좋아하는 모습을 보인다. 이어 등짐 속에서 아이들의 과자를 내놓는 소철을 보고 있던 장문호가 쩝쩝거리며 입을 다신다.

"허 내 거는 없는가 보네."

에이 하며 삐쳤다는 듯이 몸을 옆으로 트는 장문호.

"아니 형님, 무슨 그리 서운한 말씀을⋯. 오랜만에 뵙는 형님한테 제가 쫓겨날 일 있습니까?"

말을 마친 소철이 등짐 속에서 백주 두 병을 내어놓는다.

"형님 먼저 저와 마셨던 당항 백주이옵니다."

"아 그래 맞다. 그때 당항포에서 수원 아우와 먹었던 술인데 너무 좋았네."

술상이 차려지고 장문호의 곁에는 그의 처가 자리를 잡는다. 소철의 감언이설에 부부 내외가 한층 들떠있다. 분위기가 무르익자 장문호의 처가 나선다.

"아니 그래, 술 밖에 모르는 사람 뭐가 그렇게 좋다고 그 먼데서 이리 다 찾아 주고. 이 사람이 뭐 대단하다고 술 하나 잘 먹는 거 그것 밖에는 재주가 없는 사람인데…."

때를 놓칠 리 없는 소철이 나선다.

"아니, 형수님은 무슨 말씀을. 듣는 형님이 다 불편하겠소. 내가 객지장사 십여 년 동안 이렇게 호탕한 영웅호걸은 일찍이 본 적이 없소. 아 이제는 든든한 형님께서 곁에 계시니 앞으로 무슨 걱정이 있겠습니까? 안 그래요 형수님."

"그건 맞는 말 같소. 청풍장의 집사로 계신 아주버님 덕에 앞으로는 고생을 안 해도 될 것 같소. 그리고 이 양반 사람 하나는 좋은 사람이지요. 술 좋아하는 사람치고 인정 박한 사람은 내 보지 못했소."

아내의 말에 한층 고무되어 있는 장문호의 어깨에 힘이 실린다. 이를 보는 소철은 어린아이 과자를 주어 꾀는 것보다도 더 쉬운 일이라는 생각에 웃음이 절로 나온다.

다시 찾은 초연각

열화당 안실에 홀로 앉아있던 장문원은 어느 순간에 이르면 그럴 것이라는 듯이 고개를 끄덕인다. 생각했던 대로 조원진이 버티고 있다. 그렇다고 그에게 더 많은 돈을 줄 필요가 없다. 조원진 하나 제거하는 것이 무엇이 어렵겠는가. 지깟놈이 채주에 오른들 글을 알지 못하고서야 무엇을 어떻게 하랴. 마천웅과 함께 난형난제라 할 놈들은 남은 여생을 편히 보내라는 나의 진심을 몰라서야.

지금의 청풍장은 모든 것을 내가 다 이루어 놓지 않았는가. 지금의 청풍장 식구들 모두 내가 거짓말을 해도 모든 것을 믿을 것이다. 내가 채주가 되고 도박장을 하나 차린다면 나의 목표가 이루어진다. 두원 이놈이 초희에게 폭 빠져있다. 지금쯤 정원에서 둘은 만나고 있을 것이다. 두원이 초희와 맺어지고 나의 의자가 되어준다면 내 더 바랄 것이 없을 것이다. 거동이 더욱 불편해졌다는 마천웅. 이제는 그도 더 버티지 못할 것이다.

아침 조반을 준비 중이던 염칠선에게 방노수가 찾아와 두원의 서신을 보여준다.

"아니 형님, 지금 이것이 정말로 두원이 보낸 서신이란 말입니까?"

"그렇다네. 어서 읽어 보게나. 아무래도 심상치 않구만."

두천에 있는 청풍장이라는 곳이 바로 그 청풍장이라는 방노수의 말에 놀라는 표정을 짓는 염칠선.

"예, 청풍장이라고요?"

"그렇다네. 두천 용성촌이라 적혀있네."

자신의 말에 다시 놀라는 염칠선을 보며 혹시 그가 아는 곳이 아닐까 생각하는 방노수다. 두원이 보낸 서신을 읽고 난 염칠선, 설마했던 방노수의 말이 사실일 줄이야. 어이없다는 염칠선이 믿기지 않는다는 듯 방노수에게 묻는다.

"아니, 형님께서 어떻게 두원의 서신을…."

"엊저녁 우리 집에 들른 유기 장사꾼으로부터 전해 받은 것이네. 두천 청풍장이란 곳이 아무래도 마음에 걸리네."

방노수를 쳐다보던 염칠선이 입을 연다.

"형님, 아무래도 내가 두천으로 한 번 가보아야 할 것 같습니다."

"그래, 그래야 될 것 같네. 나도 웬지 예감이 좋지 않네. 이 험한 세상에 어느 누굴 믿는단 말인가. 두원은 아직 객지에 나서기에는 어린 나이. 만에 하나 두원이 잘못되기라도 한다면 그것은 우리의 책임일 걸세. 서두르게나. 빠를수록 좋은 일일걸세."

방노수가 돌아가고 나자 안절부절 못해 속이 타들어 가는 염칠선이 탄식을 한다. '하 이럴 수가. 넓고 넓은 세상천지에 집을 나선 두원이 하필이면 청풍장이라니. 내 두원의 서신을 보았다 하나 믿어지지가 않는다. 청풍단원은 살인도 서슴지 않는 무서운 놈들 아닌가. 목적을 이루기 위해서는 동료도 배신하는 무시무시한 집단이 아닌가.' 염칠선은 지난날 송하강 삼봉협에서 홍매가 처한 상황을 떠올려본다.

어둠이 짙어가는 송하강에 불타는 배. 지난날 운두령에서 크게 부상당한 동료를 위해 끝까지 헌신한 노도천은 끈끈한 동료애를 모든 청풍단원들에게 보여주지 않았나. 이전과는 달라진 청풍장. 이 모든 것이 노도천이 죽고 장문원이 득세하면서부터 달라지기 시작한 일이다. 나와 전풍과는 달리 장문원을 칭송하며 그의 말은 무조건적으로 따르는 곽상도, 목적을 달성하고 나서 불타는 배에 홍매를 버려놓고 아무 일 없었다는 듯이 유유히 삼봉협을 떠났던 그들. 왜 홍매를 내버려둔 것일까? 꼭 그리해야만 했을까? 내 기회가 닿는다면 그들에게 한 번 꼭 묻고 싶다.

당연포구 선착장 끝으로 정박해있는 커다란 돛배를 둘러보던 전풍이 크게 만족해한다. 이 정도의 배라면 두천에서 일을 벌이기엔 부족함이 없을 것이다. 나의 예상대로 왕눈이와 수달이 흔쾌히 동의를 하지 않았나. 많은 돈을 지급했다 하나 그들 역시 청풍단원들에게 당한 수모를 지금껏 잊지 않고 있었다. 이번 기회에 자신들의 진면목을 보여주겠다며 전의를 불태우는 모습을 내게 보여주었다. 덕춘 호춘 형제는 사냥꾼의 활 솜씨를 보여주겠다고 하며 때가 오기만을 기다리고 있지 않는가. 화룡선을 유달리 아낀다고 장문호를 통해 소철이 내게 알려주지 않았나. 장문원을 꼭 비류강가로 끌어내야 할 것이다. 강에서만큼은 청풍장에 뒤지지 않을 것이다.

자신이 있고 믿을 수 있는 내 편이라 하나 그들도 가정이 있는 삶을 이끌어온 가장으로서 싸움에는 한계가 있을 것이다. 복수의 상대는 오직 한 사람. 이는 나의 일이 아닌가. 지금쯤 소철이 나의 뜻을 전하려 조원진을 만나기 위해 비류강을 거슬러 오르고 있을 것이다. 뭍에서의 싸움이 문제일 것이다. 조원진을 믿어 볼 수밖에 없다.

 목화를 가득 실은 배가 선착장에 닿자 배에서 내린 염칠선은 포구를 벗어나 큰 길가로 얼마 걷지 않아 당도한 길손 반점에 도착했다. 문이 닫혀있다. 어찌 된 일일까? 아직은 한참 장사를 해야 할 시간이 아닌가. 염칠선은 반점 뒤로 자리 잡은 전풍의 가택을 찾아 전풍의 처에게 남편의 행방을 묻는다. 돌아온 대답은 소철과 함께 며칠 다녀올 곳이 있다고 집을 나선지 이틀이 되었다고 한다. 하는 수 없이 발길을 돌릴 수밖에 없다. 전풍과 소철이 언제쯤 돌아올지도 모를 일. 한시도 지체할 수 없는 염칠선은 다시 포구로 나선다.
 배편을 알아보기를 얼마 지나지 않아 당항포행 배편을 구한 염칠선은 검을 한 자루 구해야겠다고 마음을 먹었다. 흉악한 청풍단 무리들을 상대해야 하는 일, 피를 부를 수도 있는 일이 아닌가. 청풍장은 전보다 그 세가 만만치 않다고 소철이 말하지 않았나. 청풍장을 상대로 복수를 하겠다던 전풍, 아마 어려운 일일 것이다. 성한 몸도 아닌 그가 복수를 하기도 전에 청풍단 놈들에게 먼저 당할 수도 있는 일이다. 하지만 그는 무모한 사람이 아니다. 소철을 시켜 그 먼 곳으로 염탐을 자주 보내는 것을 보면 그냥 내뱉는 말은 아닐 것이다.
 나의 동참을 요구하지 않은 전풍은 당시 나의 괴로운 심정을 이해하고 있었다. 그를 돕지 못하는 안타까운 마음… 그러나 내 이제 다시 검을 들어야 하는 순간이 다가온 것이다. 아니 검을 들지 않고도 두원을 청풍장에서 구해낼 수만 있다면 좋으련만…. 검을 살만한 곳을 찾아 당연포 인근지역을 모두 돌아다녔으나 끝내 검을 구하지 못한 염칠선이다. 송하강 역시 험악한 곳이라 사흘 후 당항포에 도착한 염칠선은 검을 구하기를 한참 만에 상점가 좁은 골목 끝에 있는 대장간으로 들어갔다. 이내 그곳을 빠져나와 조금 걸었을까 누군가 뒤에서 그의 어깨를 툭친다. 염칠선이 돌아서자 웬 사내가 말을 걸어온다.

"선생, 무얼 찾는지 모르지만 내가 선생께서 찾고 있는 걸 구해주면 되겠소?"

약간은 거무틱틱한 얼굴의 장정이 빙그레 웃는다. 한눈에 보아도 장바닥에서 오래 굴러먹은 사람임을 알 수 있다. 장정을 따라나선 염칠선, 잠시 후 등짐을 지고 골목길에 다시 모습을 보인다.

집사어른이 많이도 서운한 걸 알 수 있다. 하나 내 아버지를 기다리고 있는 몸, 내 어이 그의 양자가 될 수 있겠는가. 나를 자신의 친아들 이상으로 나를 대해주는 것을 내가 모르리. 화룡선생이라고도 불리는 장 집사, 봉화촌 선생님을 능가하는 높은 학문과 술과 여자를 멀리한다는 철칙, 나에게 자신의 모든 것을 전수하려는 장문원과 청풍단 총관 곽상도, 나는 그들에게 많은 것을 배우고 있다.

전 장주 마천웅은 이들을 비판하는 말을 수도없이 해대지 않는가. 나는 이곳 청풍장이 너무도 좋다. 내 이곳 청풍장에서 절반은 성공했다고 자부하지 않는가. 하나 더 욕심을 내어 초희를 나의 색시로 맞이할 수 있다면, 장 집사에게 보다 더 신임을 받는다면 어렵지만은 않을 것이다. 초희와의 만남을 눈감아주는 장 집사가 고마울 뿐이다. 초희는 내가 정원으로 들어서는 걸 지금도 기다리고 있을 것이다.

날이 어두워 도착한 용선 나루터. 선착장에 묵혀있는 화룡선이 위용을 보이고 있다. 올려다본 초연각, 몇 년 만에 다시 보는 걸까? 옛 모습 그대로 나를 반겨주는 것만 같다. 내 이날을 얼마나 기다렸던가. 나루터 언덕을 올라서 초연각과 객점을 둘러보는 전풍은 넓어진 마당과 창고를 쳐다보며 고개를 끄덕인다.

'가자 나를 기다리고 있을 소철에게로….'

조원진의 집에서 그리 멀지 않은 곳에 있는 느티나무 뒤편으로 소철의 모습이 보인다. 소철에게 다가가자 일이 잘 되었다며 조원진을 만날 수 있다고 말해준다. 소철의 말에 웃음 짓는 전풍이 소철에게 수고 많이 했다고 고맙다는 말을 한다. 소철과 함께 전풍이 처소로 들어서자 조원진이 크게 놀란다. 소철로부터 전풍의 대해 소식을 들었다 하나 막상 마주하고 보니 말문이 안 나온다. 자신을 쳐다보며 낄낄 웃어대는 전풍의 모습을 살피던 조원진이 겨우 입을 연다.

"아니 자네가 정말 전풍이란 말인가. 초연각 부엉이가 정말 자넨가."

믿을 수 없다는 모습을 보이는 조원진에게 개의치 않다는 듯 낄낄대기만 하던 전풍이 조원진을 보며 입을 연다.

"장주님, 그동안 잘 계셨는지요. 전풍이 장주님께 인사올립니다."

말을 마친 전풍이 조원진을 향해 넙죽 엎드린다. 전풍을 일으켜 세운 조원진이 안쓰러운 모습을 보인다.

"이 사람 전풍 아우, 어쩌다가 이 지경에…."

말 없는 전풍의 손을 다듬어주는 조원진은 한숨을 내쉰다.

"이게 다 장문원에게 당한 것이라 소철이 말해주었네. 장문원 그가 청풍장의 모든 것을 빼앗으려고 마음먹고 있네. 나는 이미 허울뿐인 장주가 된지 오래일세."

전풍을 향해 허망한 모습을 보이던 조원진이 전풍을 자리에 앉힌다. 술상이 차려지고 잔을 모두 채우고 재회의 기쁨을 위하여 잔을 모두 높이 든다. 이어 빈 잔을 내려놓는 조원진이 지난날의 아쉬움을 토로한다.

"내가 전풍 자네의 말을 들었으면 나와 형님께서 이런 꼴을 당하진 않았을 터인데. 우리 모두 자네 외엔 장문원의 야심을 눈치채지 못했네. 형님은 늙었다 하더라도 내가 자네의 말을 주의깊게 들었더라면 지금 이렇게까지는 되지 않았을 것이네. 내 얼마 있지 않아 청풍장에서 내칠걸세. 그래야 그놈들이 청풍장의 모든 것을 갖게 되겠지."

전풍이 기다렸다는 듯이 조원진을 향해,

"큰형님, 지금 이대로 장문원 그 고자놈에게 당할 수만은 없는 일이지 않습니까?"

전풍의 말에 소리 내어 웃는 조원진이 순간적으로 두 주먹을 불끈 쥔다.

"내 그 고자놈에게 이대로 당할 순 없지. 암 내게도 방법이 있지."

조원진의 의사를 확인한 전풍이 갖고 온 금전을 조원진 앞에 내어놓는다. 크게 기뻐하는 조원진은 전풍, 소철과 함께 결의를 불태운다.

노을 속에 지다

　조원진을 만나고 몽금포로 돌아온 전풍은 계획이 순조롭게 진
행되고 있음에 만족한 모습을 보인다. 조원진의 장문원에 대한 분
노가 극에 달한 것을 확인할 수 있었다. 아는 사람들을 모두 모아
청풍채를 칠 것이다. 쉽지 않은 일이라 하나 조원진을 믿어 볼 수
밖에 없다. 설사 그가 성공하지 못한다 해도 장문원 하나만 제거
할 수 있어도 나의 계획은 성공이 아닌가.

　조원진이 성공한다면 내 다시 초연각으로 돌아갈 수도 있지 않
은가. 호춘 형제의 활 솜씨를 볼 기회가 반드시 올 것이다. 장문원
을 없애 버리고 불타는 화룡선을 보며 떠날 수만 있다면 내 배 안
에서 춤을 한번 춰 보리라. 내 목숨을 걸고서라도 반드시 놈을 죽
여버리고 말 것이다. 내 이몸으로 더 살아봐야 무슨 큰 의미가 있
겠는가.

　초연각에 들러 청풍장을 향해 말을 몰아가던 두원은 멀리 등짐
을 진 사내가 자신을 향해 손을 들어 올린다. 이를 보고 이상하다
싶은 두원. 아니 도대체 누구길래 손을 들어 나를 세우려 하는 것
일까? 나를 아는 이 같지는 않고 행색을 보아하니 등짐을 진 모습

이 장사치라 생각해 본다. 가까이 다가가 말을 세우자 손을 든 사내가 짚으로 만든 갓을 벗는다. 이어 두원을 향해 빙그레 웃고 있는 사내, 순간 두원이 크게 놀란다.

'아! 이럴 수가 아버지가 아닌가.'

길가를 벗어나 한적한 곳에서 마주한 두 사람은 흥분이 채가시지 않았다. 두원이 먼저 입을 연다.

"아니 아버지께서 어떻게 이곳에서 나를 기다리고 있으셨는지요."

"네 많이도 컸구나? 두원아, 우선 이 못난 애비를 용서해다오. 내 너에게 무어라 할 말이 있겠느냐. 내 객지에서 돌아와 네가 두천 청풍장이란 곳에 몸담았다는 서신을 보고 나서 급히 이곳으로 오게 된 것이다. 두원아, 너는 지금 이곳을 떠나야 한다. 이곳 청풍장은 네가 있을 곳이 못 된다."

"아니 아버지, 청풍장이 제가 있을 곳이 못 된다니 대체 무슨 말씀이신지 모르겠습니다. 아버지 저는 이곳 청풍장에서 크게 인정받고 있습니다."

뜻하지 않은 두원의 말에 크게 당황하는 염칠선은 마음이 급해 온다. 염칠선의 마음을 알리 없는 두원이 다시 말을 이어간다.

"아버지 저는 청풍장에서 중요 직책을 맡을 만큼 객지에 나와 절반의 성공을 거두었다고 생각합니다. 객지에서 지금 이만한 곳을 찾는다는 것도 그리 쉬운 일이 아닐 것이옵니다."

두원의 말에 어찌할 바를 모르는 염칠선은 한참을 생각하던 끝에 하는 수 없다 싶어 지난날의 이야기를 두원에게 들려주기로 한다.

"두원아 놀라지 말거라."

잠시 말을 끊은 염칠선은 두원을 바로 볼 수 없다는 생각에 몸을 옆으로 비켜선다. 그리고 다시 말을 잇는다.

"두원아 나는 청풍단원이고 네 어머니는 초연각의 무희 출신이
었다."

아, 이럴 수가. 설마했던 두천제일검과 초연각의 보물이 모두 사
실이었다는 것이 아닌가.

"두원아 나와 네 어머니는 어려서 부모를 모두 잃고 의지할 곳
없어 청풍채와 초연각으로 오게 되었다. 이것이 모두 하늘이 정해
준 운명이라고 생각하고 싶을 뿐이다."

아무 말 없이 서 있는 두원을 보고 난 염칠선이 다시 말을 이어
간다.

"나는 청풍단 일원으로서 전에 많은 죄를 짓고 말았다. 남은 생
은 지은 죄를 하늘에 빌며 살아가고픈 마음뿐이다. 두원아 용성나
루터에 배 한척을 구해 놓았다. 네가 모든 것을 정리하고 나루터
로 오기만을 기다리고 또 기다릴 것이다. 두원아, 나하고 봉화촌
으로 돌아가자꾸나."

소철로부터 초원객점에서 불길이 일어나면 청풍단의 많은 단원
들이 초연각으로 향할 것이라고 했다. 그때를 놓치지 않고 청풍채
를 들이친다면 성공할 수 있을거라는 전풍의 계획을 전해들은 조
원진은 좋은 계책이라고 크게 기뻐한다. 청풍채를 취하고 난 후
초연각으로 돌아오는 청풍단 놈들을 모두 해치운다면 내 다시 나
의 권력을 되찾을 것이다. 곽상도와 장문원만큼은 살려둘 필요가
없다. 나와 형님께서 모두 이루어 놓은 청풍장을 제 것인양 주물
러 대는 놈들의 행태를 일이 성공된다면 더 이상은 보지 않아도
될 것이다.

정표로부터 전 같지 않게 조원진의 집으로 많은 사람들이 모여들고 있다는 전갈을 받은 장문원은 크게 개의치 않는다. 코웃음을 치는 장문원이 뇌까린다.

'조원진 지깟놈이 아무리 발버둥 쳐봐야 내 손바닥 안일 것이다. 네 놈이 언제인가 한 번쯤은 내게 대항할 것이라 내 짐작을 하지 않았나. 순순히 나의 뜻을 받아들인다면 누이 좋고 매부 좋을 일을 마다하고, 장주는 아무나 하는 줄로만 아는 천하의 무식한 놈. 지 이름 석자 쓰는 것이 용할 뿐이다. 조원진 네 놈에게 이 화룡의 진면목을 꼭 보여줄 것이다.'

잠시 무언가 생각하던 장문원이 허탈한 웃음을 보인다.

괘씸한 놈 여지껏 나의 아들처럼 대해주었건만 나의 청을 단번에 거절할 줄이야. 나의 아들이 되어준다면 장차 청풍장의 주인이 될 것을 어리석은 놈 같으니라고. 굴러들어온 복을 다 차고. 내가 아끼는 인재라 하나 우리가 하는 일이 때로는 실력 행사를 벌여야 할 일이 따르고 정상적인 사업은 한계가 있지 않은가. 고지식한 성격에 명분이 없다면 내게 등을 돌릴 수도 있는 놈이다. 버리기에는 참으로 아까운 놈이지만 그렇다고 호랑이 새끼를 키울 수도 없는 노릇.

마천웅의 말이 사실이었을 줄이야. 참으로 난감하다. 객지에서의 성공을 눈앞에 두고 내 이제 초희와 청풍장을 뒤로 하고 고향으로 돌아가야 하다니…. 청풍단은 살인도 서슴지 않고 행하는 무서운 자들이라며 한시바삐 이곳을 떠나자는 아버지. 그동안 말로만 듣던 전설의 두천제일검이 아버지일 줄이야. 그리고 초연각의 보물이라던 어머니. 모든 것이 혼란스러울 뿐이다. 나에 대한 관심과 따뜻하기만한 온정 속에서도 무언가 감추려 드는 장문원. 마천웅이 하던 말을 흘려 듣기에는 진한 여운이 남는다. 날이 갈수록 쇠퇴해가는 마천웅. 전에 그가 하던 말이 생각난다.

내가 세상에 태어나지도 않은 이십여 년 전 고향 쌍봉협에서 일어난 살인방화 사건. 송하강 인근에 사는 사람들은 모르는 이가 없을 정도의 큰 사건이 아니었나. 마천웅 그가 어떻게 그때의 일들을 상세히 알고 있는 것일까? 그의 말이 사실이라면 아니 사실에 근접해 있지 않은가. 그렇다면 청풍단이 관여되었다는 것이 아닌가? 청풍장의 모든 것이 비밀에 쌓여 있는 것만 같다.

내가 선생님의 만류를 뿌리치고 봉화촌을 나서 아버지를 찾는다고 하였으나 실은 보다 더 넓은 세상 보기를 꿈꾸며 세상 밖으로 나서질 않나. 한시라도 지체할 시간이 없다며 초연각 나루터에서 기다리고 있겠다는 아버지, 내 초희를 두고 어찌 청풍장을 떠날 수 있단 말인가.

수달과 왕눈이 염초와 화약을 점검한다. 전풍을 보며 모든 것이 완벽하다는 듯 고개를 끄덕이는 수달과 모든 준비를 마친 전풍이 일행과 함께 몽금포를 출발한다. 한참 후 배가 몽금포를 멀리 벗어나자 뒤를 돌아 일행을 살펴보는 전풍, 덕춘 호춘 사냥꾼 형제가 활의 상태를 살펴보고 시위를 한번 당겨본다. 잠시 후 뱃전에 서서 비류강을 올려다보던 전풍이 눈을 감고 숨을 한번 크게 들이마신다. 그 어느 때보다도 의욕이 넘치는 모습을 보여주는 전풍. 어느 순간 눈을 크게 뜨고 의지를 더욱 굳힌다.

모든 것은 오늘 이루어질 것이다. 나의 신호로 초원객점 창고가 불타오르면 조원진이 청풍채를 칠 것이다. 만일에 하나 일이 여의치 않는다면 화룡선을 불태우리라. 장문원이 가장 아낀다는 화룡선에 그가 분명 모습을 보일 것이다. 화룡선이 불타버리면 제아무리 날고 긴다는 청풍단이라 할지라도 떠나가는 우리들을 뒤쫓지 못할 것이다.

그보다는 소철이 성공을 알리러 나루터에 모습을 보인다. 정표로부터 조원진이 모든 준비를 마쳤다는 보고를 받은 장문원은 열화당 안채를 나서 청풍채로 향한다. 수하와 함께 청풍채로 향하는 장문원의 입가에는 흐르는 웃음이 가시지 않는다. 코웃음마저 치던 그의 얼굴이 어느 순간에 이르러 냉정함을 되찾는다. 장문원은 조원진을 생각하며 가소롭다는 듯이 다시 웃음 짓는다. 천하에 무식쟁이 한심한 놈 같으니라고 병법이라고는 하나도 모를 놈이 감히 나와 맞서려고 하다니 명을 재촉한다는 것을 내 어이 말리랴.

내 이번 기회에 나의 걸림돌이 되는 것은 모두 없애버릴 것이다. 조원진은 물론이고 마천웅과 그의 일가족을 모두 도륙 내리라. 모든 일은 조원진에게 뒤집어 씌우면 그만일 것이다. 이 모든 일이 잘되면 내일부터는 내 장주가 되어 청풍장을 이끌어 갈 것이다. 그리고 내 꼭 관가에서 인정받는 채주가 되리라. 청풍채로 향하는 장문원의 두 눈에는 독기를 뿜어낸다.

해가 중천을 한참 넘어서고야 도착한 용성나루터, 언제 보아도 아름답고 웅장해 보이는 초연각이 비류강을 내려다보는 것만 같다. 뱃전에서 초연각을 올려다보던 전풍은 어린 시절부터 몸담았던 용성나루터의 추억을 잠시 더듬어본다. 이모라 부르던 고운 얼굴의 설화, 어머니와도 같았던 그의 손을 잡고 노닐던 비류강가, 노도천을 사모하며 뜻대로 되지 않아 짜증을 내던 설화, 아버지와도 같았던 텁석부리 마천웅, 밤새워가며 마주했던 잊지 못할 추억의 두천제일검. 이제는 먼 옛날의 아련한 추억 속으로 잊혀져 갈 것이다.

염칠선 그의 도움을 받을 수 없다는 것이 결전을 앞둔 나의 마음을 또다시 안타깝게 한다. 홍매와 함께 죄를 받는 것이라던 염칠선, 죽음을 앞두고 크게 괴로워하던 노도천. 염칠선 그가 노도천의 전철을 밟아서는 안 된다. 그에게 더 이상의 업을 쌓게 해서는 더더욱 안 될 일.

배는 용성나루터를 지나쳐 강을 거슬러 오르고 다시 선착장으로 화룡선을 지나치려는 순간 주위를 살피던 왕눈의 신호에 진목산과 허찰영이 준비해 두었던 염초와 화약을 화룡선에 집어 던진다. 이를 기다렸다는 듯이 수달이 강물로 뛰어들어 굵은 쇠사슬에 묶여있는 화룡선으로 간다. 나루터로 들어오는 길목이 훤히 뚫려 있는 선착장에 배를 대는 전풍, 장사꾼으로 가장한 진목산과 허찰영이 배에서 내려 초원객점으로 향한다.

검은 옷에 붉은 요대를 두른 청풍단원이 정박비를 거두고 돌아서자 선착장을 둘러보는 전풍이 저잣거리로 이어지는 나루터 길목을 주시해본다. 한산하기만 한 용성나루터, 잠시 후의 일들을 생각하며 회심의 미소를 짓는 전풍은 초연각을 바라보며 상념에 젖는다. 그때가 좋았다. 객지에서 온 이들 모두라 할 정도로 나를 보면서 점주어른이라 부를 때면 세상이 모두 내 것만 같지 않았나. 무엇보다도 그와 함께 할 수 있어서 좋았다. 두천제일검이 지금 나의 곁에 있어 준다면…. 해가 거의 떨어져 갈 무렵, 다시 한 번 초원객점을 올려다보는 그때 객점 창고 쪽에서 불길이 치솟는다. 이를 기다리던 전풍이 내뱉는다. 일은 드디어 시작되었고 오늘 일 만큼은 잘 되었으면 하는 마음뿐이다. 이제 잠시 후면 모든 것이 판가름 날 것이다.

때를 기다리던 조원진이 멀리 초원객잔에서 불길이 일어나자 무리들과 함께 숨을 죽이며 사태를 관망한다. 잠시 후 청풍채의 대문이 크게 열리고 단원들이 초원객잔으로 향한다. 이들이 시야에서 모두 사라지자 조원진과 그의 무리들이 일제히 청풍채의 담을 넘는다. 무리들과 함께 청풍채에 들어선 조원진이 외친다.

"청풍단원 놈들 한놈도 살려두지 말고 모두 죽여버려라. 살려둘 필요가 없는 놈들이니라."

조원진과 무리들이 청풍단원들을 찾으려 했으나 검은 옷에 붉은 요대를 두른 모습은 어디에도 보이지 않는다. 이상타 싶은 조원진이 생각을 한다. 단원 모두 이곳 청풍채를 빠져나가지는 않았을 터, 순간 크게 당황하는 조원진.

아, 내가 당했다. 장문원이 나의 계획을 모두 파악하고 있었다. 청풍채에 대문이 열리며 말을 탄 거한의 모습에 이어 장문원과 그의 수하들이 청풍채로 들어선다. 앞선 곽상도가 조원진을 향해 일갈을 한다.

"조원진 네 이놈, 네 감히 화룡 선생께 맞서려 하다니."

청풍채에 크게 울려퍼지는 곽상도의 목소리에 숨어 있던 청풍단원들이 모습을 드러내어 조원진과 무리를 에워싼다. 앞선 곽상도가 비켜나자 장문원이 조원진 앞에 나선다. 이를 보던 조원진이 크게 노하는 모습을 보여준다. 이에 대응치 않는 장문원은 여유 있는 모습으로 차분히 조원진을 향해 말을 내뱉는다.

"장주께서는 이 사람을 다 도모하시려는 건지 소인은 장주의 뜻을 모르겠소이다."

장문원의 말에 더욱 분노하는 조원진.

"닥쳐라 이놈, 형님의 눈과 귀를 가리고 그것도 모자라 나를 허수아비 장주로 만들어놓고 채주 자리를 운운하다니 내가 너의 속을 모를 줄로만 알았더냐."

"장주는 어찌 자신을 그렇게도 모르는 것이오. 배우지 않고서야 어떻게 정사를 돌볼 수 있다는 말이오."

"시끄럽다 이놈, 너의 요설은 더 들을 것도 없다. 목숨은 나 하나면 족할 것이다."

주위를 한 번 둘러본 조원진이 다시 입을 연다.

"이들은 살려주어라. 내 비록 지은 죄가 많다 하나 비굴하게 목숨을 구걸하지는 않을 것이다."

그가 탄식을 하며 마지막 말을 내뱉는다.

"아, 내가 전에 초연각 부엉이 말만 들었어도 이리 비참하게 세상을 뜨진 않았을 터인데 분하다. 참으로 분하다."

말을 마친 조원진은 칼을 높이 들어 스스로의 생을 끝낸다.

조원진의 죽음 앞에서도 얼굴색과 표정 하나 변하지 않는 장문원. 곽상도를 가까이 불러 쓸만한 놈 몇 명 남겨두고 모두 제거하라는 명을 내린다. 사태가 어느 정도 진정이 되자 또다시 곽상도를 가까이 불러낸 장문원이 청풍장 마천웅 일가족을 모두 몰살하라는 지시를 내린다. 모든 것을 조원진의 소행이라고 뒤집어 씌우라고 말한다. 두원 역시 걸림돌이 된다면 없애버리라고 한다. 모든 지시를 끝낸 장문원이 수하 몇몇과 초원객점으로 향한다.

선착장에 묶인 배 안에서 두원을 기다리던 염칠선은 객점 창고에 불길이 점점 치솟자 사공과 함께 몸을 움츠린다. 기다리는 두원의 모습은 보이지 않고 전혀 예상치 못한 일이 벌어지고 있다. 혹시라도 자신의 신분이 드러나지 않을까 조심하는 염칠선은 몸을 낮추고 밖을 쳐다볼 뿐이다.

청풍장이 이렇게도 조용한 것은 처음이 아닌가 싶다. 청풍채의 처소에 머물고 있는 장 집사에게서 아무런 기별이 없다. 큰 고민에 빠진 두원이다. 오 년이 넘어 집으로 돌아온 아버지. 반가움도 잠시 급히 청풍장을 떠나야 한다는 아버지. 혼란스럽다 하나 기다리고 계실 아버지를 생각해 결단을 내려야만 한다. 한참을 생각하고 또 생각하는 두원, 쉽게 판단이 서질 않는다. 또 다시 고민에 빠진 두원. 그때 청풍단원들이 들이닥친다. 단원들 모두 하나같이 손에는 도와 검을 들고 안채로 들어선다. 이를 보고 놀라는 두원이 청풍단원들을 향해 외친다.

"아니 지금 뭣들 하는 거요. 이 열화당 안채에 병장기를 들고 들어오다니."

"상관치 마시오 부집사. 우리는 화룡 선생의 명에 따를 뿐이오. 우리 단원들을 막는 자가 있다면 즉시 처단하라는 총관 나리의 명도 있소."

말을 마친 풍삼은 청풍단원들과 함께 열화당 후원으로 향한다. 곁을 스쳐가는 그들의 몸에서는 피비린내가 난다. 아 아버지가 하던 말이 사실이었구나. 그렇다면 이들은 지금 마천웅을 설마, 그 때 비명 소리가 크게 들려온다. 단원들을 뒤쫓아 비명소리가 들려오던 가택 안으로 들어간다. 장주의 부인, 시종 할 것 없이 처참하게 도륙된 모습을 본 두원은 급히 초희를 찾아본다.

마주치는 단원들 외에는 그 누구도 보이질 않는다. 마천웅의 처소에 들어서자 그 역시 재앙을 피해가진 못했다. 건넌방에 숨어 떨고 있던 초희를 찾아내고 침실 옆에 걸려 있던 검을 찾아 나갈 때 한 단원과 마주한 두원은 지체없이 그를 향해 검을 휘두른다. 비명과 함께 앞으로 고꾸라지며 선혈을 뿜어낸다. 처음 보는 광경에 스스로 놀라는 두원은 가까스로 정신을 추스려 초희와 함께 정원을 나서 열화당에 남아있던 청풍단원을 향해 큰소리를 내지른다.

"물러서라. 그렇지 않으면 너희들의 목을 벨 것이다."

이성을 잃은 두원의 모습을 보고 뒤로 물러서는 풍삼. 그의 옆에 있던 수하 역시 물러난다. 열화당을 빠져나온 두원은 초희를 말에 태운다. 이어 자신도 말에 오르고 청풍장을 떠난다.

객점 창고에 불이 크게 번지자 초연각과 초원객잔이 난리투성이다. 모두 밖으로 나와 불길을 바라보며 걱정을 한다. 소철을 기다리며 나루터 길목을 주시하던 전풍은 객점, 창고에서 일고 있는 불길을 바라보며 예정된 시간이 많이 지체되어가자 예감이 좋지 않다는 생각을 한다.

이때 멀리서 말발굽 소리와 함께 흙먼지를 일으키며 다가오는 말탄 무리들이 가까이 다가오자 탄식을 하는 전풍. 아, 조원진이 실패를 하고 말았구나. 허술한 모습으로 무리들 앞으로 여유있게 불타는 객점으로 향하는 장문원을 보던 전풍은 천하제일의 모사라던 마천웅의 말을 실감한다. 애초부터 조원진은 그의 상대가 되지 못하지 않았나. 비록 조원진이 패했다 하나 나의 계획은 이제 시작이다. 전풍은 화룡선에 몸을 숨기고 있던 수달에게 수신호를 보낸다.

장문원은 화룡선을 아낀다고 하니 틀림없이 그가 선착장으로 모습을 나타낼 것이다. 전풍은 왕눈과 함께 호춘 형제를 독려한다. 드디어 화룡선에서 연기가 피어오르고 수달이 배에 오르자 전풍을 비롯해 모두 성공에 대한 결의를 굳게 다진다.

객점 창고에 불길이 잡혀가자 잠시 마음을 놓는 장문원은 수하로부터 화룡선에서 연기가 피어오른다는 보고를 받자 크게 놀란다. 장문원은 수하들과 함께 급히 선착장으로 향한다. 청풍단원들이 선착장에 모습을 보이자 긴장하는 전풍이다. 청풍단원들에 뒤이어 장문원이 모습을 드러내자 회심의 미소를 짓는 전풍이 함께한 이들과 서로의 얼굴을 바라보며 다시 한번 결의를 다진다.

장문원 네 놈을 죽이고 화룡선을 불태워버린다면 제아무리 용력이 출중한 청풍단원이라 한들 어찌 우리들을 쫓을 것이랴. 장문원을 보며 이를 악무는 전풍. 표적을 바라보며 숨을 죽이는 호춘 형제.

수하들의 호위를 받으며 선착장에 오른 장문원은 수하들과 함께 화룡선에 다가가는 순간 호춘 형제의 화살이 날아든다. 비명과 함께 강물로 고꾸라지는 청풍단원들. 순식간에 벌어진 일에 당황하는 장문원은 급히 화룡선 옆으로 몸을 숨긴다. 순간 장문원의 모습이 표적에서 사라지자 전풍과 함께 호춘 형제들이 어찌할 바를 몰라 서로의 얼굴만 쳐다볼 뿐이다. 장문원이 사라진 선착장을 바라보던 전풍의 두 눈은 분노에 붉게 타오른다.

시간이 급하다. 다음은 없다. 이대로 돌아갈 수는 없다. 내 오늘 꼭 장문원을 죽여야만 할 것이다. 전풍은 품속에서 칼을 꺼내 굳게 움켜쥔다. 그리고 배에서 내려 장문원을 향해 선착장을 내달린다.

이때 배 안에서 바깥 동정을 살피던 염칠선의 눈에 전풍의 모습이 들어온다. 아니 지금 선착장을 내달리는 꼽추가 전풍 아닌가. 틀림없는 전풍이다. 아니 이게 대체 어찌 되어가는 일인가. 객점에서는 불길이 치솟고 전풍은 선착장을 내달리고. 아니 그렇다면 전풍이 청풍장을 상대로 복수를 하는 것이 아닌가. 놀란 눈으로 전풍을 주시하는 염칠선. 전풍이 다가가자 소리를 치는 장문원,

"웬 놈이냐. 네 놈이 누구길래 나의 목숨을 노리는 것이냐."

장문원의 말에 지지 않으려는 듯이 거들먹거리는 전풍이다.

"네 이놈. 개에 물려 고자가 된 놈아. 초연각의 부엉이를 벌써 잊었느냐."

놀라며 수치심에 분노하는 장문원.

"아니 그럼 네가 전풍이 아니더냐. 네 어찌 황병산에서 살아남은 것이더냐."

"그래 장문원 네가 이제야 이 어르신을 바로 보는구나."

또다시 장문원을 보며 거들먹거리는 전풍. 이를 보고 화가 머리 끝까지 오른 장문원은 분을 삭이지 못한다.

"이 어린 놈이 감히 뉘 앞이라고 함부로 입을 놀려 대는 것이더냐."

전풍은 칼을 높이 들어 장문원을 위협한다. 장문원 역시 품에서 칼을 뽑아 든다.

"네 이 고자 놈아. 너와 나는 오늘이 이 세상 마지막 날이니라."

말을 마친 전풍은 장문원을 향해 돌진한다. 잠시 후 비명소리가

크게 들리며 선착장 아래로 떨어지는 두 사람. 이를 보고 있던 이들이 모두 놀란다.

화룡선이 불타오르고 두 사람을 집어삼킨 강물은 말없이 흐르고 돛배 한 척이 선착장을 빠져나간다. 염칠선은 고개를 돌려 돛배를 쳐다본다. 커다란 체구, 덥수룩한 모습의 뱃사공을 보는 순간 아 왕눈이다. 당연포의 왕눈이가 틀림없다. 그의 옆으로는 마른 사내가 수달이 틀림없다. 전풍이 복수를 위해 이곳에 온 것이 틀림없다. 그리고 그는 내 눈앞에서 장문원과 함께 비류강 물속으로 사라지고 말았다. 전풍과 내가 만날 수도 있었을 텐데…. 대체 이게 어떻게 돌아가는 일인가. 두원을 기다리던 염칠선은 급박하게 돌아가는 상황이 믿어지지 않을 뿐이다.

아, 내가 지금 꿈을 꾸고 있는 건 아닌지. 바로 그때 나루터 길목으로 말을 타고 달려오는 두원의 모습이 보인다. 그리고 멀리 말을 탄 무리들이 두원의 뒤를 쫓아온다. 순간 배 안에 숨어있던 염칠선이 검을 들고 나루터 길목으로 내달린다. 자신을 보며 달려오는 아버지를 확인한 두원은 초희와 함께 말에서 내린다. 두원을 보며 손을 뻗어 배가 있는 곳을 가르키는 염칠선.

"두원아 어서 저쪽에 있는 황포 돛배에 오르거라."

"네, 아버지."

초희를 이끌고 배로 향하는 두원의 뒤를 쫓아오던 무리들이 길목을 지나 좁은 선착장 길로 들어서자 모두 말에서 내려 염칠선과 마주선다. 모두 하나같이 검은 옷에 붉은 요대를 착용한 악명 높은 청풍단원이라는 것을 알 수 있다. 무리 중 체격이 커 보이는 자는 곽상도가 틀림없다. 청풍단원을 상대로 칼을 높이 빼드는 염칠선. 이를 보고 청풍단원 두 사나이가 검을 빼어 들어 염칠선을 향해 달려든다. 조금 앞서 달려드는 상대와 마주친 염칠선은 상대의 검을 걷어내고 무섭게 그의 칼은 앞선 단원의 목을 그어 놓는다. 이어 크게 놀란 두 번째 상대의 가슴에 칼을 꽂아넣는다. 칼을 거두고 나서 청풍단원을 향해 크게 포효한다. 비명소리와 함께 널리 퍼져가는 소리에 사람들이 몰려들기 시작한다.

지켜만 보던 곽상도는 상대가 염칠선이 틀림없다고 생각한다. 달아난 두원 또한 그놈의 아들일 것이다. 아뿔싸 우리가 범의 새끼를 키울 줄 누가 알았는가. 크게 노하는 곽상도가 염칠선 앞으로 나선다.

"네 이놈, 네 놈이 염칠선이었구나. 잘 만났다, 비겁한 놈. 떳떳이 나서 나와 겨루어 볼 생각은 하지 않고 아들놈을 시켜 청풍장을 염탐하다니 네 그러고도 사내대장부라 할 수 있겠느냐. 네 나와 맞설 자신이 있다면 한 번 덤벼 보아라."

잔뜩 흥분된 모습을 보이는 곽상도를 달래보려는 듯 칼을 잠시 거두어들이는 염칠선은 곽상도를 향해 묻는다.

"내 너에게 물어볼 말이 있다. 지난날 송하강 삼봉협에서 어찌 홍매를 내버려 두고 떠난 것이냐."

염칠선의 말에 조소를 보내며 비열한 웃음을 짓는 곽상도.

"염칠선 그것이 그렇게도 궁금하였더냐. 네가 궁금하다면 내 말해주지. 당시 홍매는 최음제에 너무 많이 취해 있었지. 일을 끝낸 청풍단원들 모두 삼봉협을 한시라도 빨리 벗어나야만 했네. 이 모두 청풍장의 형제들을 위해서는 불가피한 일이 아니겠는가."

"하 그랬었구만. 순진한 홍매를 끌어들여 이용만 해 먹고 끝내 죽음으로 내몰아버린 놈들. 내 네놈들을 용서치 않으리라."

분노하는 염칠선을 보며 조소를 보내는 곽상도.

"내 뒤바뀐 두천제일검의 면모를 볼 것이다. 어서 나와 맞서보거라."

곽상도의 말이 가소로운 것일까 잠시 분노해있던 마음을 가라앉히는 염칠선이 곽상도와 그의 수하들을 모두 놀라게 하리라 마음먹는다.

"곽상도 네 놈이 나 없는 동안 두천제일검이었다 하나 진정한 천하제일검은 아니었을 것이다. 강주 청초림에서 천하제일검이라 일컫던 전도수의 목을 벤 자를 일찍이 소문들 들어 알 것이다. 그 자가 바로 이 몸 염칠선이니라."

곽상도와 수하들이 놀라는 표정을 짓는다. 때를 놓치지 않는 염칠선은 곽상도를 향해 선공을 가한다. 수합에 이루자 곽상도의 기가 꺾이고 정표가 나선다. 곽상도에게 잠시 허점을 보여주는 염칠선, 이를 보고 기회를 놓치지 않으려 온 힘을 다해 칼을 크게 내려치는 곽상도. 순간 이를 피하며 몸을 크게 돌려 곽상도의 목을 내려치는 염칠선. 모든 것이 끝났다고 생각하는 순간 정표의 칼이 날아든다. 이를 본 염칠선이 급히 뒤로 물러 피해 보았으나 그의 왼쪽 어깨를 정표의 칼날이 스쳐 간다. 다시 자세를 바로잡아 정표를 향해 칼을 휘두르는 염칠선에 의해 정표의 팔이 잘려 나간다. 구경을 하던 사람들이 연이어 탄성과 함께 경악을 금치 못한다. 울부짖는 정표의 비명소리와 피비린내가 널리 퍼져나가자 나루터 길목은 순식간에 생지옥이 되었다. 남아있던 청풍단원들이 뒤로 물러난다. 끝까지 고개를 돌리고 있는 초희와 달리 이를 모두 보고 난 두원은 입을 다물지 못한다. 아, 말로만 듣던 두천제일

검인 아버지, 나에게 검술을 가르치지 못하게 한 어머니의 마음을
이제야 알 것 같다.

　다친 어깨에서는 피가 흘러내린다. 또다시 청풍단원들이 몰려온
다면 내 어찌 저들을 당해낼 수 있으리. 서둘러 이곳을 떠나야 할
것이다. 염칠선이 배에 오르자 사공이 급히 배를 저어 선착장을
벗어나 돛을 올린다. 두원은 입고 있던 웃옷을 찢어 염칠선의 다
친 어깨를 동여매준다. 선착장으로부터 배가 멀어지자 초희를 보
며 두원에게 묻는 염칠선.

　"두원아 저 젊은 처자는 누구냐?"

　"아 예, 아버지. 청풍장 전 장주님의 막내딸이옵니다."

　"어 그래 참 곱구나. 오늘 청풍장에서 무슨 큰일이 일어난 것 같
구나."

　"네 아버지, 오늘 청풍단원들이 몰려와 장주와 가족 그리고 식솔
들마저 그놈들에게 무참히 죽임을 당했습니다. 초희 낭자만이 겨
우 목숨을 부지했을 뿐입니다."

　두원의 말에 허망하고도 당연하다는 듯이 말을 내뱉는 염칠선.

　"모든 일은 장문원이 벌였을 것이고 마천웅은 죗값을 치른 것이
다. 나 또한 이곳에서 살아남지 못할 것이다."

　말없이 두원을 한참이나 바라보던 염칠선이 멀리 불타고 있는
화룡선을 올려다보며 모든 것이 끝났다고 허망한 웃음 짓고는 두
원을 향해 다시 입을 연다.

　"두원아, 잘 듣거라. 살인을 수 없이도 저지른 나는 너의 아버지
가 아니란다. 두원아, 너의 아버지는 참으로 좋으신 분이었다. 훌
륭하고 인정이 많은 분이셨다."

아, 피를 많이 흘리신 아버지가 제정신으로 하는 말은 아닐 것이다. 잠시 말을 끊었던 염칠선이 다시 입을 연다.

"두원아 너의 아버지는 연주가 고향인 진원산이란 장사꾼이었다. 장문원과 청풍단원 모두에게 속아 전 재산을 잃고 목숨마저…. 이 모든 것이 마천웅의 지시로 이루어진 일이니라."

아버지의 말에 크게 놀라는 두원. 아 이게 무슨 말인가. 쌍봉협 화재 살인사건의 당사자가 나의 아버지라니. 이때 초희가 말없이 뱃전에서 일어나 강물로 뛰어들려 하자 이를 보고 다급하게 초희를 감싸안는 두원. 염칠선의 팔을 타고 흘러내리는 선혈은 뱃바닥에 고여만 간다.

비류강에 붉어지는 노을을 바라보며 지난날을 되돌아보는 염칠선. 후회만 되는 지난 생활 속에도 오직 단 한 사람 그가 생각날 뿐이다. 노을 속에 불타는 비류강에 스스로 몸을 내던지는 염칠선.